La ronde des innocents

Valentin Musso

La ronde des innocents

Thriller

éditions
Les
Nouveaux
Auteurs

Éditions Les Nouveaux Auteurs

4, rue Daru. 75008 Paris
www.lesnouveauxauteurs.com

 ISBN: 978-2-917144-73-2

Parmi toutes les autres merveilles, la ronde des innocents
reste la plus mystérieuse et la plus obscure du peuple étrusque.

Cicéron, *Sur la divination.*

Pour Hélène

PROLOGUE.

Vêtu d'un bermuda et d'un maillot de corps, il frappait sans relâche, ne laissant pas à son cœur le loisir de réduire sa cadence. Ses poings défilaient avec la même régularité que les aiguilles d'une montre, mais à un rythme qui n'avait rien de comparable. La poire de vitesse en cuir souple vibrait à toute allure sur sa rotule de sorte qu'on ne pouvait même plus en distinguer clairement le va-et-vient.

Il tapait la rage au ventre. C'était le seul moyen qu'il eût trouvé pour faire véritablement le vide dans sa tête. Lorsqu'il se dépensait ainsi, il ne songeait qu'à la cible qu'il avait devant lui, adversaire imaginaire sur lequel il devait s'acharner.

L'adolescent s'arrêta et souffla longuement. Son tee-shirt était à présent trempé et de larges auréoles de sueur maculaient ses aisselles. Il laissa son regard dériver dans l'immense salle d'entraînement. Le gymnase du lycée était vide. À cette heure, le vendredi soir, il n'y avait jamais grand monde, car la plupart des élèves étaient déjà en week-end et ne s'attardaient pas dans l'établissement. Il lui arrivait seulement de croiser quelques internes qui profitaient de l'accalmie de fin de semaine pour venir s'entraîner et échapper un moment à leurs livres de maths ou de littérature.

Lui trouvait toujours le temps de venir se défouler sur les punching-balls ou sur les sacs de frappe. Lorsqu'il n'allait pas tout simplement courir dehors, le long de la promenade.

À bout de force, le garçon retira ses gants de boxe puis donna un dernier coup au sac qui se balança mollement aux chaînes argentées, comme un pendu qu'on aurait exposé aux yeux de la foule. Il s'essuya le front avec une serviette et se dirigea vers les vestiaires.

Depuis plusieurs minutes, dissimulé à l'entrée du gymnase dans un coin obscur, IL l'observait. IL l'avait regardé dans son effort, suant, soufflant, souffrant, râlant, cognant de plus belle alors qu'on l'aurait cru au bord de l'épuisement, frappant avec plus de hargne quand on l'aurait cru prêt à s'effondrer. IL attendit quelques instants puis traversa en silence la salle, sous le haut plafond équipé de puissants néons. Ses pas glissèrent doucement sur le parquet de bois blond. IL s'engagea dans le couloir mal éclairé qui menait aux douches, puis s'arrêta un instant sur le seuil du vestiaire des hommes. Au travers de la porte entrouverte, IL entendait l'eau couler. Il respira profondément et pénétra dans la pièce.

Le vestiaire, au sol recouvert de larges carreaux blancs et bleus, était entouré de petits bancs en bois qui longeaient les murs.

Personne.

Sur le premier banc à droite se trouvait un sac de sport Adidas à moitié enfoui sous une serviette. Par terre gisait une vieille paire de baskets et de chaussettes noircies au talon. Sur la gauche, une large ouverture pratiquée dans le mur conduisait aux douches.

IL avança lentement, pencha la tête et le vit.

Nu et de dos, seul dans la grande pièce carrelée, le garçon avait le corps éclaboussé par le jet d'eau.

Pas d'autre âme qui vive en vue. Parfait.

L'adolescent était à l'évidence un habitué des salles de sport. Ses épaules étaient larges : le trapèze et le muscle deltoïde étaient volumineux et puissants tout en restant harmonieux. Sa colonne vertébrale bien dessinée lui donnait une belle apparence.

Il se lavait de ses efforts et semblait se livrer, après son entraînement exténuant, à une sorte de purification. L'esprit vide sous la chaleur du jet bruyant, il aurait été incapable de déceler la moindre présence derrière lui.

IL l'observa en silence, plongea la main dans sa poche et en sortit un couteau de chasse monté en plate semelle, avec une scie au dos de la lame. IL fit jouer quelques secondes entre ses doigts l'arme à la massive poignée d'inox puis la rangea. Ce n'était pas encore le moment. Non, les choses ne devaient pas se passer ainsi.

Sans hésiter, il rebroussa chemin et sortit par la porte principale.

***

Sac sur l'épaule, l'adolescent quitta le gymnase.

Il faisait quasiment nuit dehors. L'éclairage dans l'enceinte du lycée était réduit au minimum et on ne distinguait que l'ombre des bâtiments se détachant dans le ciel bleu turquin. Le garçon enfonça ses mains dans les poches de sa parka. Il ne faisait pas froid à proprement parler, mais un petit picotement lui démangeait le bout des doigts. La salle de sport était enclavée dans l'enceinte de l'établissement, aussi fallait-il emprunter un escalier et suivre de longues coursives pour se retrouver au même niveau que l'entrée du lycée.

L'adolescent monta à petites foulées les froides marches de pierre : ses jambes étaient toujours un peu lourdes après l'entraînement, mais il ne se sentait pas éreinté pour autant. La douche l'avait rasséréné. Il longea la galerie extérieure bordée d'une rambarde de fer forgé. À quelques dizaines de mètres, vers l'entrée principale du lycée, apparut la petite tour ornée d'une horloge qui donnait à l'établissement son cachet si particulier.

Il eut amplement le temps de comprendre ce qui lui arrivait.

Il ressentit d'abord une irradiation dans le bas du dos. Pas une douleur intolérable, non... Juste une chaleur centrifuge s'épanouissant comme la corolle d'une fleur. Il crut un instant qu'il s'agissait d'un froissement musculaire. L'adolescent fit un demi-tour sur lui-même et ce qu'il vit le glaça d'effroi.

Une ombre massive, d'une force terrifiante, venait de le poignarder. Elle était si proche qu'il pouvait sentir son odeur et son souffle. Il avait l'impression de respirer l'effluve d'un taureau en furie, d'une bête tout droit sortie de ses pires cauchemars. Il sentit ses jambes se dérober, mais l'ombre le soutenait et l'empêchait de flancher. Pourtant, ce bras solide n'était pas celui d'un ami, il était de ceux qui maintiennent le noyé sous l'eau.

La silhouette le fixa, mais il n'était déjà plus capable de détailler les traits de son visage. Il ne voyait plus qu'une face affreuse et noire.

Un second coup l'atteignit, en plein dans le foie. Le sang gicla et tout son corps cette fois s'affaissa, trop pesant pour des forces qui lui échappaient. Mais l'ombre n'en avait pas fini et, saisissant le poids mort sous l'aisselle, elle le fit basculer par-dessus la rambarde. L'adolescent chavira comme du bastingage d'un navire. La chute fut rapide et brutale. En s'écrasant au sol, six ou sept mètres plus bas, le corps fit un horrible bruit sourd de chairs maltraitées.

L'ombre se pencha par-dessus la balustrade, contempla un instant le cadavre puis disparut en silence dans l'ébène de la nuit.

PREMIÈRE PARTIE :

Les morts en nous.

Comme les morts n'existent plus qu'en nous, c'est nous-mêmes que nous frappons sans relâche quand nous nous souvenons des coups que nous leur avons assénés.

Marcel Proust.

1.

Cauterets, Hautes-Pyrénées.

— On a retrouvé son corps.

J'étais en train d'accrocher, sur le mur qui faisait face au comptoir, la photographie d'un isard perdu dans la candeur de la neige, lorsque Camille franchit la porte du magasin et prononça ces terribles mots. Elle était en larmes, le visage ravagé par cette douleur qu'on reconnaît au premier coup d'œil et qui ne se manifeste que lorsque l'on vient de perdre un être proche. Ce genre de souffrance ne ment pas. Sur le coup, je crois que je n'ai même pas réagi, comme si on m'avait annoncé une nouvelle évidente, à laquelle j'aurais dû m'attendre depuis le début.

Il était un peu plus de onze heures. Je m'en souviens parfaitement car j'avais passé la matinée à attendre, me morfondant derrière le comptoir ou me livrant à des activités plus futiles les unes que les autres. Mais que pouvais-je faire d'autre sinon essayer de trouver dans le travail un dérivatif à l'angoisse qui m'accablait depuis deux jours ? J'avais ouvert le magasin comme d'habitude, un peu avant dix heures, ce qui était déjà tôt pour un endroit comme

Cauterets où les touristes, peu nombreux en cette saison, étaient probablement à peine levés.

Graham Greene a écrit dans un de ses romans – ne me demandez pas le titre, je l'ai lu il y a trop longtemps –, « une histoire n'a ni commencement ni fin ; nous choisissons arbitrairement un point de départ de notre expérience ». Cette phrase m'a marqué. Sans doute aurais-je pu choisir un autre moment pour aborder ce récit. J'aurais pu tenter de remonter la rivière des événements qui nous avait conduits jusque-là.

Mais d'une certaine manière, ma véritable implication dans cette histoire a commencé avec ces cinq mots de Camille : « On a retrouvé son corps ».

Cauterets est une commune des Hautes-Pyrénées aux portes du Parc national : perdue au fond d'une vallée sauvage, elle constitue le dernier petit îlot de vie humaine sur le chemin des grands sommets. La ville, célèbre pour ses thermes et sa station de ski, s'organise presque tout entière autour d'une longue rue pentue, bordée de chaque côté par des boutiques de souvenirs inutiles, de commerces de produits du terroir ou de magasins spécialisés dans la location de matériel de montagne. Cette interminable rue débouche à droite sur une grande place avec son traditionnel hôtel de ville, sa fontaine et ses bancs. Sur la gauche, non loin de l'office du tourisme, on tombe sur un magasin que vous ne pouvez pas manquer. De grandes lettres bleues sur fond blanc :

VINCENT NIMIER
PHOTOGRAPHE

Si la curiosité vous pousse à franchir le seuil de ma boutique, vous tomberez nez à nez avec un homme de 37 ans, plutôt grand, les cheveux très bruns, les yeux marron qui peuvent tirer vers le vert lorsque l'éclairage s'y prête et qui ne sourit pas souvent. Cet homme, c'est moi.

Cela faisait trois ans que j'habitais à Cauterets. Je l'avoue d'emblée, tenir le magasin n'était pas une activité qui me passionnait. Je laissais volontiers ce soin à ma jeune employée qui avait le sens inné du contact avec les clients, ce qui n'était pas vraiment mon cas. Je préférais de mon côté partir en solitaire dans la nature, mon Nikon ou mon Leica en bandoulière, ou passer du temps dans ma chambre noire à développer à l'ancienne mes clichés. Je ne m'étais pourtant jamais pris pour un artiste. Au mieux étais-je un amateur de photos dont la passion n'était devenue le métier que tardivement. Pour tout dire, j'avais ouvert ce magasin au moment même où j'étais arrivé à Cauterets, après des années d'errements…

À ma grande surprise, ce commerce avait très vite fonctionné et m'avait offert ce que je recherchais par-dessus tout, la tranquillité ainsi qu'une certaine solitude. Personne pour venir me dire comment je devais agir ni ce que je devais faire. Pas de patron sur le dos pour me dicter le droit chemin et me faire la morale. Ça, j'avais déjà donné.

Aussi, ce matin-là, les paroles de Camille étaient venues briser une harmonie que j'avais mis longtemps à trouver.

Et j'avais du mal à croire, lorsqu'elle me parlait d'un « corps » qu'on avait découvert, qu'il s'agissait de celui de mon frère.

2.

— Tiens, ça va te faire du bien.

M'installant dans un fauteuil en cuir usé jusqu'à la corde, je tendis à Camille une tasse de tisane. La jeune femme l'accepta sans rechigner, épuisée de toute manière à l'idée d'opposer le moindre refus. Elle avait beaucoup pleuré aujourd'hui, ses yeux étaient gonflés à force d'avoir été frottés, et pourtant elle n'avait rien perdu de la beauté naturelle que je lui connaissais depuis la première fois où je l'avais vue.

Pas très grande et bien proportionnée, c'était une sportive au physique dynamique, qui ne tenait guère en place. Des cheveux blond cendré coupés à mi-longueur encadraient un visage fin et gracieux. Ses yeux, d'un bleu intense, étaient peut-être un peu trop grands en comparaison de son nez qui était resté celui d'une enfant. Elle était loin des canons stéréotypés des magazines, mais elle savait capter votre attention dès le premier regard. Mon frère n'avait pas été insensible à ses charmes et je comprenais très bien qu'il ait tout fait pour partager sa vie.

L'horloge du magnétoscope, sur laquelle je jetai un coup d'œil à la dérobée, indiquait 22 h 40. Une nuit froide était tombée sur Cauterets. Camille avait passé la soirée chez moi. Rester ensemble en ces moments difficiles nous avait semblé une évidence et elle avait accepté de partager mon repas même si elle y avait à peine goûté. J'habitais depuis plus d'un an dans cet appartement, au second étage d'un immense chalet en lattes de bois bleu pâle qui se dressait à une centaine de mètres du centre-ville, mais offrait pourtant à ses habitants un relatif isolement.

En réalité, en fait d'occupants, il n'y avait guère que moi, l'éternel célibataire, et la propriétaire du chalet, madame Bordenave, une vieille dame qui occupait le rez-de-chaussée. La maison était constituée de trois grands appartements autonomes. Madame Bordenave, qui n'avait pas réellement besoin d'argent, louait selon son humeur : il faut croire que je lui avais tapé dans l'œil parce qu'elle n'avait fait aucune difficulté à me laisser tout un étage pour une somme assez modique.

Depuis quelques minutes, un épais silence s'était installé dans la pièce. Je ne sais pas trop ce que j'attendais maintenant que le pire était arrivé. Je me levai et jetai un œil à travers la fenêtre. Sur la droite s'étendait la longue esplanade qui brillait dans le noir comme un serpent lumineux. Le vieux manège aux chevaux de bois endormis découpait vaguement sa silhouette dans la pénombre.

Je me tournai vers Camille. J'aurais aimé trouver des mots réconfortants mais rien ne sortit de ma bouche. À vrai dire, quels mots aurais-je bien pu trouver, moi qui des heures après avoir appris la nouvelle n'arrivais toujours pas à la croire ?

Si je devais relater les événements à la manière objective des journaux, je dirais que le corps de Raphaël Nimier a été retrouvé peu après dix heures du matin, abandonné en pleine nature sur un promontoire pierreux à plus d'une heure et demie de marche de Cauterets, alors qu'il était porté disparu depuis deux jours. Copropriétaire d'un magasin de vente et de location de matériel de ski et d'escalade, il était lui-même grand marcheur et il lui arrivait fréquemment de faire en montagne des randonnées qui pouvaient durer la journée entière.

Il était parti mardi à l'aube. D'après Camille, il avait l'intention de faire une courte promenade, soit en partant vers le Cambasque, vaste prairie vallonnée traversée par le Gave, soit en se dirigeant vers la Fruitière, partie richement boisée du Parc national. On savait à présent qu'il avait dû marcher jusqu'aux anciens thermes non loin du village, puis avait pris le chemin qui mène au col du Lisey. Il n'était pas de retour à midi comme il l'avait prévu, ce qui avait intrigué Camille sans pour autant l'inquiéter car Raphaël n'était pas un modèle de ponctualité. Mais mon frère n'était pas rentré de la journée, son portable ne passait pas et la simple contrariété avait fait place à une franche angoisse.

Bien sûr, Raphaël connaissait extrêmement bien la montagne et était au courant des dangers auxquels un simple touriste pourrait, lui, s'exposer inutilement. La saison d'autre part n'était pas particulièrement dangereuse : la neige avait déjà fondu dans pas mal d'endroits, même s'il arrivait qu'elle persiste jusqu'au mois de mai. Nul n'était pourtant à l'abri d'un accident, même un montagnard averti.

Dans la soirée, Camille et moi avions alerté la gendarmerie tout en sachant pertinemment que rien de sérieux ne pourrait être entrepris avant le lendemain matin.

Nous avions dû fournir aux gendarmes des photographies de mon frère et diverses informations : son état civil, son signalement, la description des habits qu'il portait, les circonstances précises de sa disparition. Camille avait aussi répondu à certaines questions plus personnelles.

Non, elle et Raphaël ne s'étaient pas disputés récemment et il n'y avait aucune raison particulière qui aurait amené mon frère à ne pas rentrer chez lui.

Le fait que Raphaël fût un randonneur expérimenté inquiéta la gendarmerie : quand un guide ne donne plus signe de vie, ce n'est pas simplement qu'il s'est égaré dans la montagne, c'est qu'il lui est arrivé quelque chose de grave.

Le lendemain, les recherches commencèrent. Une patrouille survola par hélicoptère les endroits où mon frère était susceptible d'avoir disparu. Ces recherches aériennes ne donnèrent rien. Pour nous, la journée aurait pu se limiter à une interminable attente. Mais Camille n'était ni d'un tempérament passif ni du genre à attendre sagement sans rien tenter. Elle avait persuadé plusieurs amis de partir à pied sur les chemins que Raphaël pouvait avoir empruntés. Je fis partie de l'expédition.

Frédéric, l'associé de mon frère, s'était dirigé avec un ami guide vers le plateau du Lisey. Camille et moi avions choisi de prendre le chemin du refuge d'Ilhéou qui bordait le lac le plus proche de Cauterets. Deux autres montagnards s'étaient rendus vers la Fruitière qui n'était pas à plus d'une heure du village à marche forcée. Enfin, un autre ami de longue date était parti vers le Pont d'Espagne par le chemin des cascades.

Nous rentrâmes tous bredouilles. Aucune trace de Raphaël. Cette deuxième soirée marquée par la panique fut naturellement plus pénible que celle de la veille. Nous dormîmes peu.

Le lendemain, je décidai de rester au magasin et d'ouvrir comme à l'accoutumée. L'envie ne me manquait pas d'accompagner les autres, mais je m'étais fait une entorse au genou quelques mois auparavant dans une expédition en montagne et cette vilaine blessure avait tendance à se rappeler à mon bon souvenir chaque fois que je faisais un effort violent ou continu. J'avais trop forcé la veille et j'en payais à présent les conséquences.

Mais, vers onze heures donc, Camille était arrivée dans le magasin et m'avait confirmé cette nouvelle que j'avais encore tant de mal à accepter.

***

Le matin même, une famille bordelaise qui passait une semaine de vacances à Cauterets avait pris le chemin de Pauze, puis avait hésité à poursuivre jusqu'à la Reine Hortense, une ferme en ruine dans laquelle avait séjourné la mère de Napoléon III.

— Mais non, on est déjà monté jusque-là, prenons plutôt la route du col du Lisey.

Le couple et son enfant de douze ans avaient dû marcher une bonne heure et demie, avançant à un rythme de croisière entre les chênes et les ormes qui couvraient le versant de la montagne. Ils avaient franchi le long chemin encombré de pierres qui s'étaient accumulées suite à de fréquents éboulements. Puis, ils étaient arrivés au Turon des Oules, un promontoire pierreux qui dominait toute la vallée.

Mais le couple de Bordelais n'avait pas pu profiter longtemps du panorama exceptionnel qui s'offrait à lui. Leur garçon, gambadant sur les rochers et slalomant entre les arbres, venait de trouver le corps d'un homme à moitié dénudé, étendu parmi les pierres.

Et ce corps n'était pas beau à voir.

On avait attaché les mains et les pieds de mon frère avec ces menottes textiles à tresses tubulaires qu'on utilise dans la police ou dans l'armée. Elles lui avaient entaillé la peau. Son cadavre portait de multiples marques de torture. Le légiste dépêché sur place constata des hématomes sur divers endroits du corps, causés par des coups de poings répétés et par un instrument contondant. De profondes lacérations marquaient son torse et ses bras, probablement dues à la lame d'un couteau de chasse. Plusieurs côtes ainsi que l'humérus droit étaient brisés. De nombreuses traces d'étranglement étaient visibles, comme si on s'était acharné à le faire souffrir sans prendre le risque de le tuer trop vite. La cyanose du visage et la présence de pétéchies firent immédiatement pencher le légiste pour l'asphyxie. La strangulation semblait bien être la véritable cause du décès.

Raphaël était un homme sportif et puissant, en excellente condition physique. Il s'était à l'évidence débattu violemment contre son agresseur, mais ce dernier avait dû l'immobiliser assez rapidement. Il avait pu alors le torturer à loisir et lui infliger toutes les horreurs dont son corps portait à présent les stigmates. Ce qui paraissait étrange, c'est qu'on s'en soit pris à un homme de la carrure de Raphaël. Ce détail, qui me gêna dès le début, me persuada que mon frère n'avait pas été choisi au hasard. Ce n'était pas le crime d'un psychopathe, c'est bien lui qui était visé, on lui en voulait. Il ne s'agissait d'ailleurs peut-être pas d'une simple vengeance, car il était probable qu'on avait aussi voulu le faire parler.

Le corps avait été transporté à l'institut médico-légal peu après sa découverte, dans l'attente des avancées judiciaires. Mais déjà, nous savions tout ce qu'il y avait à savoir : Raphaël avait été torturé à mort et sa disparition cachait un mystère dont on ignorait tout.

Le parquet de Tarbes ouvrit une information judiciaire pour assassinat.

Dès que le corps eut été identifié avec certitude, les gendarmes nous interrogèrent durant plus d'une heure. Je répondis à leurs questions de façon machinale, même si je savais que les premières heures de l'enquête étaient décisives et que je pouvais, peut-être sans le savoir, fournir des informations essentielles.

Les enquêteurs se montrèrent dès le début plutôt pessimistes. Contrairement à ce qu'on croit souvent, dans ce type d'affaires – assassinats avec actes de torture –, les preuves matérielles telles que les empreintes digitales ou génétiques sont rarissimes. Et même dans le cas où elles sont exploitables, elles permettent de résoudre moins d'une affaire sur dix, en supposant d'ailleurs qu'on ait pu auparavant mettre la main sur des suspects. D'autre part, tout laissait penser pour le moment que la mort de mon frère était liée à un règlement de comptes, la hantise des policiers et des gendarmes, les taux d'élucidation de ce genre de dossiers étant parmi les plus bas. On pouvait encore compter, même si c'était peu probable, sur le concours de témoins oculaires pour savoir qui avait suivi Raphaël dans la montagne.

L'espoir principal résidait donc essentiellement dans la dimension « relationnelle » de l'affaire. Les gendarmes allaient essayer de connaître au mieux la victime et son entourage, interroger le voisinage, les collègues de travail, pour tenter de comprendre qui avait pu lui en vouloir et pourquoi. En s'intéressant au passé de Raphaël, ils ne seraient pas déçus.

Mon frère n'était pas un ange et je dis cela avec une certaine tendresse. Pourquoi en effet vouloir se voiler la face ? Je ne suis pas du genre à chanter les louanges des gens sous prétexte qu'ils ne sont plus là. La mort ne nous rend pas meilleurs. Mon frère avait eu une existence chaotique. Il avait été mêlé à plusieurs trafics et avait eu maille à partir avec la justice. Rien de très grave mais rien d'anodin non plus. À l'école déjà, il n'était pas de ceux qui se laissent marcher sur les pieds et il ne rechignait pas à se battre. Il prenait même un malin plaisir à chercher les ennuis.

À quatorze ans, il avait comparu pour la première fois devant les flics après avoir pris part à une bagarre collective qui avait mal tourné. Un adolescent avait été légèrement blessé d'un coup de couteau et Raphaël avait écopé d'heures de travail d'intérêt général. Comme il était mineur, cette condamnation avait été effacée de son casier judiciaire, mais d'autres petits incidents avaient jalonné ses années d'adolescence. Je me souviens aussi – comment aurais-je pu l'oublier ?– de cette pitoyable fugue après une dispute avec mes parents. Il n'avait pas disparu longtemps et la police l'avait repéré par hasard alors qu'il traînait en pleine rue au milieu de la nuit. Il n'avait que quinze ans. Adulte, les choses avaient gagné en gravité. Il avait trempé dans des magouilles, au demeurant assez minables, et dans une histoire de deal. Puis il avait fini par se ranger. C'est du moins ce que j'avais cru, mais sa mort faisait naître en moi des doutes légitimes.

***

— Qui a pu lui faire une chose pareille ? murmura Camille comme si elle se parlait à elle-même.

C'était bien la question qui me hantait depuis qu'on avait retrouvé son corps. Si Raphaël était mort dans un simple accident de montagne comme il s'en produit des dizaines chaque année, on aurait pu accuser le destin ou je ne sais quelle loi établie par le Ciel, se dire que les choses étaient écrites ainsi, qu'il fallait accepter la mort sans rechigner… et autres phrases toutes faites censées aider à « faire le deuil », selon la formule elle aussi rebattue.

— Tu crois que quelqu'un pouvait lui en vouloir à ce point ?

— Tu penses à quoi ? Une vengeance personnelle, un règlement de compte ?

Camille souleva les épaules pour montrer qu'elle n'en avait pas la moindre idée.

— Écoute Vincent, je sais comme toi qui était Raphaël. Il m'a tout raconté de son passé. Je suis au courant des conneries qu'il a pu faire autrefois.

J'ignorais qu'il avait évoqué ses ennuis de jeunesse avec elle. J'avais pensé, du vivant de mon frère, que son histoire avec Camille avait tout d'une passade. Je comprenais à présent que c'était bien plus que cela.

— Il aurait pu être mêlé à une embrouille, reprit-elle. Je ne sais pas moi, une histoire de drogue, d'argent…

— Non, Raphaël n'était plus le même. Il avait trouvé un vrai équilibre de vie, ici, avec toi. Pourquoi aurait-il pris le risque de tout foutre en l'air ? Il avait tout ce qu'il voulait, il était heureux. C'est l'une des rares choses dont je sois sûr.

Camille sembla rassurée par mes paroles. Elle baissa un instant les yeux comme si elle avait honte d'avoir pu douter ainsi de son compagnon.

— Mais que s'est-il passé alors ? Cette… atrocité n'a pas pu arriver par hasard !

— Les gendarmes penchent plutôt pour un règlement de comptes, mais ils n'excluent pas qu'il pourrait s'agir de l'acte d'un malade mental…

— Un détraqué ? Tu y crois vraiment ? demanda-t-elle d'un ton plus que dubitatif.

— Tout est possible. Je sais en tout cas qu'ils vont s'intéresser aux récentes sorties de prison et voir si Raphaël n'avait pas de différend avec quelqu'un du coin. C'est la procédure habituelle.

— Ils ne trouveront rien, affirma-t-elle avec certitude.

Je partageais son avis même si je n'en dis rien. Je pris une cigarette dans le paquet de Marlboro qui traînait sur la table basse en verre. J'allumai le petit cylindre de nicotine et aspirai une longue bouffée qui me fit un bien fou. Ce n'était pas aujourd'hui que j'allais *enfin* arrêter le tabac. Je tendis le paquet à Camille qui déclina mon offre d'un geste de la tête.

— J'ai trop mal à la gorge, dit-elle simplement. Et à force d'avoir pleuré, j'ai le nez bouché à présent.

Je lui souris. En plus de ses yeux rougis, elle avait en effet le nez qui s'était empourpré. Je me dis à cet instant précis que le seul aspect positif de la situation était que ni elle ni moi ne soyons seuls dans une telle épreuve.

— Je ne tiens plus debout et pourtant, je suis sûre que je ne fermerai pas l'œil de la nuit, dit-elle comme une évidence.

— Je sais, tu dois quand même essayer de dormir un peu. Tu restes ici cette nuit ?

C'était moins une question qu'une affirmation.

— Peut-être, mais je ne veux pas te déranger.

— Tu prends la chambre bleue, déclarai-je pour clore la conversation.

Elle ne se défendit pas. Je sentais bien depuis le début de la soirée qu'elle n'aurait pas la force de rentrer chez elle et qu'il valait mieux qu'elle ne passe pas la nuit seule dans cet appartement qu'elle avait partagé avec un homme désormais mort.

Depuis la seconde où j'avais appris le décès de mon frère, et surtout les circonstances affreuses qui l'avaient accompagné, je n'avais qu'une certitude : je ne pouvais pas rester à l'écart, à attendre que l'enquête policière se déroule. On venait de tuer la personne qui avait le plus d'importance pour moi sur cette terre. Je devais tout faire pour en apprendre davantage. Le salaud qui avait torturé Raphaël et l'avait mis à mort ne devait pas s'en sortir.

Après avoir pris des draps propres dans l'armoire du couloir de l'entrée, je me dirigeai vers la chambre bleue pour préparer le lit.

— Je peux tout aussi bien dormir sur le canapé, dit-elle en me suivant.

Je ne répondis pas, me contentant de secouer la tête avec un agacement feint. Camille m'aida à installer les draps.

— On ne va pas rester les bras croisés, n'est-ce pas Vincent ?

— Qu'est-ce que tu veux dire ?

— On en voulait à Raphaël, et on lui en voulait pour une raison que l'on doit essayer de comprendre.

Je me figeai un instant, ne sachant pas trop ce qu'il convenait de répondre. Devais-je lui faire abandonner cette idée ou au contraire lui avouer que j'en étais arrivé aux mêmes conclusions qu'elle ?

Mais je n'eus pas le temps de choisir, car elle ajouta presque aussitôt :

— Tu m'aideras, Vincent ? Dis-moi que tu m'aideras à découvrir la vérité.

— C'est promis, répondis-je presque malgré moi, comme si les mots étaient sortis de ma bouche sans que j'aie besoin de les prononcer.

Elle sourit pour la première fois de la journée et ce sourire éclaira son visage.

Camille voulait que je l'aide à mener une enquête et pourtant, elle ignorait une chose que je n'avais aucunement l'intention de lui révéler. Une chose dont j'étais presque sûr que mon frère ne lui en avait jamais touché mot.

Même moi, d'une certaine manière, j'avais fini par oublier que j'avais été flic dans une vie antérieure.

3.

Et un beau jour, elles étaient parties. L'une et l'autre. Les deux femmes les plus importantes de ma vie.

Que s'était-il passé dans leur tête ? Quel déclic les avait conduites à une telle décision ? J'avais longtemps cru qu'une sorte de révolution intérieure s'était produite dans leur esprit, comme un tourbillon incoercible. L'envie de changer d'existence, de commencer à vivre tout simplement. Puis, avec le temps, je m'étais dit qu'il avait peut-être suffi d'un presque rien, un détail anodin, quelque chose d'insignifiant qui les avait fait basculer. Mais je n'aime pas ce mot « basculer ». On dirait qu'il s'agit d'un passage brutal dans la folie ou l'irrationnel. Or, il s'agissait peut-être d'un basculement dans la raison. Elles avaient compris qu'il leur fallait partir, qu'elles ne pouvaient plus continuer ainsi. Et d'une certaine manière, je leur donnais raison aujourd'hui.

J'ai sans doute tort de mettre ma mère et Marion dans le même panier. En définitive, elles n'avaient rien en commun et l'on pourrait me rétorquer que leurs départs, eux non plus, n'avaient rien de comparable. Longtemps, je n'avais même pas songé à faire le moindre rapprochement entre elles. Puis, j'avais fini par comprendre que leurs gestes n'étaient peut-être pas si éloignés l'un de l'autre.

J'ai réalisé un jour que ma mère n'avait jamais vu Marion. Elle était pourtant encore en vie lorsque je l'ai rencontrée. Trois ans, elles auraient eu trois ans pour apprendre à se connaître. Mais les choses avaient pris un autre chemin et je ne le regrette pas plus que ça.

Si mon père avait battu ma mère, cela aurait pu constituer un motif ; si chaque jour il lui avait fait vivre un enfer, j'aurais pu l'admettre. Mais son mari n'était pas tyrannique. C'était même le contraire : un type quelconque qui n'avait jamais su rendre ma mère heureuse. En fait, le bonheur ne semblait pas pour lui une composante essentielle de l'existence. Il vivait sa vie monotone sans chercher à voir plus loin que le bout de son nez. Mon frère et moi lui en avions voulu pour cela pendant longtemps, puis j'ai fini par comprendre qu'il n'agissait pas sciemment, qu'il aurait été incapable de se comporter autrement même s'il avait su que sa femme le quitterait un jour.

Je crois en fait que nous en voulions moins à mon père qu'aux années ennuyeuses et ternes qui avaient été celles de notre jeunesse. Nous avions grandi à Douai, dans le Pas-de-Calais. Des années transparentes, des années caméléon qui s'étaient fondues dans le décor froid du Nord. Je me souviens de l'interminable canal de la Scarpe qui coupait la ville en deux, de ses canards et de ses cygnes qui me paraissaient tristes à mourir, du palais de justice dont la façade de briques rouges se reflétait en tremblant sur l'eau calme. Je me souviens des paysages plats et mornes qui entouraient la ville, des champs immenses qui semblaient faits de cendre, d'une nature s'étendant à perte de vue et de laquelle ne surgissaient que quelques arbres esseulés. Je revois les anciennes cités minières, les usines sales se détachant d'un ciel changeant capable de virer du beau temps à la pluie en quelques minutes, et les maisons jumelles se succédant le long des routes rectilignes.

Mon frère avait fui cette vie en enchaînant les coups tordus et en sombrant peu à peu dans la semi-délinquance. Moi, je m'en étais sorti par les études. Je n'avais rien d'un élève brillant, j'étais plutôt du genre bosseur acharné. Quand la plupart des autres élèves se contentaient du minimum, je redoublais d'efforts et de persévérance. Je n'avais qu'une idée en tête : partir de là où j'étais né pour vivre une autre vie. Alors, comment aurais-je pu en vouloir à ma mère qui elle aussi avait fait ce choix ? Partir, quitte à abandonner sa famille. Oui, elle avait eu raison de partir.

J'avais fait des études à la Fac de droit. Un DEUG, une licence et une maîtrise qui m'ennuyaient au plus haut point et commençaient à me faire regretter le tournant que prenait mon existence. Puis, je m'étais rendu compte que je voulais devenir flic. Je ne dis pas que j'avais eu une révélation mystique, mais je sentais que je serais bon dans ce métier. J'en prenais conscience comme d'une chose que j'aurais longtemps portée en moi. Était-ce en réaction à la vie que menait mon frère ? Je n'ai pas envie d'entrer dans de la psychologie douteuse. Peut-être avais-je tout simplement besoin de m'investir dans un boulot excitant après ces années de tiédeur et de solitude.

Le temps avait filé si vite. D'abord, l'école des inspecteurs quand le grade de lieutenant n'existait pas encore. J'avais besoin de risque et d'action, tout ce dont j'avais été privé durant mon adolescence. Puis l'envie de passer le concours de commissaire. La motivation, le désir d'avancer, tout ça avait rendu le chemin facile.

C'est alors qu'elle était entrée dans ma vie…

Je n'ai jamais eu un tempérament romantique et à coup sûr ma rencontre avec elle ne le fut pas.

J'étais flic, Marion était une jeune avocate ambitieuse. Un type avait été placé en garde-à-vue pour une affaire de détournement de fonds et d'escroquerie. Elle assumait sa défense. Cette première confrontation se figea en moi comme un insecte se fixe dans l'ambre pour s'être approché trop près d'un résineux. Elle était assez arrogante et je crois que c'est cette assurance qui me plut. Au final, elle tira son client d'affaire en invoquant un vice de procédure. En un certain sens, elle gagna contre les flics qui avaient commis une erreur et remporta la victoire dans notre premier tête-à-tête. Elle m'avoua qu'elle avait aimé en moi ce côté taciturne et un peu réservé qui tranchait avec le cliché « flic mauvais garçon » qu'elle ne supportait pas dans notre profession. En somme, les bases de notre relation étaient bien minces et pourtant nous y avons cru, enfin surtout moi.

Marion elle aussi avait fini par s'en aller mais je ne pouvais pas lui en vouloir. S'était-elle lassée de notre vie à deux ? C'est ce dont j'essayais de me convaincre dans les premiers temps qui suivirent son départ. Mais j'avais vite compris qu'il ne s'agissait pas de lassitude ; elle n'aimait tout simplement plus l'homme que j'étais devenu. Alors comment aurait-elle pu continuer à vivre à mes côtés, même en faisant semblant ?

Lorsqu'elle était partie, je n'avais pas pensé que cette rupture serait définitive. Et en fait, c'est ce qui m'a sauvé. Je m'accrochais à cet espoir, je me disais que je ferais tout pour la reconquérir, que je ne laisserais pas la femme de ma vie m'échapper ainsi. Cet espoir un peu niais m'a empêché de sombrer. Mais je savais au fond de moi que le temps passerait sans que je ne tente rien. Marion avait changé de ville et de vie. Il n'y avait même pas de page à tourner : il n'y avait que le simple constat de notre échec.

L'époque de l'OCRTIS : chasseur de dealers. C'était une mission banale dont j'avais la charge : quelques policiers sous couverture traquant des trafiquants et cherchant à acheter de la drogue à deux revendeurs d'une vingtaine d'années. Le plan n'avait pas fonctionné comme prévu. Les jeunes avaient dû se douter de quelque chose et nous avaient finalement déclaré qu'ils n'avaient rien à vendre, alors qu'ils avaient déjà exhibé une partie de la marchandise. Le ton était monté, les choses en vinrent aux coups. Les deux mômes tentèrent de fuir et un membre de notre équipe tira, enfreignant toutes les règles de procédure. L'un des deux mourut quelques heures plus tard à l'hôpital. Bavure, accident ? L'administration tenta de minimiser l'affaire en rendant public le casier de la victime pour prouver qu'il ne s'agissait pas d'un enfant de chœur. Mais l'adolescent n'avait commis que des délits considérés comme « mineurs » : en gros, il n'avait jamais tué personne. Alors, bien sûr, les médias s'étaient emparés de l'affaire. Les flics étaient à nouveau les méchants, tandis que les pauvres jeunes des banlieues, victimes de la société, ne faisaient par leurs trafics que reprendre ce dont la vie les avait toujours privés. Un journaliste alla même jusqu'à présenter les délinquants comme « deux garçons sans problème » alors même qu'ils tyrannisaient leur quartier depuis des années et fournissaient en drogue des gamins qui n'avaient pas la moitié de leur âge.

Les choses tournaient mal pour moi. Je n'étais pas l'auteur du coup de feu, mais l'IGPN en avait après l'équipe et je ne le supportais pas.

Je crois de toute manière que j'en avais eu ma dose de ce boulot. Je ne rêvais plus que d'une chose : partir.

Maintenant que Marion n'était plus là, rien ne me retenait nulle part, aussi ma démission de la police n'eut-elle rien d'un déchirement.

Paradoxalement, plus les choses empiraient pour moi, plus je m'étais rapproché de mon frère que je n'avais pas vu pendant dix ans. Nous étions devenus des inconnus l'un pour l'autre et peut-être que cette distance nous avait facilité la tâche. Nous avions tout à reconstruire, nous repartions de zéro. La disparition de ma mère fut à l'origine de nos retrouvailles. D'elle non plus je n'avais quasiment plus eu de nouvelles. Elle avait choisi de s'éloigner pour refaire sa vie. Mais avait-elle été plus heureuse sans nous ? C'est du moins ce dont je voulais me persuader.

La disparition de ma mère, je l'ai apprise par téléphone, de la voix de mon frère. La mort par téléphone a quelque chose d'irréel, d'impalpable. Rien à quoi l'on puisse se rattacher à l'exception de cette voix qui vous annonce ce que vous ne voulez pas croire. Pas de présence physique, vous devez encaisser le coup tout seul.

C'est étrange que ce soit mon frère, que je n'avais plus vu depuis tant d'années, qui m'ait annoncé la nouvelle. D'une certaine façon, lorsque j'entendis sa voix maladroite à l'autre bout du fil, ce fut comme si ces années de séparation n'avaient jamais existé. Ma mère avait brisé autrefois l'harmonie de notre famille, et elle réussissait, par la pirouette d'une mort impromptue, à en recoller les morceaux.

Comme j'étais résolu à quitter une police qui ne voulait plus de moi, je rejoignis mon frère dans les Pyrénées où il vivait depuis un bon moment. Il s'en était bien sorti et je dois avouer que cela m'étonnait. J'avais toujours pensé que Raphaël finirait en prison ; mais il faut croire qu'il avait été moins stupide que ça. Formé à la vie de montagne, il était devenu guide puis avait commencé à travailler dans différents magasins de sport. Il avait ensuite réussi à acquérir des parts dans un commerce spécialisé dans le matériel de ski et d'escalade. Raphaël ne cessait de me répéter que je pourrais bosser avec lui sans problème. Je crois qu'il voulait vraiment que je vienne m'installer là-bas. Il avait besoin de retrouver ses racines et la famille lui manquait plus qu'il ne voulait bien le dire. Étant moi-même sans attaches depuis le départ de Marion, j'avais décidé d'accepter sa proposition.

Ensuite, le hasard et ma passion m'avaient servi. La chance voulut qu'un vieux photographe du cru parte à la retraite au moment où je débarquai à Cauterets. C'était un vrai artiste qui avait édité au fil des ans quantité de cartes postales faisant référence dans la région et dont il avait tiré une certaine renommée. Les dernières années avaient été plus difficiles pour lui car il n'avait pas vraiment anticipé la révolution numérique, aussi peinait-il à vendre son magasin. Je l'obtins à un bon prix, même si tout l'argent que j'avais mis de côté y passa.

Bref, cela faisait trois ans déjà que je vivais ici, de mon violon d'Ingres. Un an et demi avant sa mort, Raphaël avait rencontré Camille. À l'époque, elle faisait des études d'histoire et préparait une thèse à la Sorbonne. Sa famille était assez fortunée – un père gynécologue à Paris, une mère psychiatre réputée, auteur d'ouvrages de vulgarisation à succès – et la jeune femme vivait au gré de ses humeurs, séjournant fréquemment durant les vacances dans un immense appartement à Cauterets, à l'hôtel d'Angleterre. Un été, elle avait rencontré Raphaël et le courant était immédiatement passé entre eux. Elle avait mis ses études entre parenthèses, même si je doutais qu'elle les reprenne un jour, et s'était installée avec mon frère qu'elle aidait la plupart du temps au magasin. Comme elle n'avait jamais connu et ne connaîtrait jamais de problèmes matériels, tout plaquer n'avait rien eu de très héroïque. Elle n'avait pourtant rien d'une enfant gâtée et j'étais heureux que Raphaël ait pu vivre une telle relation, même si elle fut trop brève.

***

Quant à mon père, cette pâle figure de notre enfance, lui non plus je ne l'avais pas revu depuis des années.

Les personnes qui ont entretenu tout au long de leur vie des rapports étroits et privilégiés avec leur famille s'imaginent que l'amour parental est indispensable à une vie équilibrée. Ai-je jamais ressenti un manque de ce côté-là ? Je ne saurais le dire avec certitude. Ma mère nous avait abandonnés, j'avais quitté mon père. (Mais peut-on employer ce verbe « quitter », réservé aux relations amoureuses, à propos d'un fils qui décide un beau jour de ne plus revoir son père ?) En tout cas, s'il y avait eu manque, il n'avait jamais été qu'inconscient.

Malgré les années et l'éloignement, je savais bien que je ne pouvais pas laisser mon père dans l'ignorance. Il fallait que je le prévienne. Camille elle-même me conseilla de ne pas attendre trop longtemps. Les anciennes querelles n'avaient plus cours à présent. L'heure de la trêve avait sonné, il avait le droit de savoir et de faire son deuil.

Je mis une bonne demi-heure à oser composer le numéro. Je repassai dans mon esprit mille raisons pour remettre à plus tard cette épreuve. Mais je savais que cet appel était avant tout un devoir auquel je ne pouvais pas me soustraire. Je respirai un grand coup. Trois sonneries retentirent puis une voix résonna à l'autre bout du fil.

Mon père.

Je lui reparlais pour la première fois depuis quinze ans et c'était pour lui annoncer la mort de son fils.

4.

Camille et moi fouillâmes leur appartement de fond en comble, ce qui nous prit deux bonnes heures. Nous inspectâmes tous les tiroirs qui contenaient les affaires personnelles de Raphaël, des papiers en tous genres, des photos, des souvenirs... Puis je m'attelai à son ordinateur. Tout y passa. Je n'étais pas un pro en informatique, mais j'avais des bases plus que correctes et s'il y avait quelque chose d'intéressant à trouver, j'espérais bien mettre la main dessus.

Nos premières recherches furent infructueuses. Mais sur quoi espérais-je tomber ? Peut-être la mort de mon frère était-elle bien due à un malade mental. Peut-être Raphaël s'était-il trouvé au mauvais endroit au mauvais moment. Avais-je raison d'imaginer une histoire plus complexe à laquelle la police elle-même ne croyait probablement pas de façon sérieuse ?

La fouille cependant ne fut pas totalement vaine, car j'eus la présence d'esprit de jeter un œil dans la salle de bain. Je commençai par examiner l'armoire à pharmacie : je pensais sans doute tomber sur de la drogue ou je ne sais quelle trace des vieux démons de Raphaël. Son passé me revenait toujours à l'esprit et je n'arrivais pas à en faire abstraction. Retrouvant peu à peu mes réflexes d'ancien flic, je glissai une main le long de la tuyauterie accessible pour vérifier qu'il n'y avait rien de caché. Il me fallait un indice, un élément concret à partir duquel avancer.

Je scrutai avec soin le miroir au-dessus du lavabo, puis les carreaux céruléens qui recouvraient le sol ainsi que l'extérieur de la grande baignoire. À sa base, je repérai la jointure de la trappe d'accès au siphon. Je m'agenouillai, l'ouvris et tâtonnai à l'aveugle. Rien que de la vieille poussière grasse. Mais cela me permit de repérer un carreau sensiblement plus visible que les autres, qui semblait avoir déjà été déplacé puis remis à sa place. Je le tapotai du bout des doigts : le carreau sonna creux comme si on avait aménagé une cachette dans le sol. Je tentai de le faire bouger et il finit par se désolidariser de l'ensemble du carrelage. Passant la main dans la cavité, je tombai sur un emballage plastique qui contenait un objet lourd. Je reconnus immédiatement au toucher qu'il s'agissait d'une arme. Je découvris un Beretta 92, pistolet assez courant en service dans la gendarmerie française. C'était aussi celui qu'utilisait Martin Riggs, le flic joué par Mel Gibson dans *l'Arme fatale*. Le sac plastique transparent contenait également des balles 9 mm.

Si la découverte de ce flingue ne me stupéfia pas, elle me laissa du moins un peu perplexe. Bien sûr, sa présence ne prouvait rien, mais j'avais du mal à ne pas penser que Raphaël craignait pour sa vie et qu'il avait voulu se protéger en se procurant cet automatique. Il est certain que, même s'il se savait menacé, il n'avait pas imaginé qu'on s'en prendrait à lui si loin du village, en pleine nature.

J'hésitai un instant sur la décision à prendre : devais-je montrer l'arme à Camille ou même à la police ? Aucune des deux idées ne me sembla judicieuse pour le moment. Je l'enfouis donc dans une poche de mon blouson et pris soin de replacer le carreau.

Au terme de notre fouille, je sortis prendre l'air sur l'esplanade où se trouvait la boutique de Raphaël. C'est l'endroit le plus agréable de Cauterets, avec ses commerces et ses cafés en enfilade abrités par une longue structure de métal vert. De part et d'autre, deux immenses rotondes donnent au lieu un aspect majestueux et un air Belle époque.

Un peu déçu par nos recherches, je voulais interroger Frédéric, l'associé de mon frère et surtout celui que je savais être son meilleur ami. J'avais toujours trouvé l'intérieur du magasin confortable et rassurant avec son accumulation de parkas, de matériel de ski et de chaussures de marche. On se serait cru dans la caverne d'Ali Baba. Tout cependant en ce lieu convergeait vers une même passion : la montagne.

— Salut Vincent, me dit d'un ton éteint Frédéric qui finissait de ranger quelques paires de chaussures sur un présentoir.

— Salut.

Frédéric avait une mine déconfite. Les dernières vingt-quatre heures avaient visiblement été très dures pour lui aussi. Je ne connais rien de pire qu'une tristesse feinte dictée par les conventions. La sienne était sincère.

— Je n'arrive pas encore à réaliser ce qui s'est passé, lâcha-t-il.

— Je sais.

— Tu tiens le coup ?

Je haussai les épaules, ne sachant pas trop quoi répondre.

— Et Camille ? reprit-il.

— Je crois qu'elle est complètement déboussolée. Les jours à venir vont être difficiles pour elle.

— Bien sûr.

J'avais envie de mettre un terme à ces banalités pour en venir au véritable objet de ma visite.

— Je voudrais te poser deux ou trois questions à propos de Raphaël.

— Tu veux essayer de comprendre, c'est ça ?

— Je crois que je ne suis pas le seul. Les gendarmes t'ont interrogé, je présume ?

— Naturellement.

— Comment as-tu trouvé Raphaël, ces derniers temps ?

— C'est difficile à dire, tu devrais savoir ça mieux que moi, tu es son frère.

— Je ne passais pas toute la journée avec lui… tandis que toi, tu as peut-être remarqué quelque chose dans son attitude.

— Tu penses à quelque chose d'étrange ou d'inhabituel ?

— Voilà.

— Ce n'est pas moi qui vais t'apprendre que Raphaël était plutôt lunatique, il changeait de comportement comme de chemise.

— C'est vrai qu'un jour il pouvait être imbuvable et charmant le lendemain. Il a toujours été comme ça. Même quand on était gosses, il avait déjà ce caractère versatile. Mais je te parle de ces jours-ci.

— Je ne voudrais pas t'orienter sur de fausses pistes. Avec le recul, on a tendance à tout réinterpréter, et on se fait des films.

— De quoi est-ce que tu parles ? Il t'a confié quelque chose ?

— Pas à proprement parler. C'était son attitude... Il avait l'air moins à l'aise, il semblait se méfier, comme s'il avait peur d'un truc. Mais je n'en suis pas sûr, ça n'était sans doute qu'un coup de fatigue, ou de la mauvaise humeur.

— Non, tu ne me parles pas de mauvaise humeur. Tu m'as dit qu'il semblait avoir *peur*.

***

Je m'avachis dans mon fauteuil préféré et débouchai une bouteille de whisky que je venais de prendre dans le buffet de l'entrée. Il n'était pas encore onze heures et quand je commençais à boire dans la matinée, c'est que les choses n'allaient pas. Après ma courte visite chez Frédéric, j'étais passé voir plusieurs amis de Raphaël, notamment ceux qui avaient participé aux recherches dans la montagne. Non seulement ils ne m'avaient rien appris, mais je commençais à être fatigué de recevoir des condoléances comme un vieux veuf solitaire.

J'étais tellement plongé dans mon désarroi, angoissé à l'idée de ne pas trouver de piste concrète, que je n'avais pas fait attention au courrier. Je l'avais pris presque machinalement, posant la pile sur le rebord d'une petite console qui croulait déjà sous les plis restés fermés depuis trois jours, symptôme de ma compréhensible procrastination.

Mon verre à la main, je déambulai un moment dans l'appartement. Dehors, la journée était claire et la ville baignait dans une étrange lumière blanche et diffuse.

Il se passa bien une heure avant que je ne *la* remarque au milieu de cette paperasserie. Une enveloppe de papier kraft banale sur laquelle étaient inscrits mon nom et mon adresse d'une écriture assez maladroite. Pas de nom d'expéditeur au verso. L'enveloppe contenait un boîtier de CD sans son film plastique transparent. Il s'agissait de ce disque mythique d'Eric Clapton, *Derek and the Dominos*, enregistré en 1971. Je connaissais chaque note de cet album qui était depuis longtemps le préféré de mon frère et que j'avais mille fois entendu jouer sur sa platine. Qui avait pu m'envoyer ce paquet ? Le rapport avec Raphaël était évident… mais avec sa mort ?

Je plaçai le disque dans mon lecteur. Aussitôt, les premières notes de *Layla,* en ré mineur, s'élevèrent dans la pièce. Une vague de nostalgie s'empara de moi : il me semblait revenir vingt ans en arrière, et je n'aurais guère été surpris de voir Raphaël débarquer dans le salon et mimer de ses mains un riff à la guitare. Je me souvenais qu'adolescent, il s'escrimait sur les accords de *Cocaïne* ou de *Key to the highway* sur une antique Gibson achetée d'occasion.

À quoi tout cela rimait-il ? Quelqu'un connaissait des détails de la vie de Raphaël et ce quelqu'un essayait de m'envoyer un message. Mais lequel ?

Agacé par la musique qui me ramenait trop loin en arrière, je sortis rageusement le CD de la platine laser. Au moment où je le replaçai dans le boîtier, je remarquai que l'image où était inscrit le titre de l'album était en léger décalage par rapport au reste. À l'évidence, il ne s'agissait pas d'un disque original, mais d'une copie.

Instantanément, je me précipitai sur mon ordinateur et trouvai sans difficulté ce que j'avais soupçonné. En plus des pistes audio qui avaient été copiées dessus, le CD contenait un fichier vidéo que j'ouvris d'un clic de souris.

Dès le début, je compris que le film n'avait pas été tourné avec un caméscope moderne mais avec une caméra VHS et qu'il avait dû être transféré en numérique assez récemment. La séquence vidéo avait au moins une quinzaine d'années car sur les premières images mon frère ne devait guère avoir plus de vingt-cinq ans. Il s'agissait d'un gros plan : Raphaël n'était pas seul, il embrassait une femme qui avait peu ou prou le même âge que lui. À en juger par la fougue de leur baiser, ils devaient être très amoureux. Le plan de ce baiser dura une vingtaine de secondes. Rien ne me permettait pour le moment de juger du lieu où se passait la scène ni de l'identité de celui qui tenait la caméra.

Un plan de coupe. La vue d'une montagne, d'un col. La caméra tremble un peu, puis effectue une sorte de panoramique maladroit sur une prairie. On doit être au printemps : des chardons bleus et roses inondent l'étendue verdoyante. Les couleurs ont un peu passé, sans doute le film n'était-il pas d'une qualité exceptionnelle.

Avait-t-il été tourné dans les Pyrénées ? Près de Cauterets ? Je connaissais bien les environs, mais aucun détail significatif n'était encore susceptible de me mettre sur une piste. Pourtant, une intuition me disait que nous n'étions pas loin d'ici.

Zoom. La caméra se recentre sur deux personnes. Mais plus de Raphaël. Assis sur un énorme rocher près d'un cours d'eau, une femme et son enfant regardent en direction de la caméra. La jeune femme est la même que sur le plan précédent. Elle porte un jean et un tee-shirt bleu océan. Elle est plutôt jolie avec ses cheveux châtain foncé coiffés en deux grosses nattes qui lui tombent de chaque côté du visage. Ses traits sont fins, bien dessinés : elle a l'air heureux et épanoui dans ce paysage bucolique. Son petit garçon auprès d'elle doit avoir deux ou trois ans. Il ressemble comme deux gouttes d'eau à celle que je suppose être sa mère, mais peut-être n'est-ce qu'une illusion due à leur proximité. Le gamin, hilare, fixe le caméscope et pointe vers lui le bout de son doigt. Qui est à ce moment derrière la caméra ? Mon frère ?

Seule certitude pour l'instant, j'étais en présence d'un montage réalisé dans un but bien précis. Les secondes s'écoulaient. La caméra semblait scotchée à ces deux êtres.

Et à nouveau, j'éprouvai la même certitude que lorsque mon frère embrassait cette femme. Je me dis que l'homme qui tenait le caméscope était le père de l'enfant et le compagnon de cette femme. Si c'était exact, alors mon frère avait un fils et j'avais un neveu.

Plan suivant. L'intérieur d'une maison ou plus vraisemblablement d'un appartement. Cette fois, l'image est totalement fixe. Le caméscope doit être posé sur une sorte de trépied. L'intérieur est assez modeste. Il y a peu de meubles et la décoration est minimaliste. Immédiatement, je comprends que l'on est à Noël. Un sapin rachitique mais habilement décoré orne le côté gauche de l'écran. L'éclairage est très mauvais. On se croirait face aux couleurs fanées d'un vieux polaroïd. Sur l'écran de mon ordinateur, les trois personnages de cet étrange film sont enfin réunis : mon frère tenant par l'épaule la jeune femme brune et leur petit garçon. Ils sont assis sur un canapé de velours vert. Le petit bonhomme est en train d'ouvrir des cadeaux, les yeux tout émerveillés et en proie à une excitation réelle. Ses parents le regardent tout aussi ébahis. Sa mère l'aide un peu à ouvrir les paquets. Mon frère semble comblé.

Je restai immobile devant ces images stupéfiantes, comme anesthésié. Trop de choses se déroulaient devant mes yeux. Ces quelques scènes auraient pu être banales, voire ennuyeuses pour n'importe quel quidam. Mais elles créaient en moi une profonde émotion. Comment mon frère avait-il pu me cacher si longtemps leur existence ?

Soudain, nouvelle coupe… Je ne savais pas encore qu'il s'agissait de la dernière. À nouveau, nous sommes dans la prairie, entourés par les montagnes. À nouveau, les visages riants de cette femme et de cet enfant. Mais le plan se fige tout à coup sur une image qui me semble à présent déplacée et inquiétante : je me dis que ces deux personnes sont peut-être mortes aujourd'hui…

Alors, trois mots en lettres capitales s'incrustèrent sur l'écran. Trois mots qui parvinrent confusément à mon esprit, trois mots qui allaient bouleverser ma vie :

VINCENT, PROTÈGE-LES.

5.

Nice, Alpes-Maritimes.

Le feu passa au vert et Justine démarra en trombe. Les pneus crissèrent sur l'asphalte. La *Scénic* prit la première à droite et longea la gare routière à l'armature de béton massive et au gris sali. Cent mètres plus loin, un nouveau feu menaçait de passer au rouge. Justine appuya franchement sur l'accélérateur alors que l'orange avait déjà changé de couleur. Après une cinquantaine de mètres, elle gara son véhicule devant les arceaux métalliques destinés au parcage des deux-roues, quasiment devant l'entrée secondaire du lycée, celle par où pénétraient les rares voitures autorisées à se garer dans l'enceinte du bâtiment.

Un samedi matin, en plein cœur de Nice, devant le lycée le plus prestigieux de la ville, il ne faudrait pas vingt minutes pour qu'une voiture aussi mal garée soit repérée par la police et enlevée par la fourrière.

Mais Justine sortit d'un pas décidé du véhicule, rajusta sa veste en cuir et enjamba un des arceaux de fer. Devant elle se dressait l'immense façade de pierres blanches du lycée Masséna. L'architecture de ce bâtiment n'avait rien de régulier et de monotone mais surprenait par son originalité et son mélange de styles. C'était une succession de murs saillants ou en retrait, de petites niches aux toits en tuiles, de frises orientales ou de décorations fantaisistes. Sitôt qu'un mur de façade semblait trop classique, il était brisé par une courbe baroque ou une fantaisie à l'italienne, comme si des sinuosités inattendues venaient troubler le cartésianisme de l'ensemble.

Au centre du bâtiment, comme un véritable minaret, s'élevait à une vingtaine de mètres au-dessus du sol ce qu'on appelait « la Tour de l'horloge ».

Le lieutenant Justine Néraudeau, de la police judiciaire, pénétra par l'étroite porte d'entrée du lycée, présenta sa carte de police au cerbère qui gardait les lieux, puis passa par le portail intérieur en fer forgé. On se serait cru dans une prison, avec cette porte ridiculement exiguë et ce portail étrange. Voulait-on empêcher les gens d'entrer ou bien de sortir ?

Avec son mètre soixante-quinze, ses jambes fines et élancées, Justine ne passait pas inaperçue. Elle avait un peu le physique d'une sprinteuse et ce n'était pas le genre de filles à laquelle on avait envie de se frotter. Elle était d'une beauté singulière qu'on remarquait immédiatement : un visage ovale, des cheveux noirs de jais et un teint mat et hâlé qu'elle avait hérité d'un grand-père antillais. Ce n'était pas à proprement parler une métisse. On aurait pu tout simplement la prendre pour une fille du sud ayant l'habitude de s'exposer au soleil. Cette sorte « d'entre-deux », d'indécision, était pour beaucoup dans son charme : elle n'avait pas en somme un physique commun.

Sous un cadran solaire à l'entrée du bâtiment, Justine remarqua une inscription en latin qu'elle fut incapable de traduire : *Nimium ne crede colori.*

Cette histoire était vraiment moche. Ce n'était naturellement pas la première fois dans sa courte carrière qu'elle était confrontée à une affaire de ce type, mais tout ici semblait en décalage.

La veille au soir, Sébastien Cordero, dix-huit ans, élève de classe préparatoire, avait été poignardé à deux reprises. Son corps, retrouvé dans la cour, gisait sous les longues coursives extérieures si caractéristiques de ce lycée de province. Ce meurtre n'avait rien à voir avec les drames scolaires qu'on lit dans les journaux ou qu'on voit à la télé le soir : une bagarre qui tourne mal, un coup de couteau, une histoire de racket… Non, on avait affaire à quelque chose de vraiment inhabituel, une agression visiblement préméditée et d'une extrême violence. Le plus surprenant était sans doute le contraste entre l'horreur du crime et l'endroit où il avait été perpétré. Pour le moment, les autorités essayaient surtout de ne pas ébruiter l'affaire, mais Justine Néraudeau se doutait bien qu'un événement de ce genre dans un tel établissement n'allait pas longtemps demeurer caché.

Comme le prévoyait la procédure dans le cas d'assassinats, l'Identité judiciaire, sous la supervision du procureur de la République, s'était immédiatement déplacée sur la scène de crime. Dans ces moments-là, Justine savait combien la réalité n'avait rien à envier à ce qu'on pouvait voir dans les séries policières. Dans un premier temps, les policiers eux-mêmes étaient écartés jusqu'à ce que le travail des scientifiques soit achevé. Avec un peu de chance, si la scène n'avait pas été trop altérée, on pouvait espérer repérer quelques taches de sang ou de salive par fluorescence. Dans le cas présent, étant donné le passage incessant à cet endroit, les chances de trouver des indices exploitables étaient vraiment réduites.

Le lieutenant Néraudeau avait souvent assisté à ce travail minutieux de la police technique qui avait changé les manières de travailler depuis déjà une vingtaine d'années. Même si elle était toujours admirative de cette étape de l'enquête et de l'aide décisive qu'elle apportait parfois, cet aspect du travail de la PJ ne l'avait jamais passionnée. Ce qu'elle aimait, c'était l'enquête de voisinage, si souvent considérée comme ingrate et laborieuse. Répertorier l'environnement de la victime, ses fréquentations, relever les faits incongrus ou les personnes suspectes, voilà ce qui l'intéressait vraiment ! Ce moment si particulier où elle savait qu'elle pourrait entrer dans l'intimité de la victime. Certains auraient pu parler de « voyeurisme », mais pour elle, comprendre et résoudre l'indéchiffrable était l'essence de son travail.

Justine n'avait pas assisté à la première analyse de la scène de crime mais son collègue, le lieutenant Marc Monteiro, un fondu de police scientifique, lui avait résumé les premières constatations. Pour le moment, dans l'attente de l'autopsie et d'analyses plus poussées en laboratoire, le corps avait assez peu « parlé ». L'adolescent avait été poignardé et, au vu des contusions et des fractures apparentes du cadavre, on présumait qu'il était tombé du haut de la coursive. On avait relevé très peu de traces de lutte, ce qui laissait imaginer que le meurtre avait été perpétré très rapidement et de façon abrupte.

Une fois la scène de crime figée et les prélèvements effectués, on avait hésité à rouvrir le lycée le lendemain même du meurtre. Mais la présence de très nombreux internes qu'on ne pouvait renvoyer chez eux et le souci de perturber au minimum la vie des lycéens avaient conduit les autorités à ne rien changer aux habitudes de l'établissement. Il était cependant évident que personne ce jour-là n'aurait la tête au travail.

Pour l'instant, l'enquête de voisinage, diligentée dans les plus brefs délais, avait été répartie entre cinq inspecteurs, cinq psychismes qui allaient confronter inlassablement leurs idées sur la même affaire. Marc Monteiro et Justine Néraudeau allaient quant à eux commencer leur enquête au sein même du lycée Masséna.

***

Le proviseur était de ce genre d'hommes qui font plus que leur âge : une coupe de cheveux démodée, un costume de bonne qualité mais terriblement vieillot et froissé, une paire de lunettes trop volumineuses qui faisaient écran devant ses yeux. Pas vraiment laid, juste enlaidi...

— C'est un véritable drame, dit-il en invitant Justine à prendre place dans un fauteuil en simili cuir aux standards de l'administration. Je ne sais pas comment une telle chose a pu se produire.

Il parlait d'un ton mécanique et presque lointain malgré la proximité des événements. Il semblait aussi être un spécialiste des lapalissades.

— J'aurais quelques questions à vous poser.

— J'ai déjà parlé à vos collègues hier soir... Je ne sais pas si je vais vous être très utile.

— Nous verrons bien, j'ai besoin de partir sur des bases claires.

Le plus souvent, avant même de savoir quoi que ce soit sur la victime, Justine aimait s'imprégner de l'environnement dans lequel elle évoluait. Le lieu pouvait déjà lui apprendre beaucoup, en fonctionnant comme un révélateur photographique. Car en somme, le lieutenant Néraudeau ne connaissait rien à cet univers des classes préparatoires et des grands lycées. Ce n'était vraiment pas son monde.

— S'est-il déjà produit des événements suspects, récemment ou par le passé ?

— Non, rien qui sorte de l'ordinaire. Vous savez, Masséna est un établissement respectable et respecté : nous obtenons régulièrement plus de 90 % de réussite au bac, toutes sections confondues... Et puis surtout, nos classes préparatoires sont excellentes et contribuent énormément à la renommée du lycée.

— Il y a pourtant eu, je crois, des problèmes de drogue au début de l'année, dit le lieutenant pour tempérer ce tableau trop idyllique à son goût.

Le visage du proviseur pâlit et se crispa. Il ne s'était visiblement pas attendu à un tel coup bas de son interlocutrice.

— Euh... on a beaucoup exagéré ce qui s'est réellement passé. D'abord, par drogue, il faut entendre « cannabis ». Aucune drogue dure n'a jamais circulé dans notre établissement. C'est vrai que quelques élèves de classes prépas se sont échangé des quantités infimes de cannabis. Leur erreur a été de se faire prendre à le fumer sur les toits du lycée. Mais vous savez tout cela puisque la police a enquêté à l'époque. Écoutez, sérieusement, ce genre de choses arrive aujourd'hui dans tous les établissements : les élèves de prépa ont toujours fumé un peu de *marijuana*... (il prononçait « marie-jus-anna »).

— Il ne s'agissait pas vraiment « de quantités infimes » comme vous dites. J'ai vu le rapport de police : on a retrouvé près de cent grammes dans la chambre d'un de vos internes. Vous n'ignorez pas que la détention d'une telle quantité de drogue est passible de prison ferme. Si la police ne s'était pas montrée compréhensive dans cette affaire...

— Mais enfin, quel rapport avec le drame d'hier soir ? s'énerva le proviseur.

— Il peut être plus grand que vous ne le pensez. Les histoires de came conduisent facilement à des règlements de compte.

— Vous n'êtes pas sérieuse ?

— Je ne vois pas pourquoi ce qui serait bon pour un lycée de banlieue ne le serait pas pour le vôtre, répliqua sèchement Justine. De toute façon, pour le moment, nous ne devons négliger aucune piste. Cette histoire n'a peut-être rien à voir avec le meurtre, mais on ne sait jamais.

Devant l'air courroucé du proviseur qui ne semblait guère apprécier son ton accusateur, Justine reprit d'un ton plus posé pour calmer le jeu :

— Bon, parlons un peu de Sébastien Cordero.

Le proviseur ouvrit une chemise qu'il avait visiblement préparée en vue de la visite du lieutenant. Il commença à parcourir rapidement son contenu.

— Eh bien, je ne vais pas pouvoir vous dire grand-chose d'autre que ce qui est indiqué dans son dossier. Je ne connais évidemment pas tous les élèves personnellement.

— Naturellement, répliqua Justine pour essayer de le rassurer.

— Il venait du Centre International de Valbonne : mention « Très bien » au bac, ce qui n'est pas rare dans nos classes préparatoires. Il était en khâgne moderne.

— C'était donc sa première année dans l'établissement ?

— Non, sa deuxième. Lorsque vous arrivez en classe préparatoire dans les sections littéraires, vous entrez en hypokhâgne. La deuxième année s'appelle la khâgne. Au terme de ces deux ans, vous passez les concours pour intégrer les grandes écoles.

Il avait repris un ton docte plus conforme à sa position, cela semblait le rassurer.

— Il étudiait donc les Lettres ?

— Oui, avec une option anglais pour le concours, ajouta-t-il en rajustant ses lunettes.

— Quoi d'autre ?

— Il avait un an d'avance, mais là aussi c'est assez courant chez ce genre d'élèves. Et puis, comme vous le savez, il était interne dans l'établissement.

— C'est le point qui m'intéresse le plus, dit Justine en tapotant familièrement du doigt le bureau devant elle. Combien y a-t-il d'élèves à l'internat ?

— Une centaine, une moitié de garçons, l'autre de filles. L'internat est réservé exclusivement aux étudiants de classes préparatoires.

— Et combien avez-vous d'élèves en prépa ?

— Plus de sept cents.

— Vous devez donc avoir beaucoup de demandes pour l'internat ?

— Énormément. Nous avons d'ailleurs dû établir certains critères de sélection : les ressources financières, l'éloignement du domicile, l'âge de l'étudiant…

— Quels étaient les résultats scolaires de Sébastien ?

— Très bons, si j'en juge par les bulletins. Il a eu des encouragements au premier trimestre et aurait probablement fini par décrocher les félicitations, ce qui est plutôt rare dans ces classes-là. Nous évitons de donner la grosse tête à nos élèves. Il a été classé deuxième au concours blanc organisé en janvier. Il avait tout à fait le profil pour intégrer Normale Sup.

— Est-ce qu'il avait fait parler de lui d'une manière ou d'une autre durant les deux ans qu'il a passés ici ?

— Non, il n'a jamais eu le moindre problème. Et certainement pas de drogue, ajouta promptement le proviseur pour couper court à toute nouvelle incursion sur ce sujet délicat. Mais je vous l'ai dit, je ne connais pas personnellement les élèves.

— Je compte bien voir aussi ses camarades et ses professeurs.

Justine semblait un peu déçue de ne pas avoir obtenu de renseignements plus significatifs, mais c'était le lot des premières phases de l'investigation.

— Il y a un autre point que j'aimerais aborder avec vous, reprit-elle. J'ai été assez surprise, en arrivant, de voir combien l'établissement était surveillé. Un seul battant de porte ouvert, le concierge, la caméra de surveillance…

— Je vois où vous voulez en venir : vous vous dites que si une personne étrangère à l'établissement était entrée ou sortie hier soir, on l'aurait forcément remarquée.

— Tout à fait.

— Malheureusement, les choses ne sont pas aussi simples. C'est vrai que nous avons établi des règles drastiques pour empêcher des personnes indésirables de pénétrer dans l'enceinte du lycée, notre concierge en particulier est très physionomiste et efficace. Mais en réalité, on peut entrer ici et en sortir beaucoup plus facilement qu'on ne croit. Il vous suffit d'être un peu souple et vous pouvez escalader au moins deux portails qui donnent sur la rue. Il arrive que nos internes fassent le mur, la nuit. Passé le couvre-feu, ils utilisent souvent ces passages, pourtant assez dangereux. Mais enfin, le lycée n'est pas une prison.

— Bien entendu, je comprends. En somme, vous me dites que n'importe qui aurait pu entrer et sortir d'ici sans se faire remarquer, hier soir vers 19 heures ?

— C'est à peu près ça, en prenant soin d'être discret cependant. Mais il fait nuit assez tôt, en ce moment.

Une ombre parmi les ombres.

***

Descendue dans la cour, Justine respira à pleins poumons. Ce proviseur l'avait agacée. Trop fier de lui avec son lycée prestigieux, ses réussites aux grandes écoles, ses élèves tous plus brillants les uns que les autres. En réalité, les études avaient toujours mis Justine mal à l'aise. Elle n'avait pas eu le profil de l'élève modèle : son parcours scolaire l'avait même plutôt ennuyée. Adolescente déjà, elle préférait le contact avec le réel. Pour elle, l'entrée dans la vie active avait été comme une libération, contrairement à beaucoup d'étudiants d'aujourd'hui qui faisaient durer leurs études le plus longtemps possible en restant chez papa et maman.

Justine se dirigea vers la machine à café, sous le préau, au pied d'un immense escalier qui menait aux galeries supérieures. Elle n'avait rien eu le temps d'avaler ce matin et elle sélectionna un café noir très fort sans sucre. Elle sortit aussi son paquet de cigarettes menthol. Il était bien sûr interdit de fumer dans l'enceinte de l'établissement, mais on n'allait pas la coffrer pour ça !

Elle avala une gorgée et contempla un instant les marronniers et les massifs de glycines qui ornaient la cour. Une longue journée s'annonçait.

La chambre d'interne de Sébastien Cordero à l'internat était petite mais fonctionnelle et bien aménagée : un bureau avec lampe fixée au mur, une armoire de rangement, un petit coin sanitaire dans un renfoncement de la pièce contenant douche et lavabo. Les internes étaient bien lotis, d'autant plus que le loyer de la chambre ne dépassait pas deux mille euros à l'année : impossible à ce prix-là de se loger dans une ville comme Nice. Fouiller une chambre si petite se révéla très rapide. Beaucoup de livres sur l'armoire. Dans le placard, pas mal de fringues sans intérêt : jeans, polos, chemises, deux paires de chaussures. Rien de planqué sous le lit et le matelas. Dans le tiroir, cachés sous des cahiers et des classeurs, quelques magazines porno.

Voilà ce qui arrive à ces bûcheurs, ils ne prennent même plus le temps de rencontrer des filles, songea Justine.

Au-dessus du bureau s'étalaient quelques photographies : l'une d'elles représentait Cordero faisant du sport, une autre le montrait en compagnie de plusieurs garçons et filles de son âge. Visiblement, ce cliché avait été pris sur la plage, à Nice : Justine reconnut en arrière-plan le quai des États-Unis et les façades de camouflage que les Italiens avaient construites pendant la seconde Guerre mondiale pour protéger la ville des bombardements américains. Une dernière photo pouvait s'avérer plus intéressante, celle d'une jeune fille d'environ dix-huit ans, blonde, plutôt mignonne, à l'air mutin. Justine Néraudeau la décrocha et la glissa dans la poche intérieure de sa veste. Que cette fille fût la petite amie de Sébastien ou une simple camarade sur laquelle il avait des vues, son témoignage pouvait se révéler capital. De toute manière, la simple présence de cette photo prouvait qu'elle devait représenter beaucoup pour un étudiant comme lui qui passait la moitié de son temps à travailler ici.

Justine s'assit un instant sur le lit au-dessus duquel s'étendait une immense affiche de *Pulp Fiction* : Uma Thurman, lascivement allongée, fumait une cigarette en lisant un roman.

Il fallait qu'elle essaie de comprendre qui était cet adolescent. Avait-il quelque chose à cacher ? Derrière les apparences de l'élève modèle ne se dissimulait-il pas un secret, une chose honteuse, une particularité ? Pourquoi avait-on voulu le supprimer ? S'agissait-il d'une vengeance ? Savait-il quelque chose de compromettant ou avait-il été choisi au hasard parmi tous les élèves ?

***

Phénoménologie, subsumer, empirique.

Le tableau noir arborait des termes sibyllins dont Justine aurait eu bien du mal à donner une définition claire. Le cours de philosophie venait de se terminer. Elle aurait le temps de s'entretenir pendant la pause de 10 heures avec le professeur principal de Sébastien Cordero, M. Frulani. C'était un homme d'une cinquantaine d'années, charmant et sans doute charmeur. Ses cheveux étaient gris sel, son visage fin et allongé, ses yeux pétillants de malice. Son élégance, dans la démarche et les vêtements, était tout anglo-saxonne et légèrement surannée. On l'aurait facilement imaginé enseigner dans une prestigieuse université britannique.

— Comment s'est déroulé le cours ? demanda Justine une fois les présentations faites et après qu'elle l'eut mis au courant, dans les grandes lignes, du drame de la veille.

— De façon un peu étrange. Tout le monde sait que Sébastien est mort, mais pour le reste, les rumeurs vont bon train... Avec toute cette agitation, c'est compréhensible.

— Vous connaissiez bien Sébastien Cordero ?

— Naturellement, j'étais déjà son professeur de philosophie l'an dernier. De plus, c'était un des meilleurs éléments de la classe.

— Comment le décririez-vous ?

— Il appliquait les préceptes des anciens : *mens sana in corpore sano.*

— Un esprit sain dans un corps sain ? s'empressa de traduire Justine qui avait reconnu là l'une des rares locutions latines dont elle eût retenu la traduction.

— Exact, un garçon intelligent et travailleur qui faisait aussi beaucoup de sport. C'est d'ailleurs après son entraînement au gymnase qu'il a été tué, n'est-ce pas ?

Justine acquiesça.

— C'était quelqu'un d'attachant et d'intègre. Je ne vois pas pourquoi on aurait voulu lui faire du mal.

— C'est souvent ce qu'on dit des gens après leur mort, mais croyez-moi, il y a toujours plein de raisons pour vouloir tuer quelqu'un : elles sont souvent futiles et mesquines, mais on en trouve toujours. Vous ne lui connaissiez aucune inimitié ?

— Nous sommes dans une classe à concours, reprit Frulani, alors chacun est le concurrent potentiel du voisin. Les places seront chères à la fin de l'année et les élèves ne se feront pas de cadeau.

— Je comprends, mais en dehors de cette émulation normale, y avait-il des élèves qui le détestaient ?

— Sébastien avait beaucoup de qualités et il attirait pas mal de jalousie. Il y a un ou deux garçons qui ne l'aimaient pas vraiment.

— Est-ce un euphémisme ?

— Plutôt oui. Il y a parfois des tensions. Rien de grave, mais ces jeunes sont tout le temps ensemble et il arrive qu'ils ne se supportent plus.

— Pouvez-vous me donner une liste des élèves de la classe en m'indiquant ceux qui seraient susceptibles de m'apprendre quelque chose sur Sébastien ?

— Bien entendu.

— Est-ce que vous auriez d'autres informations qui pourraient m'aider ?

— Je ne vois pas, mais je dois vous dire que je suis encore sous le choc. Alors s'il me revient quelque chose…

Justine approuva de la tête. Elle allait prendre congé lorsqu'une dernière question lui vint aux lèvres.

— Ça n'a pas grand-chose à voir avec l'affaire, mais que signifie la phrase qui est gravée à l'entrée, sous le cadran solaire ?

— *Nimium ne crede colori ?*

— Oui.

— C'est une maxime latine tirée d'une œuvre de Virgile qui signifie en gros « Ne vous fiez pas aux apparences ».

6.

Justine sortit de la salle 208 au moment où retentissait bruyamment, comme une sirène d'incendie, la sonnerie marquant la fin de la pause de 10 heures. Aussitôt, le lieutenant se heurta à une marée humaine qui déferla au milieu des galeries dans la confusion la plus totale. Elle tenta un moment de remonter à contre-courant le flux pressant de cette cohorte juvénile, puis se résigna à battre en retraite et à emprunter l'escalier le plus proche menant au rez-de-chaussée. En quelques secondes, elle croisa des centaines de visages et ne put s'empêcher de penser que même si certains de ces garçons et de ces filles avaient déjà 19 ou 20 ans, ils n'en demeuraient pas moins des enfants qui n'avaient encore rien connu de la vie.

Le lieutenant Néraudeau pénétra dans la salle des professeurs et chercha du regard Marc Monteiro, son coéquipier. Elle ne le vit pas immédiatement car il y avait foule. Masséna était un grand lycée et le nombre de profs était en conséquence, si bien que personne ne fit vraiment attention à elle. Si les personnes présentes avaient su qu'elle était flic, elles lui auraient porté à coup sûr une attention plus soutenue car elle entendait, à travers des bribes de conversations et des paroles confuses, qu'on ne parlait que du drame de la veille. Elle remarqua enfin Marc, de dos, près d'une machine à café devant laquelle une file d'attente s'était déjà formée.

— Oh, salut, tu en veux un ? demanda-t-il en levant son gobelet en plastique comme pour porter un toast.

— Non, j'ai déjà eu ma dose tout à l'heure.

— Ils ne parlent que de ça, remarqua Monteiro comme s'il avait lu dans les pensées de Justine.

— Je sais. Ça leur fait une petite distraction dans leur quotidien.

— Ne sois pas aussi sarcastique, Justine.

— Bon, où tu en es ?

— J'ai déjà interrogé pas mal d'élèves de sa classe : ça n'a pas donné grand-chose et à mon avis ça ne donnera rien.

— Pourquoi ?

— Parce que tout le monde trouve que Sébastien Cordero était formidable et que personne ne comprend comment une telle chose a pu arriver.

Justine était frappée de voir que dans nombre d'affaires, les pires salauds pouvaient se transformer après leur mort en individus remarquables. Mais au bout du compte, les langues finissaient toujours par se délier.

— Ne t'inquiète pas, répondit-elle, ce genre d'attitude ne dure qu'un temps. Ensuite, on aura droit à toute une série de ragots sur son compte.

— Peut-être, reprit Monteiro. En tout cas, je n'ai rien trouvé de probant en ce qui concernerait une éventuelle affaire de drogue. De toute façon, ce n'est pas à un flic qu'ils se mettraient à parler de ça.

Justine sortit de sa poche une demi-feuille de papier qu'elle tendit à son coéquipier.

— Il faudrait que tu te concentres sur ces élèves-là. C'est le prof de philo qui m'a donné ces noms. Peut-être que tu auras plus de chance avec eux. Et s'ils te font un panégyrique du mort, ne les crois surtout pas : ils le détestaient.

— Pour l'instant, qu'est-ce que tu penses de cette affaire ?

— Pas grand-chose, fit Justine perplexe. Le fait que Cordero était interne a sans doute son importance. Mais d'un autre côté, n'importe qui aurait pu faire le coup. Malgré les apparences, on peut entrer ici comme dans un moulin.

— Je sais, enchaîna Monteiro. J'ai déjà escaladé une des grilles dans la cour de derrière. Même le dernier des grabataires serait capable de la franchir.

***

Le plus simple était sans doute de partir du plus concret et de reconstituer fidèlement l'emploi du temps de la victime la veille.

Sébastien Cordero avait eu cours toute la journée, de 8 heures à 16 heures. Deux heures de français et deux heures d'anglais le matin. À midi, il avait déjeuné dans un petit restaurant près du cours Saleya. Visiblement, il avait l'habitude avec quelques élèves de la classe de sortir manger un bout en ville le vendredi à midi, histoire de fêter la fin de la semaine. Reprise des cours à 14 heures. Séance de philo, puis une heure de LV2, en l'occurrence allemand. À 17 heures, le temps de fumer une cigarette, il avait traîné devant le lycée avec quelques amis que Marc Monteiro avait déjà interrogés. Puis il s'était rendu avec Sophie Courtois, une élève de sa classe, dans un café de la rue de l'Hôtel des postes, derrière Masséna. À 18 heures, il était allé au Gymnase après être passé dans sa chambre à l'internat. Il s'était entraîné une heure comme cela lui arrivait parfois, avait pris une douche puis, à peine sorti de la salle d'entraînement, s'était fait assassiner.

Si l'on s'en tenait à cet emploi du temps, que remarquait-on ? Que cette journée avait été semblable aux autres vendredis, que Cordero était fidèle à des habitudes assez ancrées. Ce qui signifiait que le tueur était peut-être au courant de sa routine et qu'il connaissait suffisamment le lycée pour perpétrer son meurtre sans se faire remarquer. Il avait eu la tâche facilitée : à 19 heures, il faisait déjà nuit et la cour du lycée était très mal éclairée. Les internes, eux, travaillaient dans leur chambre ou étaient déjà au réfectoire. Bref, il n'y avait rien d'incroyable à ne croiser personne dans les environs à cette heure-là.

Malgré ses interrogatoires peu fructueux, Justine voulut rencontrer le professeur coordonnateur de sport du lycée pour en apprendre un peu plus sur le gymnase, ses heures d'ouverture et ses habitués. M. Kern, un homme affable et attristé par la disparition du jeune homme, lui apprit tout ce qu'elle voulait savoir. La journée, le gymnase était réservé aux élèves du lycée. Quelques après-midi par semaine, il était occupé par les jeunes adhérents des clubs sportifs : basket, volley ou boxe. Le soir, après les cours, la salle restait ouverte jusqu'à 19 heures 30 pour les internes et pour certains externes qui s'étaient inscrits en début d'année. M. Kern connaissait bien Sébastien Cordero puisqu'il s'entraînait plusieurs soirs par semaine entre 18 et 19 heures. Pourquoi précisément ces horaires-là ? Parce que, pour les internes, le repas du soir était servi au réfectoire à 19 heures précises. Sébastien Cordero avait le temps de prendre sa douche dans le gymnase sans avoir à remonter dans sa chambre, et aller directement manger. Qui aurait pu être présent dans la salle ce soir-là et rencontrer Sébastien ? M. Kern ne voyait qu'une seule personne :

Stéphane Laurens, un externe, étudiant en prépa scientifique qui venait s'entraîner tous les vendredis soir, aussi sûrement que le soleil se levait à l'est et se couchait à l'ouest.

***

Stéphane Laurens était un adolescent d'une grande beauté. Des cheveux bruns un peu trop longs et en bataille surmontaient un visage aux traits parfaitement fins et réguliers. Ses yeux, d'un noir intense presque dérangeant, brillaient d'intelligence. Il était plus grand que la moyenne et affichait un physique sportif, ce qui n'était guère étonnant puisqu'il était inscrit au club de boxe française du lycée.

— *Encore un* mens sana in corpore sano, pensa Justine.

Immédiatement, quelque chose chez ce garçon l'incommoda mais elle aurait été incapable de dire précisément quoi.

— Vous êtes au courant de ce qui s'est passé ?

— Difficile d'ignorer que Cordero est mort… C'est vrai qu'on l'a assassiné ?

Rien dans sa voix ne laissait apparaître la moindre émotion ni la moindre compassion.

— Malheureusement c'est vrai, fit Justine d'un ton un peu solennel qui contrastait avec celui de son interlocuteur. Il a été tué hier soir après être sorti du gymnase.

— Et c'est pour ça que vous m'interrogez.

On avait du mal à dire s'il s'agissait d'une question ou d'une affirmation.

— Vous étiez bien au gymnase hier soir ?

— Comme tous les vendredis, oui.

— À quelle heure êtes-vous arrivé, approximativement ?

— Il devait être six heures moins le quart.

— Êtes-vous rentré chez vous après vos cours ou êtes-vous allé directement au gymnase ?

— J'avais une colle à 17 heures.

— Une punition ?

— Non. C'est comme ça que nous appelons les interrogations orales qu'on subit chaque semaine : on nous donne un sujet et on a une heure pour le préparer avant de passer devant un prof. Je suis directement allé m'entraîner après ma colle.

— Vous avez rencontré Sébastien, j'imagine ?

— Bien sûr, d'ailleurs on se croisait assez fréquemment après les cours.

— À quelle heure êtes-vous parti ?

— Vers 18 heures 30.

— Et vous n'avez rien remarqué d'inhabituel ?

— Quoi, par exemple ?

— Je ne sais pas, c'est à vous de me dire.

— Je ne vois pas, non, répondit Stéphane Laurens, décidément peu bavard. Il ne portait pas sur son visage qu'il allait se faire assassiner, si c'est ce que vous voulez savoir.

— Ce qui est étrange, c'est que le concierge ne vous ait pas vu sortir à cette heure-ci. En fait, il prétend ne pas vous avoir vu sortir, ce soir-là.

— Il y a quelque chose comme mille cinq cents élèves dans ce lycée : vous vous imaginez que le concierge est capable de faire la liste de tous les gens qui sortent heure par heure ?

— Pourtant, le concierge vous connaît plutôt bien, d'après ce qu'il m'a dit…

— C'est vrai qu'on se parle souvent. Il nous arrive de commenter les résultats de foot.

— Surtout, vers sept heures du soir, il ne doit plus

entrer grand monde ici. En plein jour, je veux bien qu'il ne remarque pas tout, mais le soir, il ne laisserait pas le premier venu pénétrer dans l'établissement.

— Entrer non, mais sortir !

— La porte d'entrée du lycée ne doit pas faire plus de quatre-vingts centimètres de large : j'ai remarqué qu'un seul des battants était ouvert. Pourquoi ne vous a-t-il même pas vu passer ?

— Ça y est… Je crois bien que je suis le « Suspect numéro un », fit le garçon d'un ton moqueur.

— Ce n'est pas l'impression que je voulais vous donner, mais vous êtes sans doute la dernière personne qui ait vu Sébastien Cordero vivant. Alors, il est très important que je sache exactement ce que vous avez vu.

— D'accord, je ferai tout mon possible pour vous aider, fit l'adolescent en retrouvant un peu de sérieux.

— Est-ce que vous connaissiez bien la victime ?

— Qu'entendez-vous par « connaître bien » ? On se croisait régulièrement au gymnase, on parlait un peu de sport, de la vie du lycée et on prenait notre douche ensemble après l'entraînement. En somme, je le voyais plus souvent à poil qu'habillé, alors d'une certaine façon je le connaissais plus que le commun des mortels.

Justine n'eut pas l'air d'apprécier ce trait d'humour douteux.

— Dois-je comprendre, à votre ton ironique, que vous ne le considériez pas vraiment comme un ami ?

— C'était une connaissance, quelqu'un de très sympa, mais certainement pas un ami.

— De quoi avez-vous parlé ce soir-là ?

— Manny Pacquiao.

— Qui ?

— Manny Pacquiao, le boxeur. Nous avons discuté de sa dernière victoire.

— Et à part la boxe ?

— Pas grand-chose.

Cet adolescent avait vraiment un regard incroyable, d'une noirceur qui donnait la chair de poule.

— Vous n'auriez pas parlé de filles, par exemple ?

— Vous êtes très perspicace. On a un peu parlé d'Aurélie Donatien, une fille avec qui il aurait bien aimé sortir.

Justine sortit de sa poche la photo de la jeune blonde qu'elle avait décrochée au-dessus du bureau de Cordero.

— C'est elle ?

— Non, répondit sans la moindre hésitation Stéphane Laurens. Elle, c'est Sandrine Decorte, une fille avec qui Sébastien est sorti. Elle est dans ma classe.

— Cordero n'aurait-il pas évoqué des problèmes devant vous ? N'avait-il pas des soucis qui le tracassaient ?

— Non, il avait l'air normal.

— Quand vous êtes parti, qu'était-il en train de faire ?

— Il s'entraînait encore, il tapait sur les sacs de frappe, si je me souviens bien.

— Il ne vous a rien dit de particulier à ce moment-là ?

— Non, j'ai dû lui lancer un truc dans le genre : « Salut, défoule-toi bien ». Ensuite je suis rentré chez moi.

— Selon vous, quelqu'un aurait-il pu lui en vouloir ? demanda Justine en ignorant sa dernière remarque.

— Vous soupçonnez quelqu'un du lycée ?

— Pour l'instant, je soupçonne tout le monde et personne, je me renseigne.

— C'est dur à dire. Si on s'était contenté de lui piquer des affaires ou de lui bousiller ses livres, j'aurais pu vous faire une liste. Mais pour un meurtre, ça dépasse franchement mes compétences.

— Je ne vous demande qu'une intuition, rien d'autre.

— J'aimerais savoir ce qu'on a pu vous raconter sur le lycée.

— C'est moi qui pose les questions, trancha sèchement Justine.

— Soyez sympa, dites-moi un peu. Est-ce que le proviseur vous a sorti son laïus : « Nous sommes un lycée d'élite, 90 % de réussite au bac, nos élèves de prépa intègrent les meilleures écoles, ici on conjugue épanouissement de l'esprit et réussite scolaire… »

C'était à croire qu'il était présent dans le bureau du proviseur un peu plus tôt.

— Ce n'est pas la vérité ? rétorqua Justine.

— Si, mais les classes prépas, c'est un univers très particulier. Surtout en Lettres.

— Vous êtes en Sciences, vous ?

— Oui, mais Cordero était en Lettres, ce qui change tout.

— Soyez plus clair.

— D'abord, à Masséna, pratiquement aucun élève de prépa littéraire n'intègre Normale Sup, que ce soit ULM ou Cachan. Ce qui veut dire que cette prétendue « émulation » dont on vous a parlé, c'est du bidon. Les élèves en Lettres savent pertinemment qu'ils n'intégreront pas de grandes écoles et qu'ils se retrouveront tous dans les amphis pourris de la fac l'an prochain. Et malgré ça, beaucoup d'étudiants agissent de manière totalement puérile. Certains par exemple arrachent des pages de livres ou volent des bouquins à la bibliothèque pour empêcher les autres d'en profiter.

— Pourquoi me racontez-vous tout ça ?

— Pour vous montrer qu'ici, les apparences comptent beaucoup et qu'il ne faut pas se laisser tromper par le faste de l'établissement.

Justine repensa à l'inscription latine à l'entrée du lycée… *Ne pas se fier aux apparences.*

— Allez-y, dites-moi le fond de votre pensée, quel rapport avec cette affaire ?

Stéphane Laurens sembla hésiter un moment :

— Eh bien, en prépa littéraire, vous trouverez tout un tas de mecs étranges, et ce n'est pas une légende ou un cliché.

— Quel genre de « mecs étranges » ?

— La liste est longue. Des extrémistes de tout bord : des fachos, des royalistes, des trotskistes, des altermondialistes à deux balles. Je connais un élève qui a le poster dédicacé du comte de Paris dans sa chambre et qui serait prêt à donner sa vie pour qu'il monte sur le trône.

Justine ne savait pas avec certitude si cet adolescent effronté se moquait d'elle.

— Vous allez aussi trouver beaucoup de frustrés, de gens complètement coupés de la réalité, des *Tanguy* qui restent dans le giron de papa et maman. Allez faire un tour chez les Lettres classiques et vous verrez des types qu'on croirait sortis d'un autre siècle, avec pantalon de velours côtelé et mocassins vernis. Il y en a un qui vient tous les matins avec un feutre sur la tête. Tout le monde se fout de sa gueule mais ça n'a pas l'air de le gêner : il doit se trouver séduisant comme ça. Vous avez aussi les pires salopes qui soient, excusez-moi. À l'opposé, vous trouverez des bigotes de service, avec dentelles et petit gilet en laine, qui vont passer leurs vacances à Lourdes.

— Vous ne croyez pas que vous exagérez un peu ? fit Justine avec un brin d'énervement dans la voix. Ils ne sont quand même pas tous comme ça ?

— Il y en a plus qu'on ne croit.

— Bon et parmi ces « mecs étranges », est-ce qu'il y en a un en particulier auquel je devrais m'intéresser ?

— Je crois que je vous en ai déjà beaucoup dit, et je ne suis pas le genre à balancer, surtout en me fondant sur une « intuition ».

Le lieutenant Néraudeau commençait à bouillir d'impatience. Ce garçon jouait avec ses nerfs et elle ignorait où il voulait en venir.

— Écoute-moi bien – elle était passée sans s'en apercevoir au tutoiement –, un meurtre vient d'être commis dans ton lycée, la victime est un adolescent de ton âge. On l'a poignardé à deux reprises. Le moindre détail peut être décisif pour trouver qui a fait ça. Tu as l'air d'être au courant de beaucoup de choses alors je te conseille de t'écraser un peu et de me dire ce que tu sais.

Visiblement, Stéphane Laurens ne s'était pas attendu à un ton aussi virulent et il ne put s'empêcher de rougir de s'être fait rabrouer comme un gosse mal élevé. Il ravala sa fierté et, pour cacher le pourpre qui lui montait aux joues, enchaîna comme s'il sautait du coq à l'âne :

— Vous avez vu *le Cercle des poètes disparus* ?

— Oui, mais...

— Ce film a fait pas mal d'émules dans le milieu des classes prépa. En Lettres, il y a quantité d'étudiants qui veulent créer de petits cercles soi-disant secrets. La plupart du temps, ils se contentent de se réunir dans un coin du lycée après les cours et de fumer des joints en racontant trois conneries...

Stéphane s'arrêta soudain comme s'il craignait d'en dire plus.

— Tu dis « la plupart du temps », ça veut dire que parfois, ça peut aller plus loin ?

— Ça arrive en effet. À force de passer leurs journées plongés dans les bouquins de Philo ou de Grec, certains finissent un peu par péter les plombs et par se déconnecter de la réalité. Ils échafaudent pleins de théories plus foireuses les unes que les autres.

— Bon, cessons les généralités. Des étudiants auraient formé des groupes qui feraient des trucs bizarres... Donne-moi des noms et sois plus précis.

— Vous savez, on raconte beaucoup de choses. Les gens ici ne font que bosser à longueur d'année et on s'emmerde tellement que le moindre ragot devient la source de discussions interminables.

— Raconte-moi ce que tu sais.

— Il y a trois élèves de moderne et de classique. Je crois – enfin je suis sûr même – qu'ils ont formé une sorte de société, comme celles dont je vous ai parlé. Ce sont des types un peu dingues qui ont trop lu Nietzsche ou plutôt qui l'ont mal lu. « Le surhomme », « Dieu est mort », « les faibles et les esclaves », « le nihilisme », tout ça a fini par leur monter à la tête. Ils lisent les philosophes comme ça les arrange. De Nietzsche, ils font une lecture délirante : quelques êtres supérieurs seraient au-dessus du troupeau des « agneaux bêlants » et tout leur serait permis. Bref, ils lui font dire exactement le contraire de ce qu'il a écrit ; mais ça, ils s'en foutent complètement.

— Quel rapport avec Sébastien Cordero ?

— Il a souvent traîné avec eux au début de l'année, puis il s'en est éloigné. Il y a eu un différend entre eux et ils ont fini par se détester. Je crois que Sébastien a compris que c'était une bande de cons.

— Leurs noms ?

— Nicolas Carella, Benjamin Guiermet et Julien Guetta. Vous ne pouvez pas les louper : Carella surtout a une lourde réputation à Masséna.

— Est-ce qu'il y a un autre détail qui puisse te faire penser qu'ils ont un rapport avec le meurtre ?

Stéphane Laurens poussa un soupir, conscient à l'évidence que tout ce qu'il disait allait sérieusement nuire aux trois garçons.

— Ce sont des internes. Ils étaient tous présents dans l'enceinte de l'établissement hier soir.

7.

Le médecin légiste avait un physique d'adolescent. Sa voix semblait ne jamais avoir mué, ce qui renforçait son côté juvénile et lui donnait un air comique. On l'aurait plus imaginé en étudiant de première année qu'en médecin déjà bardé de diplômes. Comme à son habitude, Justine ne put s'empêcher d'échanger un regard complice avec Marc Monteiro, malgré la gravité de l'affaire.

Le lieutenant Néraudeau était toujours mal à l'aise dans les salles d'autopsie. Chaque fois qu'elle y pénétrait, elle repensait malgré elle à cette scène du mythique *Silence des Agneaux* où Jodie Foster, assistant au macabre découpage d'un cadavre en décomposition avancée, fait un effort surhumain pour dissimuler son anxiété et ne pas apparaître comme la pauvre femme flic affectée par un rien.

D'un autre côté, elle était souvent amusée par la vision caricaturale que l'on donnait des médecins légistes femmes dans les romans ou les films policiers américains : l'agent Scully ou le docteur Scarpetta, pour ne citer qu'elles, arrivaient à être à la fois d'excellentes pathologistes, des enquêtrices hors pair passant leurs journées sur des affaires toutes plus passionnantes les unes que les autres, et des femmes séduisantes.

Dès les premières constatations sur la scène de crime, le légiste avait remarqué diverses fractures, au bras et au visage, ainsi que deux blessures pratiquées au couteau, l'une superficielle et l'autre très profonde.

L'autopsie de Cordero ne posa pas de vrais problèmes. Les causes de la mort étaient assez évidentes et ne demanderaient pas d'analyses complexes. Parfois cependant, même lorsque la cause de la mort était patente, les médecins pouvaient passer une journée entière sur un cadavre. Justine se souvenait du cas d'une femme qui avait été victime de quinze coups de feu. Les projectiles étaient entrés et ressortis, puis avaient ricoché. En tout, il y avait eu plus de cinquante blessures à décrire. Toutefois, c'étaient les cadavres découverts longtemps après le décès qui constituaient l'épreuve la plus pénible pour les légistes : il était impossible de rester de marbre devant des corps noirs et putréfiés.

Bref, assister à une autopsie, dans ces salles carrelées, totalement aseptisées et baignées d'une lumière artificielle, était un moment difficile à passer : on pouvait supporter mais l'on ne se blindait jamais.

Comme c'était la règle, un officier de la PJ devait prendre les conclusions du légiste sous sa dictée. Justine était un peu rétive au jargon des anatomopathologistes, mais elle savait que cette étape de l'autopsie était essentielle à l'enquête.

— On peut résumer ? demanda le lieutenant alors que Marc Monteiro prenait note des précieuses paroles du médecin.

Ce dernier acquiesça d'un signe de la tête :

— Comme je vous l'ai déjà dit, la victime n'a reçu que deux coups de couteau.

— *Que* deux ! répéta Monteiro.

— Vous savez, lieutenant, tuer à l'arme blanche n'est

pas une mince affaire. Vous pouvez infliger des dizaines de coups à un homme, si vous ne touchez aucun organe vital... Lorsqu'il a été assassiné, Jules César a reçu vingt-trois coups de poignard. Un seul lui a été fatal.

— Oui, bon, revenons à notre victime, s'empressa de dire Justine qui n'avait guère envie de réviser ses classiques.

— Les coups ont été portés à l'aide d'un couteau de chasse de type « nordique » très courant, avec une scie au dos de la lame.

— Donc, à moins de retrouver l'arme, rien à espérer de ce côté-là, intervint Justine. C'est parfait !

Le légiste poursuivit :

— Vous n'ignorez pas qu'il est très délicat de rétablir avec certitude l'ordre chronologique des événements à partir de l'examen du cadavre. Cependant, d'après les constatations faites sur place et après autopsie, je vous propose une hypothèse de travail. Ce que je suppose être le premier coup a touché le grand dorsal, l'un des muscles « superficiels » du dos. L'agresseur se situait à l'évidence derrière sa victime et l'a frappée par surprise. Le coup n'était en aucun cas mortel, très douloureux certainement...

— L'agresseur aura juste voulu le surprendre ? demanda Justine.

— Oui, je le crois. Le garçon a dû alors se retourner et lui faire face. C'est à ce moment que le second coup a été porté.

— Mortel celui-là ?

Le légiste fit un signe de la main pour signifier que chaque chose viendrait en son temps.

— Le second coup a été porté avec force et a pénétré profondément. La lame, qui devait avoir une grande qualité de coupe, a atteint l'hile du foie ; la veine porte a été sectionnée. Or, 70 % du sang qui traverse le foie provient de cette veine. On peut donc dire que ce coup, à lui seul, aurait provoqué le décès du jeune homme dans les minutes suivant l'agression.

— Et pour les fractures ?

— Eh bien, comme on a trouvé du sang de la victime sur le sol des galeries surplombant la cour où gisait le cadavre, il semble évident que le corps a été précipité par-dessus la rambarde. Il s'est écrasé six mètres plus bas, ce qui explique les hématomes et les fractures. C'est de toute manière le scénario que nous avions bâti dès que nous nous sommes rendus sur place.

— À partir de ces constatations, que pourriez-vous nous apprendre sur le tueur ?

— Pas grand-chose, je le crains. Je dirais qu'il possède une assez grande force physique et qu'il était particulièrement déterminé. Il ne s'est pas acharné sur la victime : il voulait agir vite et bien.

— Une grande détermination, vous dites ?

— Oui, il y a un gouffre entre vouloir tuer avec un couteau de chasse et passer à l'acte tout en étant… efficace. Un esprit faible ou peu résolu aurait infligé plus de coups, mais en ne provoquant que des blessures superficielles.

— Il l'a touché au foie, était-ce volontaire ?

— Difficile à dire. Soit le tueur a quelques notions d'anatomie, soit le hasard a bien fait les choses.

***

Justine essaya d'imaginer le profil du tueur mais ne vit rien.

Cordero avait-il été tué par un garçon de son âge ? Elle avait vu la photo de sa classe, prise en début d'année.

Dans sa tête, le tueur prenait successivement le visage de chacun des élèves de la promotion. À un moment même, elle vit celui de Stéphane Laurens. Elle l'imagina le soir du meurtre, sur la coursive, surprenant sa victime... Ce garçon l'intriguait. Sans savoir pourquoi, elle ne pouvait le chasser de son esprit. Il lui avait appris plus de choses en un quart d'heure d'entretien que toutes les autres personnes interrogées réunies.

Que devait-elle penser de cette histoire de « société secrète » ? Bien sûr, c'était un peu extravagant... Mais ce que lui avait confié Stéphane Laurens reflétait sans doute une part de vérité. Beaucoup de ces gamins étaient plongés du matin au soir dans les livres. Leur vie était tout entière faite de théorie, dans laquelle trop peu de concret venait tempérer le bouillonnement sous les crânes. Certains, fragilisés, pouvaient facilement se monter la tête et commettre des conneries dont ils percevaient mal la portée.

Justine n'avait guère envie de remettre les pieds dans ce lycée. Elle trouvait que tout sonnait faux dans l'établissement : cette architecture insaisissable et mouvante, cette image de respectabilité que tout le monde voulait donner, ces élèves propres sur eux mais qui pouvaient se révéler si saugrenus.

La jeune femme vérifia la messagerie de son portable.

Olivier avait encore téléphoné et avait laissé un de ces interminables messages dont il était coutumier. Même si elle avait mis un terme à leur relation depuis plus d'un mois, il ne voulait visiblement pas lâcher l'affaire et continuait de l'appeler régulièrement. Elle avait répondu une ou deux fois pour ne pas se montrer désagréable et essayer de le ménager. Mais cette fois-ci, c'en était trop. Elle effaça le message sans l'avoir même écouté jusqu'au bout.

Comme souvent avec Justine, cette relation avait été des plus superficielles. Olivier et elle sortaient deux ou trois fois par semaine le soir, passaient de bons moments ensemble et tout se terminait en général au lit. C'était une façon pour elle de ne pas rester seule, sans pour autant subir les contraintes d'une vie quotidienne à deux. Olivier avait dû souffrir de la superficialité de leur histoire, mais il ne s'en était jamais plaint, craignant sans doute de la faire fuir s'il devenait trop pressant. Il n'y avait jamais eu entre eux de confrontation ou d'explication directe : Justine restait toujours dans le vague dès qu'il s'agissait de projets – même à court terme – ou d'avenir. Elle avait finalement eu le courage de mettre fin à leur liaison, consciente que celle-ci ne pourrait de toute façon déboucher sur rien.

Justine se savait trop exigeante avec les autres. En somme, que pouvait-elle reprocher à Olivier ? C'était le gendre idéal pour une mère voulant caser sa fille : il gagnait bien sa vie en tant qu'expert-comptable, avait un physique plutôt avantageux et possédait des qualités humaines indéniables. Mais Justine ne cherchait pas de gendre pour sa mère et n'éprouvait pas pour lui ce frisson qui rend soudain une idylle unique entre toutes.

Depuis son adolescence, les prétendants n'avaient jamais manqué et elle s'était toujours fait courtiser. Oui mais voilà, elle n'était pour ainsi dire jamais tombée amoureuse. Si, une fois tout de même, à l'époque de la fac, lorsqu'elle était en DEUG. Un garçon pour qui elle avait craqué au premier regard : *love at the first sight*. Elle était tombée dans le panneau. Il l'avait draguée puis laissé tomber, sans même avoir essayé de coucher avec elle. Elle n'avait jamais compris ce qu'il avait recherché dans cette relation, aussi brève qu'humiliante pour elle. Cette histoire l'avait marquée profondément et l'avait empêchée par la suite de construire quoi que ce fût de solide avec un homme.

Du coup, elle s'était tournée vers son boulot. Lequel, deux ans auparavant, avait failli lui coûter très cher.

Tout avait commencé de manière tristement banale : un accident de la circulation avec délit de fuite. La voiture, volée, avait grillé un feu et percuté violemment un scooter : elle ne s'était pas arrêtée et s'était dirigée vers le quartier de l'Ariane, à l'est de la ville. Justine et un collègue de la PJ qui se trouvaient là par hasard avaient pris la voiture en chasse. Ce quartier, tout comme plusieurs cités HLM de la ville, avait une mauvaise réputation : c'est là qu'avait grandi, ces dernières années, la petite et moyenne délinquance qui effrayait tant les habitants de la ville. Car il ne fallait pas se leurrer. À quelques minutes seulement de la Promenade des Anglais ou des habitations bourgeoises se dressant sur les collines, s'étalaient les quartiers chauds de l'Ariane, Pasteur, Bon Voyage. Rixes entre bandes, drogue, agressions étaient trop souvent le quotidien de ces zones. Devant la montée grandissante de la délinquance, un groupuscule se prétendant « apolitique » avait même menacé de créer une milice chargée de nettoyer les rues abandonnées par la police. Bien sûr, certains en rajoutaient : démagogique, la presse italienne était même allée jusqu'à comparer Nice au Bronx.

Les deux policiers avaient été pris à partie par une bande de jeunes quand ils avaient voulu intercepter les responsables de l'accident. Le collègue de Justine avait été blessé par un jet de pierres. Quant à elle, elle avait été rudement molestée. L'altercation n'avait pas duré plus d'une dizaine de minutes puisqu'elle avait été rapidement délivrée par des policiers appelés en renfort. Pourtant, ces minutes-là lui avaient semblé des heures et elle avait ressenti pour la première fois de sa vie ce qu'était la peur.

Justine s'en était tirée avec deux côtes cassées et de nombreux hématomes. En somme, elle avait eu de la chance, car les choses auraient pu tourner au cauchemar pour elle. Cette agression lui avait ôté pas mal d'illusions... Pourtant, Justine n'avait pas renoncé. Cette attaque ne l'avait pas dégoûtée de son boulot, au contraire : elle en était devenue complètement dépendante. Et aujourd'hui, sa vie et son travail ne faisaient plus qu'un.

***

L'enquête menée par Marc Monteiro auprès de la famille de Sébastien Cordero n'avait pas donné grand-chose. Les parents n'arrivaient pas à croire au meurtre de leur fils qui était, selon leurs propres mots, « la gentillesse incarnée ». Ils ne lui connaissaient aucun ennemi ni aucun vice. Sébastien avait toujours été un garçon sérieux qui ne leur avait jamais posé de problèmes particuliers. Il se plaisait à l'internat où, d'après eux, il était très bien intégré.

Pour le moment, la piste des trois jeunes farfelus et de leur étrange société était la seule que Justine eût devant elle. Des trois garçons, Carella, Giermet et Guetta, le premier – si elle se fondait sur les renseignements que lui avait fournis Stéphane Laurens – semblait être le meneur. De plus, c'était lui qui avait été le plus proche de Sébastien.

Comme souvent, l'internat était ouvert le week-end et le restait de façon continue, à l'exception des vacances scolaires. Nicolas Carella était encore là en ce samedi après-midi. Justine l'avait retrouvé dans une vaste salle jouxtant le réfectoire, dans laquelle les internes pouvaient se réunir le soir : la pièce était équipée de matériel Hi-fi, d'un billard et d'un baby-foot.

Assise sur une chaise de plastique bleu, aussi peu esthétique que confortable, le lieutenant Néraudeau faisait face à Nicolas Carella. Dès le début, une tension palpable s'était installée entre la jeune femme et le garçon, comme s'il s'était agi d'un véritable interrogatoire lors d'une garde-à-vue.

Carella ne possédait ni la beauté ni le charme de Stéphane Laurens. De taille moyenne, il avait des traits lisses et quelconques. Ce qui gênait le plus, c'est qu'il ne portait aucun signe distinctif. Il semblait transparent et l'on aurait eu du mal à le reconnaître dans la rue, même si on l'avait déjà rencontré plusieurs fois. Seule une certaine fatuité transparaissait sur son visage.

L'étudiant déplut immédiatement à Justine, avec son polo *Ralph Lauren* et son jean *Diesel* trop serré. La manière qu'il eut de la regarder la choqua. Il y avait dans ses yeux un brin de convoitise sexuelle qui la mit mal à l'aise. Il ne se priva pas de la reluquer assez longuement de haut en bas, d'un regard qui semblait dire : « Si tous les lieutenants de police étaient comme ça… » Elle n'avait pas d'a priori quant à son implication dans le meurtre, mais elle savait déjà qu'elle aurait du fil à retordre avec lui.

— Vous savez que l'un de vos camarades est mort, dit-elle pour couper court aux regards concupiscents du jeune homme.

— Tout le monde est au courant, répondit Carella en hochant la tête.

— Vous connaissiez bien Sébastien Cordero ?

— Tout le monde le connaît.

— Décidément, « tout le monde » sait beaucoup de choses et connaît beaucoup de gens ici. Moi, ce que je veux, c'est ce que vous savez, vous.

— Je le connaissais assez bien, dit-il froidement.

— Vos rapports étaient bons ?

— Normaux.

Il a vraiment le don des réponses laconiques.

— Vous n'étiez pas un peu fâchés ? hasarda le lieutenant.

Le garçon parut surpris, mais se contenta d'une réponse évasive :

— On se voyait moins, c'est tout.

— Le travail, sans doute ?

— …

— Quand l'avez-vous vu pour la dernière fois ?

— J'ai dû le croiser hier ou avant-hier, entre deux cours.

— Vous vous êtes parlé ?

— Non, puisqu'on était « fâchés ».

— Parlez-moi un peu de vous, de Guiermet et de Guetta, reprit Justine en donnant brusquement à la conversation une autre direction.

Carella sembla soudain moins à l'aise et un léger trouble apparut sur son visage.

— Il n'y a rien à dire. Quel rapport est-ce que ça a avec votre enquête ?

— C'est juste une question. À moins que vous ne soyez gêné d'en parler ?

— Pas du tout, ce sont deux élèves de prépa.

— Mais vous êtes très proches tous les trois.

— On s'entend bien.

— Vous vous voyez souvent en dehors des cours ?

— On est tous pensionnaires, alors forcément on est souvent ensemble.

— Il vous arrive de vous réunir, le soir par exemple ?

— Vous savez, il y a beaucoup de mouvement à l'internat. On est en permanence fourré chez le voisin, pour travailler ou pour discuter.

— Et quand vous en avez marre de travailler, vous allez

ensemble fumer une cigarette ou d'autres substances moins licites.

— Vous croyez que je suis débile ? Je sais très bien ce que vous avez en tête. C'est vrai que j'ai fumé du shit au bahut. Ça m'a valu trois jours de renvoi. J'ai failli perdre ma chambre à l'internat mais, pour une fois, *ils* ont été compréhensifs. Comme j'ai de très bons résultats, ils n'ont pas voulu ruiner mes chances d'intégrer Normale Sup. J'ai commis une erreur et ça m'a valu des ennuis. De toute façon, ce n'était pas bien méchant. Ce n'est pas comme si j'avais tué quelqu'un.

Justine ne put dire s'il y avait dans sa voix une pointe de sarcasme, ou si c'était une simple façon de parler.

— Est-ce que Sébastien Cordero se droguait ?

— Je n'en sais rien, ce n'était pas mon problème.

— Est-ce que vous lui avez vendu de la drogue ?

— J'ai déjà fumé, d'accord, mais je n'ai jamais vendu de shit à qui que ce soit.

— Mais il fumait avec vous, quelquefois ?

— Ça lui arrivait, même s'il avait vraiment envie d'arrêter. Il répétait tout le temps que ça lui posait des problèmes pour le sport.

— Et puis un jour, lorsque vous vous êtes fait discret et que vous avez cessé de lui fournir la marchandise, il vous a moins fréquenté. Vous étiez devenu inutile pour lui.

Carella se réfugia dans le silence et se contenta de baisser les yeux, sans pour autant perdre son air arrogant.

— Pour en revenir à vos amis, est-il vrai que vos rencontres prennent un tour un peu rituel ?

— « Rituel » ? Qu'est-ce qu'on vous a raconté ?

— Est-ce que vous formez une sorte de cercle ? demanda Néraudeau pour aller droit au but.

— Il n'y a pas de drogues qui circulent, c'est de l'histoire ancienne, je vous l'ai déjà dit.

— Ce n'est pas à ce genre de cercle que je fais allusion. Je parle de petites réunions secrètes pendant lesquelles vous referiez le monde.

— On parle beaucoup, mais je n'appellerais pas ça un cercle.

— Eh bien moi, lorsque des jeunes gens de votre âge se réunissent en cachette le soir pour discuter de choses peu nettes, j'appelle ça un cercle.

***

La plupart des affaires auxquelles Justine avait été confrontée étaient loin d'être aussi prenantes que celle-ci. Souvent, le métier pouvait être ennuyeux. Mais lorsqu'une enquête de cet acabit se présentait, elle était incapable de penser à quoi que ce soit d'autre, même si elle avait conscience que son boulot avait tendance à l'asservir.

Pour le moment, la journée tirait à sa fin et Justine était bien décidée à se prélasser chez elle sans qu'on vienne la déranger.

Elle habitait, dans un immeuble du vieux port, un appartement entièrement restauré, aux lignes épurées et aux murs ornés de posters de jazz, sa passion.

Nostalgique des bons vieux 33 tours, elle plaça sur la platine un disque de Billie Holliday. Les premières notes de *As time goes by* s'élevèrent dans l'appartement. La jeune femme ouvrit la porte du frigo, en sortit une bouteille de sauternes déjà bien entamée et entreprit de se servir un verre.

Elle saisit la télécommande qui traînait sur la table de travail et alluma la seule télévision, un minuscule et antique poste qui ne fonctionnait qu'au gré de ses humeurs. Justine n'était pas une adepte du petit écran et elle avait préféré bannir la télé du salon pour la reléguer dans la cuisine. Mais elle voulait à tout prix jeter un œil aux informations régionales et voir si le meurtre de Cordero serait déjà évoqué. Aujourd'hui, l'appareil était capricieux et il fallut une bonne dizaine de minutes pour que l'image se stabilisât et devînt à peu près nette. Un journaliste à l'aspect négligé et à la cravate terne récapitulait les principales nouvelles de la journée. Au bout de cinq autres minutes, il aborda le drame du lycée Masséna. Un élève de dix-huit ans avait été frappé d'un coup de couteau, la veille au soir. La victime avait succombé à sa blessure avant l'arrivée des secours. Pour l'instant, l'enquête ne négligeait aucune piste. Pas un mot sur la drogue. Le sujet était accompagné d'images du lycée, quelques vues de la façade de pierres blanches. L'équipe de télé n'avait probablement pas eu l'autorisation de filmer dans l'enceinte elle-même, car le reportage utilisait essentiellement des images d'archives. Il était ponctué de témoignages, notamment celui de deux élèves qui se disaient « bouleversés » et trouvaient « complètement dingue » ce qui s'était passé la veille. Puis le visage familier du proviseur apparut sur l'écran, légèrement déformé à cause des caprices du poste. Il était cadré en plan américain et on distinguait clairement à l'arrière la Tour de l'horloge.

— Nous sommes tous aujourd'hui en deuil, disait-il d'un ton emprunté, c'est un véritable drame qui a touché notre établissement et cette tragédie est d'autant plus incompréhensible que Masséna n'a jamais connu le moindre incident au cours des dernières années. Nous allons attendre sereinement et avec le plus grand intérêt les avancées de l'enquête.

Justine zappa cette tête prétentieuse. À nouveau, ce type n'avait qu'une obsession : préserver la réputation de son établissement en le présentant comme un lycée modèle.

Son verre de sauternes à la main, Justine gagna la salle

de bain. Elle s'était fait couler un bain brûlant comme elle les aimait. Une fois ses vêtements retirés, elle regarda son corps dans la grande glace. Sans trop savoir pourquoi, elle trouvait qu'il avait perdu de son tonus. Elle n'avait pourtant pas négligé son entraînement physique quotidien et continuait de courir près d'une heure chaque jour sur la Promenade des Anglais. À quoi était dû ce jugement négatif qu'elle portait sur elle-même depuis quelque temps ? Était-ce lié à ses relations amoureuses qu'elle n'arrivait jamais à faire durer ? Elle n'en avait pas la moindre idée, mais elle était décidée à ce que les choses changent rapidement. Elle s'installa au fond de la baignoire et tenta d'oublier son boulot, ses échecs sentimentaux et tout ce qui pouvait faire que sa vie n'avait rien du havre de paix dont elle avait rêvé.

À peine eut-elle porté son verre de sauternes à ses lèvres que son portable se mit à retentir de la mélodie de *Summertime*. Elle fut tentée de ne pas répondre pour s'accorder enfin un moment de délassement, mais y renonça finalement. Ça pouvait être important.

— Inspecteur Néraudeau ? interrogea une voix de jeune fille à l'autre bout du fil.

— Oui, qui est à l'appareil ? demanda Justine à son tour sans prendre la peine de préciser qu'on ne disait plus « inspecteur » mais « lieutenant ».

— Je m'appelle Sandrine Decorte, vous ne me connaissez pas.

Oh si, je te connais, pensa Justine en se remémorant la photo de la jeune fille trouvée dans la chambre de Cordero.

— Comment avez-vous eu mon numéro ?

— C'est Stéphane Laurens qui me l'a donné.

Aussitôt lui revint en mémoire le visage de l'adolescent au regard noir et mystérieux qu'elle avait interrogé le matin et qui l'avait orientée sur la piste des étudiants « étranges ».

— J'étais une amie de Sébastien Cordero, reprit la voix dans le combiné. Je voudrais vous rencontrer.

— En fait, je ne sais pas trop... fit Justine prise au dépourvu. Quand voudriez-vous...

— Maintenant, si c'était possible.

— Maintenant ?

Elle avait eu sa dose pour aujourd'hui mais, vu l'empressement de la jeune fille, elle sentit qu'il s'agissait peut-être d'une piste à ne pas négliger. Après tout, elle n'avait rien à perdre à part son sauternes et son bain bouillant.

— D'accord, est-ce que vous connaissez le *Marinier* sur l'avenue Gioffredo ?

***

Justine avait commandé un Perrier citron qu'elle faisait tourner avec agacement entre ses doigts. Assise sur une banquette émeraude, elle attendait depuis déjà un bon quart d'heure et commençait à regretter son vin blanc. Cette Sandrine Decorte, qui semblait si impatiente de la voir, prenait vraiment son temps et Justine se demanda si on ne venait pas de lui faire une mauvaise blague. Elle s'était placée à l'entrée du café, bien en évidence, pour être sûre de ne pas la rater. Elle portait une casquette des *Lakers* de New York et une veste en jean *Armani* qu'Olivier lui avait offerte au début de leur relation et qu'elle avait déjà passablement usée.

Alors qu'elle s'apprêtait à partir, une adolescente apparut sur le seuil du café. Immédiatement, elle reconnut la blonde à l'air espiègle de la photo. Avant même qu'elle ait pu faire un signe de la main pour se faire remarquer, la jeune fille se dirigea vers elle avec assurance, sans hésiter une seconde.

***

Sandrine Decorte agitait nerveusement sa paille multicolore dans son verre de Coca light. Elle avait l'air d'une fille intelligente et vive, et paraissait sérieusement atteinte par la mort de son ami. Cela lui arrivait rarement, mais Justine éprouvait parfois une sorte de retenue à l'idée de devoir interroger les proches d'une victime. Bien sûr, elle était blindée et avait appris à mettre de la distance entre elle et les gens à qui elle avait à faire ; c'était son travail de tous les jours. Mais devant cette gamine de 18 ans qui venait de perdre son petit ami présumé, elle se sentait désemparée et pleine de compassion. Elle ne devait pourtant pas perdre de vue que l'essentiel était de glaner le plus d'informations possibles sur Cordero.

Même si c'était elle qui avait provoqué cette rencontre, Sandrine Decorte garda le silence après quelques paroles convenues de présentation, comme si elle attendait que Justine prenne la parole. Bien souvent, les témoins qui ressentaient le besoin de parler et de se confier recherchaient de l'aide pour y parvenir. Dans son genre, Justine était douée pour mettre les gens en confiance et permettre cette maïeutique. Elle attaqua donc :

— Depuis quand connaissiez-vous Sébastien ?

— On s'est rencontré l'an dernier, en hypokhâgne.

— Vous étiez sa petite amie ?

— Je ne sais pas, je crois que j'aurais du mal à définir notre relation.

— Vous sortiez avec lui, non ? J'ai trouvé votre photo punaisée au-dessus de son bureau.

— Ah, je pensais qu'il l'avait enlevée depuis le temps,

fit-elle en souriant. En fait, on s'est connu l'an passé, pendant un voyage scolaire à Rome. Je ne lui avais jamais parlé auparavant. Rome, ce n'est pas Venise, mais il faut croire que ça a suffi. Cinq jours après, on était ensemble. Tout a été trop rapide entre nous.

— Est-ce une manière de dire que ça n'a pas duré ? tenta de décoder Justine.

— Au bout de quelques mois, on a pris nos distances. On avait beaucoup de travail, on devait passer des examens à la fac pour obtenir les équivalences universitaires. Enfin, ce sont des prétextes, si vous voulez vraiment savoir. J'ignore toujours ce qui s'est vraiment passé. Il avait peut-être envie de voir d'autres gens, il ne supportait pas d'être scotché aux mêmes personnes. L'été est arrivé, on ne s'est plus revu. À la rentrée, on a plus ou moins recommencé à se fréquenter. Mais en réalité, je crois que nous étions davantage bons amis que couple véritable.

— Vous l'avez beaucoup vu ces derniers temps ?

— Un peu moins : j'avais pas mal de travail en retard. Toujours cette foutue excuse du travail ! Nous ne sortions pas le soir. On n'était plus vraiment ensemble en fait.

Cette fois, ça commençait à bien faire. Il allait bien falloir qu'elle lui dise pourquoi elle l'avait tirée de son bain :

— Écoutez Sandrine, je vois bien que vous avez quelque chose d'important à me dire... Quelque chose de plus que tous ces détails sur votre relation.

— C'est possible, oui, répondit la jeune fille en baissant les yeux.

— Que savez-vous à propos du meurtre ? Si vous avez le moindre indice, il faut le dire.

— Sur le meurtre lui-même, je ne sais rien.

— Mais vous avez une idée de la ou des personnes qui auraient pu vouloir du mal à Sébastien ?

— Stéphane Laurens vous a parlé des élèves qui ont créé des groupes dans le lycée, pas vrai ? interrogea Decorte à son tour.

— Il m'a parlé d'un cercle en particulier, mais je ne peux rien vous dire à ce sujet, ça fait partie du secret de l'enquête.

— Carella et sa bande, énonça Sandrine.

Justine ne fut guère étonnée que le nom du garçon ressorte à nouveau.

— Vous savez, c'est un secret de polichinelle, reprit la jeune fille.

— Je vois que ces jeunes gens ont une sacrée réputation, Carella en particulier. Que savez-vous sur lui et ses copains ?

— Ce sont des dingues.

— C'est une façon de parler ou avez-vous des faits précis à leur reprocher ?

— Disons que ce sont de jeunes cons imbus d'eux-mêmes qui se prennent pour des artistes. Ils s'imaginent être au-dessus de la masse. Si on les écoutait, il faudrait anéantir la totalité des gens qui ne pensent pas comme eux pour être heureux sur terre. Ils sont très fiers d'avoir lu Nietzsche et sont capables de s'écouter parler pendant des heures : « le monde est une masse aveugle, il n'y a qu'un petit groupe élitiste capable de raisonner… »

— Et bien sûr, ils se considèrent comme faisant partie de cette élite.

— Évidemment. Bref, ce sont des types insupportables, misogynes par-dessus le marché.

— Mauvais point pour eux, ironisa le lieutenant.

— Et encore, en disant tout ça, j'ai l'impression de faire d'eux un portrait trop complaisant.

— Bon d'accord, vous ne pouvez pas les sentir, ce ne sont pourtant que de petits délires d'étudiants. Ils sont beaux parleurs, mais leur comportement n'a rien de répréhensible. Vous ne vouliez pas me voir pour me raconter des choses aussi banales, si ?

— Vous voulez un truc vraiment étrange ? Pour développer leurs divagations, ils se réunissent dans les sous-sols du lycée, répondit Sandrine d'un ton tranchant. Vous ne le saviez pas, hein ?

— Les sous-sols ? répéta Justine intriguée.

— Oui, il existe sous les bâtiments tout un ensemble de galeries et de caves qui ont servi à la Résistance pendant la guerre. Il arrive que certaines nuits le concierge ne referme pas la grille qui y conduit. C'est un bric-à-brac invraisemblable en dessous.

— Vous y êtes déjà allée ?

— Non, mais on m'a raconté. Ce n'est pas le genre d'endroit où l'on va de gaieté de cœur. Je vous dis, il faut être tordu pour faire ce genre de trucs.

— J'admets que ça peut paraître bizarre. Mais ces réunions dans les sous-sols ressemblent plus à des jeux d'enfants attardés qu'à autre chose. Ça ne me dit pas ce que vous leur reprochez.

La jeune fille balada son regard dans le vide comme si elle cherchait le moment opportun pour lâcher ce qu'elle avait vraiment sur le cœur.

— On est toujours plus enclin à soupçonner ceux qui ont déjà agi par le passé. Ne me dites pas que ça ne marche pas ainsi dans votre métier.

— Pourquoi « déjà agi dans le passé » ? Si vous insinuez qu'ils ont déjà commis un meurtre, je ne vous croirai pas.

— Non, mais je suis sûre que Carella a quelque chose à voir avec la mort de Sébastien.

— Quelle est donc cette chose si terrible qu'il a pu commettre, alors ?

Sandrine détourna un instant ses yeux bleu clair, sembla hésiter puis fixa le lieutenant avec une étrange intensité :

— Il a violé une fille au début de l'année.

8.

Cauterets.

VINCENT, PROTÈGE-LES.

Non seulement la découverte de ce film m'avait profondément ébranlé, mais je me sentais plus désemparé qu'avant. La vidéo venait d'ouvrir mille pistes dans mon esprit. Il paraissait évident que le disque contenant le message caché m'avait été envoyé par mon frère lui-même. Le message n'était guère équivoque et prouvait plusieurs choses. D'abord, la jeune femme et le petit garçon étaient toujours en vie, contrairement à ce que j'avais pu imaginer au début. Ensuite, la mort de mon frère ne pouvait plus en aucune manière relever du hasard. Il avait peur et soupçonnait ce qui allait lui arriver. C'est pour ça qu'il m'avait demandé de protéger les siens, qui étaient peut-être eux aussi en danger de mort.

Mais je raisonnais mal. Il ne s'agissait plus en effet d'une jeune femme et d'un enfant, mais d'une personne d'âge mûr et d'un adolescent. Deux questions n'arrêtaient pas de m'obséder : pourquoi Raphaël ne m'avait-il jamais parlé d'eux et pourquoi ne m'avait-il fait part de ses craintes qu'à travers ce montage vidéo qui arrivait un peu tard ? Son attitude était incompréhensible.

Aussitôt après la lecture du film, je me demandai s'il fallait que j'en informe la police. Cette solution fut vite écartée. Raphaël s'était adressé à moi seul et j'étais la dernière personne à laquelle il ait fait confiance. Cet appel à l'aide d'outre-tombe était comme sacré. Après tout, cette femme avait peut-être eu de graves ennuis avec la police ou était même recherchée, ce qui expliquerait qu'elle ait disparu avec son fils et que mon frère n'ait jamais évoqué leur existence.

En revanche, j'avais le devoir de parler du film à Camille. J'éprouvais bien sûr des scrupules à l'entraîner un peu plus profondément dans cette histoire, mais je ne voyais pas comment lui cacher la vie antérieure d'un homme qu'elle pleurait, et tenter d'éclaircir sa mort en continuant à lui mentir. Il fallait qu'elle sache, quels que soient les dégâts.

Un coup de fil plus tard, elle était là. La curiosité se lisait dans ses yeux toujours rougis. Je lui résumai la situation, lui montrai l'enveloppe et le disque, et l'installai devant l'écran de mon ordinateur.

Après avoir visionné le film, elle demeura silencieuse durant de longues secondes. Les images qui m'avaient tant agité quelques heures auparavant étaient en train de faire effet sur elle, et sa stupeur, visiblement égale à la mienne, n'était pas feinte : elle ne savait rien de ces deux personnes surgies de nulle part.

— Qu'est-ce que ça veut dire ?

Ce furent les seules paroles qu'elle put prononcer. Son visage était crispé et désemparé.

Puis, devant mon mutisme, elle osa une autre question plus précise :

— C'est son fils, n'est-ce pas ?

— Je crois bien, l'enfant a l'air très attaché à cette femme, répondis-je en feignant de ne pas comprendre.

— Non, je veux dire « le fils de Raphaël ».

— Je ne sais pas, Camille, je présume.

Nous échangeâmes nos points de vue, mais notre analyse de la situation était la même. La question était de savoir quoi faire. Car nous ne devions pas nous leurrer, nous disposions de peu d'éléments : ce film ne nous disait pas avec une certitude absolue qui étaient cette femme et ce jeune garçon pour Raphaël, ni où nous serions susceptibles de les trouver. Je gardais toujours le sentiment que les extérieurs avaient été tournés dans le coin. En revanche, le salon avec son sapin ne me disait décidément rien. Camille, elle non plus, ne savait rien à ce sujet.

J'éprouvais de plus en plus l'impression d'avoir tout ignoré de mon frère. J'avais cru naïvement que nous nous étions rapprochés, après avoir mis de côté nos vieilles rancœurs. Mais en réalité, il était utopique de croire que nous avions pu rattraper en si peu de temps dix années de séparation.

— Avais-tu la moindre idée de leur existence ? demandai-je à Camille en allumant ma dixième cigarette de la journée.

— Non, bien sûr que non, répondit-elle sur la défensive. Mais toi, ce n'est pas possible qu'il ne t'ait jamais parlé d'eux…

— Pourtant si, l'interrompis-je. Je ne crois pas vraiment que ce soit par manque de confiance. Au contraire, il devait se douter que nous révéler leur existence pouvait les mettre en danger. La seule chose à faire maintenant est d'essayer de retrouver cette femme et ce garçon.

— Mais comment ? Nous n'avons pas la moindre idée de l'endroit où chercher.

— Je crois savoir à qui nous adresser, répondis-je avec assurance.

***

Il avait suffi d'un simple coup de fil pour annihiler quinze ans de séparation et annoncer une nouvelle qui n'apporterait que de la peine.

Mais j'avais enfin retrouvé mon père.

Quelques années après que ma mère l'eut quitté, il avait refait sa vie avec une enseignante prénommée Sophia. Ni mon frère ni moi n'avions jamais su comment leur histoire avait commencé. Leur rencontre était restée de l'ordre du fantasme : je les imaginais se rencontrant dans un cours de danse pour quinquagénaires ou après s'être alloué les services d'une agence pour célibataires. Une fois à la retraite, ils s'étaient installés à Montpellier, dans une maison dont Sophia avait hérité.

Il était assez surprenant de voir comment mon père, qui avait toujours été un homme terne et triste, avait pu changer aussi radicalement de vie. Il faut croire que nous avons tous droit à une seconde chance. Mais cet étonnant revirement venait un peu tard à mon goût : rien ne pourrait me faire oublier ces années d'adolescence où j'avais fini par le haïr, sans raison véritable, juste parce qu'il ne manifestait à mon égard que de l'indifférence et que je n'avais jamais réussi à le faire seulement sortir de ses gonds.

Si quelqu'un était susceptible de m'apprendre quelque chose à propos de la mystérieuse femme et de son enfant, c'était à coup sûr mon père. Curieusement, même si Raphaël était le canard boiteux de la famille, cela ne l'avait pas empêché d'être proche de lui. Bien sûr, leurs engueulades avaient parfois été terribles, mais ils revenaient toujours l'un vers l'autre. Alors que, pour moi, la rupture avec mon père avait été définitive, il était en revanche fort possible que Raphaël ne lui ait pas caché cette vie dont je ne savais rien. Si tel était le cas, faire le voyage jusqu'à Montpellier valait franchement le coup. Je crois aussi qu'inconsciemment, j'avais besoin de faire la paix avec lui. Je ne voulais pas un beau matin apprendre sa mort de la bouche d'un inconnu et regretter pour le restant de ma vie de ne pas avoir rétabli de contact entre nous.

Camille et moi roulâmes quatre heures durant, sur la nationale jusqu'à Tarbes puis sur l'autoroute jusqu'à Montpellier. Je conduisais et le voyage ne nous parut pas long : j'avais le pied au plancher sans trop me soucier de la vitesse. Nous ne fîmes qu'une courte pause sur une aire, le temps de prendre un café.

N'ayant pas de plan de la ville, nous tournâmes en rond pendant un quart d'heure dans le Nord-est de Montpellier avant de trouver le quartier de Saint-Jean-de-Védas où habitait mon père. C'était une zone résidentielle et tranquille composée de petits lotissements où la végétation avait cédé la place aux routes et aux ronds-points.

En approchant de notre but, je sentais un étau m'oppresser la poitrine. Tout au long du voyage, j'avais essayé de prendre du recul. Mais au moment de le revoir, j'étais rempli d'une anxiété à laquelle ma vie sans histoire de ces dernières années ne m'avait plus habitué.

Et pourtant, il allait falloir en passer par là.

***

Il avait terriblement vieilli.

Sans doute aurait-il pu en dire autant en me voyant. Bien sûr, son visage était toujours le même, je reconnaissais ses traits comme si je l'avais quitté la veille. Mais on aurait dit qu'un habile maquilleur de cinéma avait accéléré son vieillissement, exagérant les rides, les cernes et le sel de ses cheveux. Paradoxalement, je lui trouvai un certain charisme dont il était autrefois totalement dénué. Il portait un pantalon de coton beige et un polo un peu trop grand pour lui : l'ensemble n'était pas très seyant, mais lui donnait une allure décontractée.

Il était debout sur le seuil de la porte, comme s'il avait attendu notre arrivée toute la journée.

Alors que je ne savais pas du tout quelle attitude adopter, il me tomba dans les bras. Je sentis mon pouls s'accélérer, incapable de contenir l'émotion qui me submergeait. Par chance, notre étreinte ne dura pas plus de quelques secondes, car mon père se tourna presque immédiatement vers Camille en lui lançant :

— Soyez la bienvenue, mademoiselle.

Sophia, sa nouvelle compagne, était une femme plus jeune que lui, plutôt avenante pour son âge et qui n'était pas sans charme. Perplexe, je me demandai comment il avait pu séduire une femme pareille. Elle nous apporta des rafraîchissements alors que nous étions tous installés dans le salon. Mon père avait toujours été un manuel qui savait à peu près tout faire, de l'électricité à la plomberie. C'est lui qui avait entièrement restauré leur maison et il avait plutôt fait du bon boulot, même si l'ensemble avait un aspect un peu suranné.

Ce qui choquait le plus en entrant dans le salon, c'était sans aucun doute le papier peint verdâtre, orné de fleurs : un motif chargé qui n'aurait pas choqué dans les années soixante-dix. Sur une desserte, je remarquai trois cadres argentés qui contenaient des photos résumant à elles seules la vie de mon père. Un portrait en pied de lui et de Sophia, pris devant le Kremlin à Moscou lors d'un voyage organisé par l'Amicale du club de bridge qu'ils fréquentaient (mon père, un bridgeur ?), une photo de la fille de Sophia en compagnie de son mari et de leur tout jeune enfant réunis dans une pose à l'anglo-saxonne célébrant les valeurs familiales… Enfin, un cliché rassemblant mon père, Raphaël et moi-même. Celui-ci me surprit beaucoup. Je n'aurais jamais imaginé que mon père puisse supporter d'avoir, tous les jours devant les yeux, le visage de ses deux fils dont l'un refusait de le voir depuis plus de quinze ans. Mais ce qui me troubla le plus, c'est que je ne reconnaissais nullement cette photo. La scène se passait probablement sur l'une de ces longues plages de sable de Boulogne ou de ses environs… ciel fuligineux et mer verte à l'horizon. Nous formions tous les trois une pyramide humaine : mon père et Raphaël à quatre pattes sur le sable brun, et moi au sommet du triangle, tenant maladroitement sur cette construction instable. Je devais avoir douze ou treize ans et pourtant ma mémoire avait occulté cet épisode.

— Tu te souviens ? demanda mon père alors que j'examinais la photo avec une attention excessive.

— Non, dis-je laconiquement.

— On avait pourtant l'habitude d'aller sur cette plage à Boulogne…

J'ignorais même qu'on ait pu un jour y aller ensemble. Être le témoin involontaire de la complicité qu'affichait cet instantané créa en moi un léger malaise. Avions-nous vraiment été heureux, comme le suggérait cette image fanée ? Mon père disait-il la vérité en évoquant ces excursions fréquentes vers la côte ou bien cette image avait-elle figé un instant unique ?

Surpris moi-même de mon audace, je posai la question qui me brûlait les lèvres :

— C'est maman qui a pris la photo ?

— Je présume, répondit-il en haussant les épaules.

Bien sûr, qui d'autre aurait pu se trouver derrière l'appareil ? Ma mère… c'était la seule absente des photos sur cette desserte et elle créait un vide énorme.

Sophia et lui étaient heureux, et cela se voyait malgré les circonstances tragiques qui nous réunissaient. Je me rendis compte à ce moment-là que mon père n'avait jamais connu le bonheur avec ma mère et que sa brutale disparition n'avait peut-être pas été pour lui le déchirement que j'avais ressenti de mon côté. Ce triste constat me rendit mélancolique. On ne peut malgré soi s'empêcher de critiquer ses parents à l'aune de ses propres valeurs, comme si l'indulgence ne pouvait pas faire partie des qualités des enfants.

Nous parlâmes de Raphaël tout l'après-midi. Je confiai à mon père le peu d'éléments que la police avait pu réunir jusque-là. Visiblement, l'horreur du crime dont mon frère avait été la victime créait en lui une souffrance plus vive que celle causée par sa mort elle-même.

Il fut assez vite décidé que Camille et moi passerions la nuit à Montpellier. Il était hors de question de reprendre la route vers Cauterets si tard dans la journée, et surtout je n'avais pas encore interrogé mon père sur le but réel de ma visite. Je voulais attendre que nous soyons tous deux seuls pour évoquer le passé obscur – pour moi en tout cas – de Raphaël.

Tandis que Sophia montrait sa chambre à Camille, je sortis sur la véranda et m'assis dans un fauteuil en rotin. Le soir était tombé et seule une lampe-tempête dégageant une forte odeur de pétrole éclairait péniblement l'arrière de la maison. Mon père vint me rejoindre de ce pas discret que je lui avais toujours connu. À mes côtés, il demeura silencieux avec cet éternel regard flottant et vide, lui aussi habituel. Je sortis de la poche de ma chemise un paquet de clopes. J'en pris une avant de lui tendre le paquet.

— Non, non, fit-il en secouant la tête, j'ai arrêté.

J'aurais eu du mal à croire, autrefois, que mon père renoncerait aux cigarettes qui étaient pour lui bien plus un plaisir réel qu'une addiction.

— Tu comprends, avec Sophia sur mon dos. Elle m'a mené la guerre là-dessus.

Pendant quelques instants, j'eus l'impression que nous n'arriverions pas à nous dire autre chose que des banalités. Comment pouvait-on effacer en quelques heures toutes ces années de silence ? J'avais conscience de l'artifice de notre situation et un tel pari tenait de la gageure. Le visage et la silhouette de mon père se détachaient vaguement dans la lumière chancelante qui lui donnait l'aspect d'un vieillard fatigué par la vie. Il n'avait plus rien à voir avec l'homme qui m'avait accueilli quelques heures plus tôt sur le seuil de sa maison et qui m'avait semblé en assez bonne forme.

— Comment a-t-on pu faire ça à mon petit ? finit-il par lâcher avec des sanglots dans la voix.

J'étais partagé entre la compassion pour ce vieil homme qui pleurait son enfant et une sorte d'indifférence due aux années qui nous avaient séparés.

— C'est pas croyable, continua mon père en pleurant franchement cette fois.

Je le vis se pencher sur la petite table du patio et prendre une cigarette du paquet que je lui avais tendu l'instant d'avant. Il la porta à sa bouche. Je sortis mon briquet et lui donnai du feu. Il en profita pour passer la main sur son visage et essuyer ses pleurs. À ce moment, la pitié l'emporta.

— Il y a certaines choses que j'aimerais savoir à propos de Raphaël.

— De quoi tu parles ?

La question avait aussitôt fusé, comme s'il avait déjà compris où je voulais en venir. Je penchai plutôt pour le désarroi. Non sans cruauté, je décidai de ne pas y aller par quatre chemins :

— Est-ce que tu étais au courant que Raphaël avait un fils ?

Je fus moi-même surpris de la manière abrupte dont j'abordais le problème : après tout, ma question sonnait déjà comme un reproche. Mais j'avais eu ma dose des faux-semblants et des mensonges qui nous avaient pourri la vie si longtemps.

— Quel rapport ça aurait avec cette histoire ?

Sa question était à elle seule une réponse affirmative à la mienne.

— Tu étais au courant, n'est-ce pas ?

— Oui, mais visiblement toi aussi, alors pourquoi remets-tu ça sur le tapis ?

— Je ne l'ai appris qu'hier. Mais toi, depuis quand savais-tu ?

— Depuis toujours. Raphaël ne m'a jamais caché son existence.

Je ressentis à ce moment précis un pincement de jalousie idiote.

— Mais quel rapport avec sa mort ? insista-t-il.

— Aucun, mentis-je aussitôt pour ne pas avoir à me lancer dans des explications hasardeuses et préférant le laisser en dehors de cette affaire. Mais tu peux imaginer quel choc ça a été lorsque j'ai appris cette nouvelle.

Un ange passa. Ni lui ni moi ne savions vraiment sur quel pied danser. J'étais pourtant résolu à ne pas le ménager :

— Parle-moi de cet enfant… Et de sa mère.

Mon père haussa brusquement les épaules, geste qui était chez lui un tic pour signifier qu'il n'y avait pas grand-chose à dire sur ce sujet.

— Raphaël a connu cette femme, Julia, peu de temps après s'être installé dans les Pyrénées. Elle était institutrice, une fille vraiment bien. Enfin, je ne l'ai vue que deux ou trois fois.

Je sortis du revers de ma veste la photo de la jeune inconnue dont j'avais fait un tirage à partir du film vidéo.

— C'est elle ?

— Oui, c'est bien Julia, répondit-il en hochant la tête.

— J'ai du mal à comprendre. Tu dis que tu ne l'as rencontrée que deux ou trois fois, mais Raphaël est venu te voir souvent pendant toutes ces années.

— Moins que tu ne crois. Et puis, je le voyais lui, mais ça n'a pas duré longtemps avec Julia : elle est tombée enceinte et je crois que Raphaël ne voulait pas de cet enfant. J'en suis même certain.

— La peur de s'engager ? hasardai-je.

— Tu connais ton frère. Tout ce qui était susceptible de le fixer ou de l'enchaîner lui faisait peur. Mais Julia a voulu garder le bébé. Après tout, c'était à elle qu'appartenait cette décision.

Je fus surpris par cette remarque de bon sens car dans mon souvenir, il avait toujours été misogyne.

— Je crois que Raphaël n'a même pas reconnu l'enfant. Ce qui ne l'a pas empêché de vivre plusieurs années avec Julia. Mais il a toujours été un peu original.

— Comment s'appelle son fils ?

— Alexandre.

Enfin, je pouvais mettre un nom sur ces visages inconnus qui avaient tant compté pour mon frère : Julia et Alexandre. J'avais l'étrange impression de pénétrer peu à peu le jardin secret de Raphaël. Mon père tourna un instant la tête puis, sans que j'aie besoin de poser d'autres questions :

— Ils m'ont amené Alexandre quelquefois, dans les premières années de sa vie. Mais leur couple ne fonctionnait déjà plus. Julia est partie à l'étranger, c'est du moins ce que Raphaël m'a toujours raconté. Finalement, je crois que ça l'a arrangé que Julia s'en aille.

— Mais toi, tu n'as pas cherché à revoir ton petit-fils ?

— Je ne voyais déjà pas souvent Raphaël, alors chercher à revoir cet enfant ! De toute façon, ton frère ne voulait plus parler d'eux, il se mettait à chaque fois dans des colères monstres. Un jour, il est même allé jusqu'à prétendre que ce n'était pas vraiment son fils. Pourtant, c'était le portrait craché de ton frère.

J'avais longuement regardé ce petit garçon, mais je n'avais pas vraiment remarqué de ressemblance. Cela dit, le film n'était pas de bonne qualité et je n'avais jamais été très physionomiste.

— Tu n'as vraiment aucune idée de l'endroit où ils se trouvent aujourd'hui ?

— Aucune, dit-il avec un peu de honte dans la voix, comme s'il prenait conscience de l'incongruité de la situation.

Je reconnaissais bien là le tempérament de mon père : jamais intéressé par les autres. Cette conversation troublante avait au moins eu le mérite de confirmer mes hypothèses sur les rapports entre mon frère, cette femme et l'enfant.

— Mais il doit bien te rester quelque chose de l'époque où tu les voyais ?

— Qu'est-ce que tu veux dire ?

— Je ne sais pas, un numéro, une adresse où on pourrait les trouver, l'endroit où Julia travaillait, le nom de l'école où Alexandre était scolarisé… quelque chose ?

Sans prendre le temps de réfléchir, mon père se leva d'un bond avec une agilité dont je ne l'imaginais pas capable. Il semblait avoir perdu vingt ans en quelques secondes. Il avait déjà presque quitté la terrasse lorsqu'il me lança comme s'il voulait éviter de me donner trop d'espoir :

— Je n'ai pas gardé grand-chose, mais ça vaut le coup d'essayer. Attends-moi cinq minutes.

Je crois qu'au fond de lui, mon père voulait véritablement m'aider même s'il ne soupçonnait pas à l'évidence l'enjeu de mes questions. Il revint moins de cinq minutes après, tenant dans les mains une vulgaire boîte à chaussures qu'il était allé chercher dans un placard de sa chambre. Mon père avait pas mal de défauts mais je lui connaissais une qualité, presque féminine, celle d'être soigneux voire quasiment maniaque dans le rangement. Il n'était pas vraiment fétichiste, mais les affaires qu'il conservait étaient impeccablement ordonnées. Il entreprit de fouiller la boîte et en sortit, parmi quantité de photos et de papiers, une simple photocopie pliée en quatre.

— Tiens, ça pourra peut-être t'intéresser, fit-il avec un brin de fierté dans la voix.

Je pris en main le bout de papier qui m'intriguait.

— Un jour, Raphaël m'a apporté le livret scolaire d'Alexandre pour que je voie un peu le travail de mon petit-fils. J'en ai fait une photocopie pour le garder : en fait, c'est Sophia qui en a eu l'idée, elle fait la même chose avec sa petite-fille, et je crois bien qu'elle a eu raison.

Je n'avais pas espéré un indice aussi précieux. Sans même jeter le moindre coup d'œil aux résultats proprement dits, je regardai si le nom de l'école figurait en haut du bulletin. Mon attente ne fut pas déçue :

— *École George-Sand*, Argelès-Gazost, prononçai-je à voix haute.

La chance était peut-être en train de tourner.

***

Après un dîner frugal et plutôt silencieux, je montai voir Camille dans sa chambre. Lorsque j'entrai, elle était assise sur le lit, ne portant qu'un body et un short. Elle était en train d'écouter son lecteur MP3 dont elle ne se séparait jamais. Elle me vit et enleva ses écouteurs avec un sourire.

— J'écoute un peu de musique, il n'y a que ça qui me détende, dit-elle comme pour se justifier.

— C'est quoi ?

— Elton John, *A single man.*

C'était l'album sur lequel se trouvaient les célèbres *Part-time love* et *Song for guy.* Je l'avais écouté des milliers de fois lorsque j'étais plus jeune. Je pris place à ses côtés sur une couverture aux motifs désuets, à l'image de l'ensemble de la maison, et lui relatai l'essentiel de ce que m'avait appris mon père.

— Que penses-tu du petit et de l'école ? demandai-je pour confronter son avis au mien.

— Ça peut être une piste intéressante.

— La seule que nous ayons en tout cas.

— La question que je me pose, c'est ce qui va se passer une fois qu'on aura retrouvé Alexandre et Julia, si bien sûr on les retrouve. Je veux dire, en quoi nous aideront-ils à comprendre la mort de Raphaël ?

— Je l'ignore. La seule chose dont je sois sûr, c'est que l'assassinat de Raphaël est lié d'une manière ou d'une autre à ces deux personnes. Le montage vidéo qu'il m'a fait parvenir en est une preuve suffisante.

Passant du coq à l'âne, Camille me demanda d'un ton affectueux :

— Tu es content d'avoir revu ton père ?

— Difficile à dire, je n'arrive pas vraiment à décrire mes sentiments pour le moment. J'éprouve un mélange de regrets, d'amertume et de rancune.

— Ça m'a l'air en effet bien compliqué, j'ai du mal à imaginer.

Je n'avais pas tellement envie de parler de mon père. Le passé avait ressurgi de manière trop brutale et je préférais me concentrer sur nos recherches, même si elles concernaient des événements plus douloureux.

— Je vais te laisser dormir, il vaudrait mieux partir tôt demain matin.

— Tu dors où ? demanda-t-elle presque distraite.

— Sur le canapé du salon, Sophia a déjà tout installé pour moi. J'espère seulement que je ne vais pas trop cauchemarder au milieu des tournesols !

Un bref sourire passa sur ses lèvres, mais je vis dans son regard que Camille avait peur de rester seule dans cette chambre. Pour la rassurer, j'ajoutai aussitôt :

— Si tu as le moindre problème ou tout simplement envie de parler, n'hésite pas à me réveiller. Je suis juste à côté.

Je me levai du lit, puis me penchai vers Camille pour l'embrasser. Elle me serra dans ses bras quelques secondes comme si elle se raccrochait à la seule personne qui lui restât. J'éprouvais moi aussi la même impression. Il est évident que le terrible drame de l'avant-veille nous avait brutalement rapprochés.

Ce soir-là, dans le froid bleuté de cette maison inconnue, je mis du temps à m'endormir, même si je n'avais pas fermé l'œil la nuit précédente. Je finis cependant par sombrer dans le sommeil vers trois heures du matin.

Je fis un rêve étrange. Raphaël et moi étions partis en montagne. La scène devait se passer dans les Pyrénées, mais je ne reconnaissais pas vraiment les lieux : les montagnes, les arbres, les falaises, la neige, tout semblait factice.

Nous faisions de l'escalade : pourtant, sans que je sache

pourquoi, nous n'avions aucun équipement particulier et étions totalement vulnérables au milieu de cet environnement inquiétant. Nous nous retrouvâmes soudain agrippés à une falaise abrupte. Comme par magie, une corde apparut : elle nous reliait l'un à l'autre, mais pas à la paroi rocheuse. Si l'un de nous deux tombait, l'autre suivrait forcément. Je n'avais pas peur. Il me semblait que rien ne pourrait arriver et que nous participions à un jeu inoffensif. Raphaël, lui, paraissait beaucoup plus angoissé.

Soudain, dans un geste de folie pure, je sortis un couteau de ma poche – un de ces Opinels que je collectionnais étant gosse –, coupai la corde d'une façon nette et poussai mon frère dans le vide. Tout en commettant cet acte horrible, je riais à gorge déployée.

Raphaël chuta au ralenti. Il n'émit aucun cri mais me fixa longuement. Son corps mettait un temps fou à tomber. Pris soudain de panique, je cessai de rire et compris brutalement qu'il ne s'agissait pas d'un jeu. J'essayai, un peu tard, de le rattraper.

Ce fut en vain. Raphaël était déjà hors de portée et il se contenta de crier :

— Pourquoi m'as-tu fait ça, Vincent ? Pourquoi m'as-tu tué ?

J'éclatai en sanglots, m'agrippant de toutes mes forces à la falaise pour ne pas tomber dans l'abîme comme lui.

Mais ses paroles résonnaient dans le vide et cet écho semblait ne jamais devoir prendre fin.

Pourquoi m'as-tu tué ?

9.

— Franchement, je n'y vois que du feu, me dit Camille en me rendant le petit rectangle de plastique.

En tant qu'ex-flic et néo-photographe, je n'avais guère eu de mal à confectionner cette fausse carte de police. Lorsque j'étais encore inspecteur, j'avais souvent eu affaire à des histoires de faux agents EDF, faux plombiers, faux policiers qui profitaient de la crédulité des gens pour les escroquer.

Fabriquer une fausse carte de flic capable de tromper le commun des mortels est assez aisé. Le plus souvent, une simple photocopie couleur de qualité au recto trompe aisément les gens, car il est très rare qu'on vous demande de sortir votre carte professionnelle du porte-cartes pour en vérifier le verso. En tout cas, en quinze ans de carrière, cela ne m'était jamais arrivé. Mais j'avais préféré faire les choses consciencieusement pour éviter tout problème. Et j'étais assez fier du résultat.

Camille et moi étions revenus sans encombre de Montpellier. Je me remettais assez lentement de la pénible immersion dans le passé provoquée par mes retrouvailles avec mon père. Lorsque je l'avais embrassé quelques minutes avant de monter dans la voiture, je n'avais pu m'empêcher de penser : « Est-ce que je vais le revoir, allons-nous retrouver des rapports normaux entre un père et un fils ? » Il sentait la lotion après rasage. Malgré l'heure matinale à laquelle nous avions décidé de partir, il était rasé de près et habillé comme pour donner de lui-même une image présentable, irréprochable. Il ne tomba dans aucun des pièges communs des départs – « Au revoir » ou « À la prochaine fois » –, mais se contenta d'un « Porte-toi bien ». Derrière ces trois mots anodins, je lus un message caché : « Prends soin de toi, tu es mon dernier fils maintenant, je n'ai plus que toi ». Peut-être était-ce surtout ce que j'avais envie de comprendre.

***

Nous nous rendîmes ensemble à la petite école d'Argelès-Gazost. Nous avions décidé que je me présenterais seul pour éviter des soupçons éventuels. Depuis la mort de Raphaël, et surtout depuis que j'avais reçu le mystérieux fichier vidéo, j'avais confié le magasin à mon employée qui se débrouillait très bien sans moi. Je n'avais absolument pas la tête à m'occuper de photos et de cartes postales. Je voulais surtout être totalement libre de mes mouvements pour mener mon enquête. Plus rien d'autre n'avait d'importance à mes yeux.

L'école George-Sand était de celles qui n'avaient guère dû changer en cinquante ans. C'était encore un établissement scolaire de village où tout le monde se connaît.

Le portail de l'entrée était fermé à clef, si bien que je dus sonner pour que l'on vienne m'ouvrir. Une minute passa avant qu'un gardien à l'air inutilement méfiant n'apparaisse et ne me conduise chez la directrice. J'avais déjà exhibé ma carte, moins par nécessité que pour le plaisir de tester mon bout de plastique factice sur le premier venu. Le concierge l'examina d'ailleurs avec soin, d'un faux œil d'expert : il me faisait penser à un néophyte en œnologie qui examine la couleur du vin, le hume et le goûte avant d'acquiescer d'un signe de la tête pour donner son approbation à une piquette.

L'intérieur du bâtiment était à l'image de l'extérieur, modeste et charmant : couloirs ornés de dessins d'enfants, petits bancs de bois usés par des générations d'élèves... Les portemanteaux nominatifs, les carreaux faïencés courant le long des chambranles, les odeurs de craies et de gouache semblaient ressurgir d'un monde disparu, figé dans un temps couleur sépia.

Je fus introduit dans un petit bureau débordant d'affiches, de livres, de bibelots et de dossiers. La directrice, une femme d'un certain âge, ne devait pas avoir eu souvent affaire à des flics, car ma présence créa en elle une agitation démesurée que je calmai d'emblée par une platitude.

— Ne vous inquiétez pas, je suis ici pour une affaire de routine.

— Je vous écoute, dit-elle en attente de mes explications, le visage toujours en alerte.

Je décidai de débuter simplement et de façon directe :

— Nous sommes à la recherche d'un enfant qui a été scolarisé ici, il y a plusieurs années. Nous aimerions obtenir certaines informations sur lui.

— Qui et en quelle année ? demanda-t-elle aussitôt en se tournant vers d'épais classeurs rangés dans une armoire de fer.

— Alexandre Valet. Année scolaire 2000-2001.

Je l'affirmai d'un ton ferme, mais c'étaient les seules informations que je détenais : celles du bulletin... Elle chercha un moment puis sortit une pochette légèrement jaunie mais impeccablement conservée.

— Alexandre Valet, voilà. Il est resté trois ans à George-Sand.

— Puis-je jeter un œil ? questionnai-je en oubliant presque que je m'étais présenté en tant que flic.

— Bien sûr.

J'examinai rapidement le dossier qui ne contenait que quelques renseignements peu exploitables, ainsi l'adresse des « parents ou tuteurs », sans doute inutile aujourd'hui. J'avais besoin de plus, je devais en particulier pouvoir parler à des gens qui avaient connu la mère ou son enfant.

— Est-ce que vous vous souvenez de lui, par hasard ?

— Je n'étais pas encore directrice de cette école à l'époque, répondit-elle en secouant la tête.

— Y aurait-il ici des membres du personnel qui auraient connu Alexandre ?

— Vous avez de la chance. Si j'en crois ce dossier, madame Friot a suivi ce garçon en CM1 et CM2, et elle est toujours en poste ici. Vous voulez la rencontrer, j'imagine ?

— J'aimerais beaucoup, oui.

— Le mieux serait d'attendre la récréation de 10 h 30. Vous pourriez patienter un petit quart d'heure ?

Des heures même, s'il le faut.

***

La décoration de la salle de classe me ramena des années en arrière, au temps de l'école primaire. Je n'avais plus mis les pieds dans un établissement scolaire depuis des lustres. N'ayant jamais eu d'enfants, je n'avais connu ni les rentrées, ni le rituel des achats scolaires, ni les réunions parents-professeurs. Cela ne m'avait jamais manqué, mais je me disais parfois que la probabilité d'avoir un jour un gosse s'éloignait dangereusement.

La fenêtre de la classe donnait directement sur la cour qui s'était emplie en quelques secondes d'une horde d'élèves s'agitant nerveusement dans tous les sens.

Madame Friot trônait derrière son bureau, telle une statue qui aurait depuis toujours fait partie du décor. Malgré son âge, elle avait un côté enfantin, aussi bien dans son intonation que dans ses gestes.

À peine eus-je évoqué le nom d'Alexandre Valet qu'elle me répondit comme une évidence :

— Bien sûr, que voulez-vous savoir sur lui ?

— Vous vous souvenez de tous vos élèves aussi facilement ? lui demandai-je, surpris par la vivacité de sa mémoire.

— Pas de tous, non. Mais s'agissant d'Alexandre, j'ai des raisons particulières de m'en souvenir.

— « Particulières » ?

— D'abord, Julia Valet était professeur des écoles comme moi.

— Pas ici, j'imagine ?

— Non, elle a travaillé en tant que remplaçante dans plusieurs écoles de la région. C'était une femme agréable. Nous n'étions pas à proprement parler des amies, mais nos rapports étaient très cordiaux.

— Et les autres raisons ?

— Vous permettez que je prépare la classe pendant que nous parlons ? demanda-t-elle de sa petite voix de souris.

— Je vous en prie.

Sur le tableau couvert de craie, elle commença à passer lentement une éponge sèche qui grinçait de façon très désagréable sur l'ardoise. Puis elle se mit en devoir de copier d'une écriture parfaitement régulière une fable de La Fontaine. Malgré sa promesse, elle semblait bien incapable de vaquer à ses occupations et de parler en même temps. Je dus donc la relancer :

— Vous évoquiez une autre raison ?

— Est-ce que vous avez jeté un œil à ses résultats ?

— Oui, mais je n'ai rien remarqué de particulier.

— C'est naturel, dit-elle avec un petit rire, c'est le propre des enfants surdoués.

— Comment ça « surdoués » ? demandai-je en ayant la franche impression d'avoir manqué un chaînon de la conversation.

— Je sais bien : cela ne transparaît pas dans son dossier scolaire. Vous avez sans doute remarqué que ses notes étaient très irrégulières.

— En effet.

L'institutrice cessa un moment de recopier les vers de La Fontaine. Son regard flotta un instant dans l'air comme si elle replongeait dans le passé.

— En plus de trente ans de carrière, je n'ai jamais vu un élève pareil, aussi intelligent, je veux dire. Il me surprenait tout le temps.

— Pourquoi ces résultats mitigés alors ?

— Vous n'avez jamais regardé ces émissions et ces reportages sur les surdoués ? On ne voit plus que ça à la télé.

Je fis un signe évasif de la tête, ce qui l'incita à poursuivre.

— Les surdoués sont en général des élèves médiocres. Ils sont fréquemment têtus, bornés et difficiles. On constate très souvent chez ces enfants un déséquilibre entre des qualités intellectuelles supérieures à la moyenne et des insuffisances élémentaires. Ils peuvent avoir une grande richesse de vocabulaire, une mémoire surprenante, mais faire preuve de peu de soin dans la présentation de leurs cahiers, ou encore avoir beaucoup de mal à entrer en relation avec les autres.

— Et comment se traduisaient concrètement les aptitudes d'Alexandre ?

— Je me souviens, dit-elle les yeux brillants, qu'il était capable d'apprendre un poème en ne l'ayant entendu qu'une fois. Il était très doué pour les maths, le calcul mental en particulier. Il dessinait aussi remarquablement bien. Le problème, c'est que lorsqu'une activité l'ennuyait, il ne faisait aucun effort. Vous pouviez lui parler pendant une heure pour le persuader, quand il ne voulait pas, c'était une perte de temps.

— Est-ce qu'il s'était intégré à la classe, se mêlait-il aux autres élèves ?

— Pas vraiment. Alexandre était trop différent de ses camarades. Il ne vivait pas dans le même univers qu'eux et restait un peu à l'écart, mais il n'y a jamais eu de comportement hostile à son égard. On aurait pu simplement le prendre pour un garçon timide et assez solitaire.

Je me souvenais des paroles que mon père m'avait rapportées la veille : *un jour, il est même allé jusqu'à prétendre que ce n'était pas vraiment son fils.* Est-ce que Raphaël, qui n'avait jamais été une lumière à l'école, doutait de lui au point de remettre en cause sa paternité ? J'extrapolais sans doute, mais cela faisait beaucoup de révélations en quelques jours.

Madame Friot dut remarquer mon étonnement car elle reprit :

— On ne savait plus quoi faire de cet enfant, d'autant qu'il avait déjà sauté une classe.

— Ah bon ?

— Oui, quand il est entré en CM1, il avait à peine huit ans. Et malgré tout, il s'ennuyait. Cela dit, je n'ai jamais cru que faire sauter des niveaux aux élèves pouvait régler leurs problèmes de précocité. Bien souvent, en les mêlant à des enfants plus âgés qu'eux, vous ne faites que renforcer leur isolement. Enfin, dans le cas d'Alexandre… plus rien n'était adapté pour lui. En somme, ils ont bien fait de partir, même si je l'ai regretté, cet enfant.

Cette histoire de départ à l'étranger évoquée par mon père avait-elle un fond de vérité ?

— Comment ça : « Ils ont bien fait de partir » ? Où sont-ils allés ?

— Oh, pas bien loin. Après deux mois de CM2, Alexandre a intégré l'Institut Carlier. Je ne sais pas trop comment sa mère en avait entendu parler, mais on lui avait dit qu'une école spécialisée dans les enfants surdoués pourrait être la meilleure chose pour Alexandre. Elle a beaucoup hésité, elle m'avait même demandé conseil. Je crois qu'elle ne voulait pas que son fils soit « différent », qu'il devienne un enfant « anormal ». Elle disait aussi que ce genre d'école n'était pas fait pour eux.

— Pourquoi ?

— Elle pensait que cette institution était avant tout destinée à des gens fortunés, même si elle avait obtenu une bourse pour y faire entrer Alexandre.

— C'est quoi, exactement, cet Institut Carlier ?

— On y mène des études approfondies sur la pédagogie et les méthodes d'apprentissage adaptées aux enfants précoces, un institut spécialisé en somme, qui « recrute » des enfants d'à peu près tous les âges, du primaire au lycée. Il a très bonne réputation et son financement relève, je crois, à la fois du public et du privé.

— Et vous avez eu des nouvelles après son départ ?

— Non, plus jamais. Du jour où Alexandre est parti, je n'avais plus d'occasion de voir Julia. Je n'ai plus entendu parler d'eux.

— Est-ce que vous connaissiez le père d'Alexandre ? demandai-je avec curiosité.

— Non, je ne l'ai jamais rencontré. D'après ce que m'avait raconté Julia, il était souvent absent à cause de son travail.

L'institutrice me regarda d'un air complice et baissa un

peu la voix comme si quelqu'un était susceptible de nous espionner :

— Mais si vous voulez savoir, j'ai toujours pensé qu'en réalité elle ne voyait plus le père depuis longtemps.

***

Je n'étais guère surpris de découvrir que les capacités étonnantes de mon neveu aient pu constituer un problème pour Julia : comme tous les parents confrontés à ce cas de figure, elle s'était demandé comment agir pour le bien de son fils. D'après ce que m'en avaient dit mon père et madame Friot, elle semblait une mère attentionnée et soucieuse de l'avenir de son enfant.

Si je voulais en savoir plus sur ce qu'était devenu Alexandre, il allait falloir que j'en passe par cet institut. Le problème était que, si je n'avais eu aucun mal à me faire passer pour un flic dans une petite école rurale, ce serait sans doute moins aisé dans une institution renommée. Or je voulais demeurer le plus discret possible dans mes investigations. Camille partageait mon avis : il faudrait peut-être songer à un autre plan.

Nous déjeunâmes ensemble dans un petit restaurant de la ville, mais ni Camille ni moi n'avions beaucoup d'appétit. Nous arrivâmes pourtant à parler d'autre chose que de notre affaire et je découvris une jeune femme sensible et intelligente. Je dis « découvrir », car en définitive nous nous étions assez peu parlé durant les mois où elle avait vécu avec Raphaël. Nous nous croisions presque tous les jours sans avoir jamais eu de conversation sérieuse.

De retour à Cauterets, je me connectai à Internet pour voir ce que l'on pouvait trouver sur l'Institut Carlier. Je tombai aussitôt sur le site de l'école, assez bien construit et riche en informations. Je me mis à lire attentivement la présentation générale.

L'Institut tire son nom de Jean-Charles Carlier (Toulouse, 1902 – Paris, 1973), médecin et chercheur français.

Il s'est intéressé au développement cognitif et affectif des enfants doués et a constaté qu'ils avaient des besoins sociaux et émotionnels spécifiques qui méritent d'être pris en compte. Il a mis au point un ensemble de tests pour évaluer l'âge mental et le QI des enfants et a considérablement amélioré et modernisé l'échelle métrique de Binet et Simon. Il a publié plusieurs ouvrages pour rendre compte de ses recherches. À l'instar de Lewis Madison Terman aux États-Unis, il a ouvert la voie aux mesures spécifiques pour la scolarisation des surdoués et a tenté de mettre en œuvre des classes ou des écoles spéciales. Il est mort avant d'avoir pu créer l'Institut de recherches sur la « surdouance » dont il avait toujours rêvé.

L'ÉCOLE :

L'école Carlier cherche à développer les dons de chaque enfant, tout en l'épaulant dans les matières où il a le moins confiance en lui.

Notre but est d'offrir à chaque jeune une éducation appropriée à ses intérêts et ses besoins personnels. L'accent est particulièrement mis sur l'épanouissement individuel.

LES SURDOUÉS À L'INSTITUT :

L'école Carlier propose une pédagogie adaptée aux enfants à haut potentiel intellectuel, dits « surdoués ».

Tous nos professeurs reçoivent une formation approfondie dans le domaine de la « surdouance » de sorte que les enfants bénéficient d'un enseignement approprié à leurs exigences intellectuelles comme à leurs difficultés.

La « gestion mentale » permet à l'enfant surdoué de mieux maîtriser la rapidité qui le handicape parfois. L'enseignement personnalisé lui offre l'occasion d'une croissance vers l'autonomie et la responsabilité.

OBJECTIFS :

Dans notre école, le savoir peut se bâtir en conjuguant enseignement de haut niveau et ambiance détendue qui facilite l'épanouissement des enfants. C'est cette alchimie qui permettra d'atteindre deux buts principaux :

— le développement de la logique et la capacité à résoudre des problèmes

— la stimulation de l'expression créative.

La philosophie de l'Institut Carlier place chaque élève au centre du projet éducatif et permet aux enfants d'avancer à leur propre rythme. Grâce à cette formation, ils sont fréquemment inscrits aux examens plusieurs années avant l'âge habituel.

LE CORPS ENSEIGNANT :

Il comprend vingt professeurs à plein-temps et quinze professeurs à mi-temps. Tous sont hautement qualifiés pour enseigner les matières dont ils sont responsables.

Pour une description plus détaillée de notre offre, on se reportera à notre brochure : « Une pédagogie adaptée aux enfants surdoués ? »

À commander à l'école Carlier.

Cette notice créa en moi un sentiment étrange : pas vraiment un malaise, mais une gêne diffuse. *La surdouance, la gestion mentale*… Je n'appréciais pas beaucoup ce baratin, voilà bien un univers qui me demeurait étranger. Je me demandai comment Raphaël avait pu réagir aux facultés hors du commun de son fils. Mon frère avait toujours été un débrouillard, depuis sa plus tendre enfance, mais il tenait continuellement le même discours : « L'école ne sert à rien, on n'y apprend que des choses inutiles et inadaptées au monde réel. Dans la vie, il suffit d'être malin pour s'en sortir et faire de l'argent ». Cette dernière expression, « faire de l'argent », était sa favorite.

Combien de temps Alexandre avait-il passé dans cette école ? L'institut couvrant à la fois le primaire et le secondaire jusqu'au baccalauréat, il se pouvait tout à fait que mon… neveu – oui, mon « neveu » – ait quitté l'établissement tout récemment. Mais il n'était pas certain que cet environnement prétendument adapté ait eu sur lui plus de résultats que le cursus scolaire traditionnel.

Ce que nous venions de lire sur l'institut, Camille et moi, conforta notre intention de ne pas nous faire passer pour des flics. Ce n'était sans doute qu'une intuition mais je me disais qu'il valait mieux éviter d'attirer les soupçons tant que nous n'en saurions pas davantage sur Julia et Alexandre.

Je décidai, pour commencer, de donner un coup de fil

à l'école Carlier en me faisant passer pour un parent d'élève intéressé par leur brochure. Je demandai s'il était possible de prendre un rendez-vous pour visiter l'institut. La secrétaire me répondit, sur un ton obséquieux, qu'il faudrait leur faire parvenir le dossier scolaire de mon fils pour qu'ils puissent étudier son profil avant de penser à l'accueillir éventuellement au sein du prestigieux établissement. Cependant, rien ne nous empêchait d'effectuer une première visite pour une prise de contact et, à mon grand étonnement, elle me proposa un rendez-vous pour le lendemain même. Cette rapidité semblait au moins une preuve de leur efficacité. Ou un indice de leur rapacité…

— À quoi cela va-t-il nous avancer ? demanda Camille lorsque j'eus raccroché.

— Je ne sais pas, cette histoire d'institut me met un peu mal à l'aise.

— Comment ça ?

— Je m'attendais à découvrir une femme et un enfant ordinaires, et nous voilà plongés dans « l'univers de la surdouance ». Il faut qu'on voie à quoi ressemble cette école. C'est le seul moyen que nous ayons de remonter la piste de Julia et d'Alexandre. J'ai l'impression, en tout cas, qu'on est plus proches du but qu'on ne croit.

10.

Le lendemain, Camille et moi fûmes à l'heure au rendez-vous. Au cours du trajet, nous peaufinâmes notre petit numéro : mariés, nous étions les parents d'un petit Nicolas, scolarisé en sixième, qui semblait répondre aux critères de la « surdouance »... Toutefois, pour ne pas prendre le risque de nous emmêler les pinceaux au mauvais moment, nous ne changerions pas nos noms, sinon que Camille serait « madame Nimier ».

L'Institut Carlier se situait à une cinquantaine de kilomètres de Pau, à l'écart de l'agitation de la ville. Étant donné son isolement, la plupart des élèves étaient internes, ce qui convenait parfaitement à l'idée de prise en charge totale que prônait l'Institut.

L'école était ceinte d'un vaste parc boisé invitant au calme, nécessaire aussi à la large gamme d'activités sportives qu'elle proposait à ses pensionnaires. Après nous être présentés au portail, nous remontâmes en voiture la longue allée que bordait une double rangée de vigoureux platanes pour nous garer sur le parking des visiteurs. Les bâtiments principaux de l'école devaient avoir une vingtaine d'années et pourtant rien ne semblait démodé, comme si l'architecte avait su unir la simplicité des lignes modernes avec l'intemporalité d'un style plus classique.

— Ils ne s'embêtent pas ici ! dit Camille admirative devant l'esthétique du bâtiment, les yeux rivés sur la façade blanche qui paraissait avoir été repeinte la veille.

Dans la salle d'accueil, une pièce aux dimensions modestes mais décorée avec goût, les murs étaient couverts de photos relatives à l'institut : des prises de vues des bâtiments ou des jardins, des photos de classes ou d'épreuves sportives ainsi que plusieurs portraits de Jean-Charles Carlier.

Après quelques minutes d'attente, une femme en tailleur bleu nous reçut dans son bureau. C'était une secrétaire chargée de faire visiter aux familles les principales installations et de leur donner tous les renseignements qu'elles souhaitaient. Camille et moi essayâmes de faire bonne figure et de rendre crédible notre couple tout récent.

— En quelle classe est Nicolas ? nous demanda-t-elle.

— Il est en sixième, répondit Camille d'une voix posée.

— Quel âge a-t-il ?

— Dix ans. Il a sauté une classe en primaire.

— Je vois. Auriez-vous apporté son dossier scolaire avec vous ?

— Non, nous voulions juste avoir un premier contact avec l'école. En réalité, nous sommes encore très hésitants sur ce qui lui conviendrait le mieux...

— Votre indécision est parfaitement compréhensible, elle est le lot de beaucoup de parents d'enfants précoces. Mais j'aimerais avant tout savoir ce qui vous a poussés à venir nous voir.

J'ai plutôt l'esprit de l'escalier et je n'ai jamais brillé par ma répartie. Heureusement, nous avions répété nos rôles. Camille était meilleure actrice que moi, et ses quelques répliques me parurent convaincantes.

— Pour tout vous dire, on ne sait pas quoi faire avec Nicolas, il est devenu de plus en plus capricieux. Il s'ennuie à l'école et je ne vous cache pas qu'il a des problèmes de comportement en classe. Il y a un mois, nous lui avons fait passer des tests chez un psychologue qui nous ont révélé un QI de plus de 130. Mais ce diagnostic n'a rien réglé au problème : on ne savait pas si l'on devait le laisser dans son école. Il y a quelques jours, on s'est finalement décidé à chercher un établissement adapté.

— C'est une réaction fréquente, commenta la secrétaire. Il n'y a pas de honte à se sentir dépassé par des enfants présentant des signes de surdouance.

— Nicolas ne posait pas de problèmes autrefois, reprit Camille. Il était assez solitaire, mais ses résultats scolaires étaient excellents. Depuis un an, ses notes ont baissé, il refuse de faire ses devoirs...

— C'est ce changement que les parents qui viennent nous voir ont du mal à comprendre et à accepter. La cause principale de l'échec scolaire chez les enfants surdoués est avant tout un manque de méthodologie. Ces enfants vivent avec l'impression de tout réussir sans le moindre effort. Le jour où l'échec survient, ils croient avoir atteint leurs limites. Le surdoué est habitué à comprendre instantanément les problèmes, il ne connaît donc pas le processus intellectuel qui l'a amené à la solution. Mais plus les années passent, plus le programme scolaire se complexifie et moins l'intuition est suffisante.

Le discours de l'ancienne institutrice d'Alexandre, qui nous avait servi de base pour notre Nicolas fictif, semblait correspondre fort bien aux arguments qu'avançait la femme au tailleur bleu, maintenant tout à fait dans sa fonction.

— Les enfants surdoués finissent tous par développer les aspects négatifs de leur personnalité lorsqu'ils ne sont pas dans une structure adaptée. Le THDA est une des conséquences trop répandues de ce manque de souplesse.

— Euh… THDA ? demandai-je ignorant.

— Pardonnez-moi, je me laisse aller à un jargon que je critique souvent. THDA est une abréviation pour *trouble de l'hyperactivité avec déficit d'attention*. L'agressivité envers les enseignants et les parents, ou encore l'ennui qu'ils manifestent, font aussi partie des problèmes quotidiens de ces enfants. Ils ont alors tendance à s'enfermer dans leur monde. Le drame, c'est que c'est à ce moment que beaucoup de parents décident de faire appel à des psychotropes.

— Expliquez-nous en quoi votre école pourra aider Nicolas, enchaînai-je.

— Ce dont l'enfant indigo a incontestablement besoin, c'est de cours qui lui soient adaptés.

— Enfant « indigo » ? répéta cette fois Camille.

Je croyais qu'elle n'aimait pas le jargon !

— C'est un terme inventé par Nancy Ann Tappe, une chromothérapeute américaine, qui désigne en gros ces enfants qu'on peut qualifier de surdoués. Ils seraient attirés particulièrement par l'indigo, une couleur qu'elle voyait dans leur aura et qui traduit une personnalité et des traits de caractère inhabituels que notre société a du mal à dompter.

— Ah bon, dis-je dubitatif, incapable de voir où elle voulait véritablement en venir.

— Les écoles comme l'Institut Carlier sont très répandues aux États-Unis. Depuis une quinzaine d'années, elles commencent à fleurir en France mais nous avons été des précurseurs.

— Concrètement, reprit Camille, qu'est-ce qui différencie votre école des établissements traditionnels ?

— Nous privilégions ici une « pédagogie de l'action ». L'enfant dispose d'une grande liberté pour décider lui-même du déroulement de la journée. Il apprend de manière ludique à se prendre en charge, ce que ne peut évidemment pas offrir le système éducatif traditionnel. L'enseignant est chez nous un véritable accompagnateur pour l'élève. L'un des principaux buts de cet enseignement, c'est que les enfants découvrent qui ils sont, ce qu'ils aiment et ce qu'ils n'aiment pas...

Tout cela sonnait comme une leçon bien apprise et je trouvais qu'il y avait trop de bla-bla dans ses tirades. Mais la femme au tailleur ne semblait pas avoir terminé sa litanie :

— L'éducation artistique a aussi une grande part dans notre enseignement. Les enfants apprennent à développer leurs sens et leur propre créativité, à travailler à leur rythme et à prendre confiance en eux.

Nous continuâmes à discuter pendant un bon quart d'heure de la pédagogie de l'institut. Malgré la lassitude que créait en moi son homélie, j'essayais d'avoir l'air intéressé et d'adhérer un minimum à son propos. J'appris cependant pas mal de choses sur les surdoués. Elle nous parla pêle-mêle de suffisance, de caractère borné, d'attitude de refus, d'isolement, de mégalomanie, de problème d'autorité... Bref, elle nous dressa un portrait peu rassurant de ces enfants pour mieux vanter ensuite les qualités de son établissement.

— Je tiens bien à vous indiquer que notre institut ne reçoit pas que des enfants surdoués. De toute manière, pour nous, un enfant surdoué est avant tout un enfant. Bien sûr, il existe beaucoup de méthodes pour identifier la surdouance mais un test d'intelligence n'a que très peu de valeur sans informations précises sur l'histoire personnelle du sujet, sa santé, son cadre de vie, ses intérêts propres... C'est cela qui nous intéresse : notre but n'est pas d'emprisonner ces enfants dans une boîte avec l'étiquette « SURDOUÉS » collée dessus, mais bien de les aider à s'épanouir.

Pour jouer notre rôle de parents jusqu'au bout, je relayai un peu Camille dans ses questions :

— Et pour ce qui est des frais de scolarisation ?

Notre interlocutrice ne fut guère surprise par ce retour à des préoccupations plus pécuniaires.

— Je vous donnerai bien sûr toutes les brochures nécessaires à ce sujet. Mais sachez d'ores et déjà que la grande particularité de l'Institut Carlier est la prise en compte systématique des revenus des parents. Nous accordons des bourses après étude des dossiers pour permettre à un maximum d'élèves, issus de milieux sociaux très différents, de bénéficier de notre enseignement. Notre école n'a pas qu'un but lucratif.

S'ensuivit une visite des lieux. Nous parcourûmes les points névralgiques de l'établissement et je pus constater que l'intérieur n'avait rien à envier à l'extérieur : tout était moderne, clair et pratique. Les couloirs étaient d'une propreté presque clinique : on était loin des images de collèges aux murs tagués et aux installations dégradées que l'on pouvait voir à la télé. Les couleurs utilisées étaient particulièrement apaisantes : du bleu ciel à une subtile palette de vert. Nous passâmes entre deux ailes du bâtiment par un petit patio qui ressemblait à un atrium romain surmonté d'une vitre de plexiglas qui le protégeait des intempéries. Cet ensemble architectural avait dû coûter une petite fortune.

Nous eûmes la chance de visiter une salle de classe. Je n'eus pas du tout l'impression que nous interrompions une quelconque leçon, car le travail n'était pas organisé sous forme de cours magistral. Les élèves de classe de cinquième que nous avons vus ce jour-là, si tant est que ce mot de « classe » puisse avoir un sens dans cette école, étaient répartis en plusieurs groupes dans la pièce. Certains s'entraidaient, réunis autour d'une grande table circulaire, d'autres lisaient au fond de la classe dans un petit coin aménagé devant une bibliothèque bien garnie, d'autres encore fabriquaient sur un grand panneau une carte de l'Europe et collaient dessus de petits aimantins représentant des monuments ou des personnages célèbres. À ma grande surprise, un élève était attablé au bureau du professeur et corrigeait tout seul ses exercices devant un ordinateur.

L'enseignante, elle, circulait dans la salle de classe et aidait les élèves, uniquement lorsque ceux-ci le réclamaient. Malgré cette organisation pour le moins originale et un désordre apparent, les enfants demeuraient parfaitement calmes et faisaient preuve d'une étonnante autonomie. Notre guide nous indiqua que cette façon de travailler était largement inspirée du système scolaire des pays nordiques, mais que celui-ci avait été complètement adapté à la spécificité des enfants précoces. Les élèves remarquèrent à peine notre présence car, les classes étant toujours ouvertes vers l'extérieur, ils avaient pris l'habitude d'un certain va-et-vient.

— On n'a pas l'impression que le travail soit pour eux une contrainte, remarqua Camille.

— C'est vrai, acquiesça notre guide. Ici, nous aimons bien rappeler que « école » vient d'un mot grec signifiant « loisir ». Jamais étymologie n'a été aussi vraie qu'à l'Institut Carlier.

Dans cette salle de classe comme dans le reste de l'établissement, tout paraissait flambant neuf : tables et chaises ergonomiques aux couleurs pastel, tableaux blancs interactifs, matériel vidéo dernier cri…

Une magnifique salle d'entraînement, un peu à l'écart des autres bâtiments, devait achever de nous enjôler : terrain de basket et de volley, trampolines, chevaux d'arçon… Les équipements de plein air étaient eux aussi surprenants et nous pûmes assister à une séance de tir à l'arc qui semblait passionner les jeunes résidents.

Comme nous l'avait promis notre guide, nous retournâmes dans son bureau pour emporter une documentation plus complète. Je savais que je devais saisir une occasion pour glaner des informations sur Alexandre avant notre départ. Heureusement, la conversation me l'offrit comme sur un plateau.

— J'espère que cette petite visite vous aidera à vous décider. Mais je ne vous ai pas demandé comment vous avez entendu parler de notre école.

— Elle nous a été recommandée par l'ancienne institutrice de Nicolas. Je crois d'ailleurs qu'un de ses anciens élèves a intégré l'institut sur ses conseils, il y a quelques années.

— Ah oui ? fit-elle avec un brin de curiosité.

— Oui, elle nous en a parlé récemment : Alexandre Valet. Sa mère aussi est institutrice, d'après ce qu'elle nous a dit.

— Je ne sais pas s'il fait partie de nos élèves, répondit la femme aux yeux gris vert.

— Ça remonte sans doute à plusieurs années, mais pourriez-vous vérifier dans vos fichiers ?

Ma question trop directe éveilla de la méfiance dans son regard. J'étais peut-être allé trop loin.

— En principe, je n'ai pas le droit de donner ce genre d'informations.

— Désolé, dis-je avec un sourire, ce n'était pas de la curiosité mal placée mais si ce garçon fait toujours partie de vos élèves, nous aurions bien aimé entrer en contact avec sa mère.

Son visage se détendit.

— Ce n'est pas grave, seulement… toutes les informations concernant nos élèves sont confidentielles. Mais étant donné la situation, je peux jeter un coup œil pour vous rendre service.

Elle fit pivoter son ordinateur à écran plat et se mit à pianoter les touches avec une virtuosité de concertiste. Il ne se passa que quelques secondes avant qu'elle fasse un signe négatif de la tête.

— L'an dernier peut-être, hasardai-je.

— Je n'ai accès qu'aux listes actualisées sur cet ordinateur. Je ne peux faire apparaître aucune archive. Si vous voulez des renseignements sur les années antérieures, il faudra me laisser un peu de temps ainsi que vos coordonnées.

Je lui souris mais je rageais intérieurement, consterné d'avoir fait chou blanc. Je lui donnai mon numéro de portable, puis nous prîmes congé, en promettant de faire parvenir au plus vite le dossier de notre fils supposé.

***

Sur le chemin du retour, nous partageâmes nos impressions.

Il est vrai que, si nous avions été les personnages dont nous avions endossé le costume, cette visite nous en aurait mis plein la vue.

Malgré tout, j'étais pour le moins sceptique. Je trouvais que le fond idéologique de l'école était vaseux, plutôt démagogique avec ce baratin sur les « enfants indigo ». Cette densité anormale de surdoués au mètre carré faisait un peu trop secte à mon goût. Mais je savais que depuis de nombreuses années maintenant, le phénomène de l'enfant précoce avait tendance à être surmédiatisé. Dès qu'un élève n'arrivait pas à suivre en classe ou ne parvenait pas à se maîtriser avec les adultes, on parlait d'enfant surdoué que l'on brime. La secrétaire de l'institut nous avait elle-même confié que certains parents traînaient leurs rejetons de psy en psy, au point qu'ils finissaient par connaître tous les tests par cœur et étaient épinglés à tort comme surdoués.

Dans le cas d'Alexandre cependant, la « surdouance » n'avait rien de factice si l'on en croyait son ancienne institutrice.

Camille, elle, portait un regard beaucoup plus clément que moi et avait été plutôt conquise par l'institut, même si elle m'accordait que le jargon employé par notre interlocutrice avait quelque chose de ridicule.

Dans la longue montée qui conduisait à Cauterets, elle finit par s'assoupir. Aussitôt que le ronronnement rassurant du moteur eut cessé, elle sortit de sa torpeur. Ce n'est qu'en descendant du véhicule que je remarquai son teint blême.

— Qu'est-ce que tu as Camille ?

— Ça va, répondit-elle, ce n'est rien.

— Tu es livide…

— C'est juste un coup de fatigue, le manque de sommeil.

Mais il fallait être aveugle pour croire à un simple coup de barre. Nous nous empressâmes de rentrer au chalet. J'installai aussitôt Camille sur le canapé et la recouvris d'une épaisse couverture, car elle refusa catégoriquement de se mettre au lit comme je le lui conseillais. Elle était brûlante de fièvre. Je lui proposai immédiatement d'appeler un médecin, mais à nouveau elle émit une protestation et me demanda simplement de lui préparer une tisane. J'eus l'impression d'entendre ma propre mère qui nous conseillait invariablement quand nous étions malades de prendre sa sacro-sainte tisane avec une cuillerée de miel, comme si sa mixture était une panacée. J'insistai à nouveau mais ce fut peine perdue. Je découvrais depuis quelques jours combien Camille avait un caractère tranché.

Très vite, elle s'endormit, sans même avoir terminé sa boisson qui refroidissait sur la table basse. Je m'installai dans mon fauteuil favori à côté d'elle : la fièvre avait effacé cet air moqueur et un peu rebelle qu'elle arborait souvent.

Je finis moi aussi par m'assoupir, épuisé par le rythme et les émotions de ces derniers jours, sans même prendre la peine de repenser à la journée écoulée. C'est la cloche de l'église qui me fit sortir de ma somnolence. Elle émettait un son métallique, étonnement clair, comme celui du marteau sur l'enclume, et résonnait très loin dans la montagne. J'étais fourbu. Il faut dire que ce fauteuil commençait vraiment à se faire vieux. Camille dormait toujours de son sommeil fiévreux.

J'avais envie de sortir. Je me sentais comme un lendemain de cuite, plus fatigué qu'avant de m'être assoupi. J'avais besoin de sortir au grand air.

La place était quasiment déserte. Sur la droite, le manège couronné de chromos passés tournait sur un air de valse. Un peu plus loin, le fronton safrané du casino brillait d'une douce lumière, attirante.

Mes pas me portèrent vers la salle des jeux vidéo et des billards, au bout de l'immense armature de fer longeant l'esplanade. Un énorme juke-box multicolore diffusait à pleines enceintes une chanson de James Blunt. Je saluai le gérant de la salle et discutai quelques minutes avec lui, de tout sauf de la mort de mon frère, avant de m'installer à une table de billard. Il m'arrivait souvent de m'entraîner avec Raphaël, le soir après le travail. Je n'avais jamais été aussi habile que lui et il me mettait le plus souvent des raclées mémorables.

Une heure plus tard, je retrouvai Camille dans la cuisine, en train de boire un verre d'eau. Sa fièvre était un peu redescendue, pas assez cependant pour lui éviter de regagner son lit qu'elle ne quitta plus de la soirée ni de la nuit. Quant à moi, je finis par m'endormir vers deux heures du matin, à même le canapé.

Le lendemain, Camille allait un peu mieux, mais je la persuadai de rester encore un jour à la maison.

Au milieu de la matinée, je reçus un appel de la gendarmerie. L'autopsie avait été effectuée et l'inhumation de mon frère pourrait avoir lieu dans deux jours. J'avais hâte que toute cette procédure prenne fin et que je puisse enterrer Raphaël en paix. L'enquête étant en cours, les conclusions du légiste ne pouvaient pas être encore divulguées, mais cela ne me préoccupait guère. Je savais déjà tout ce qu'il y avait à savoir depuis le jour où on avait découvert le corps : il avait subi d'atroces tortures, je ne voulais rien apprendre de plus. Ce qui m'intéressait, c'étaient naturellement les motivations de l'assassin et son identité. Et j'avais l'intuition que je n'arriverais à la vérité qu'en retrouvant Julia et Alexandre.

Le capitaine de gendarmerie que j'eus au bout du fil fut avare de détails sur l'enquête elle-même. Cependant, il m'indiqua qu'il désirait m'interroger à nouveau le plus rapidement possible pour compléter mon témoignage et peut-être éclairer certains points qui restaient selon lui « problématiques ». Je crus comprendre en tout cas qu'il ne disposait pour le moment d'aucune piste vraiment sérieuse. Je l'informai que je pourrais être dans ses bureaux moins d'une heure plus tard.

***

Cette route qui descend de Cauterets dans la vallée, je l'ai prise plus de mille fois. Elle est très sinueuse, assez étroite et peut même être dangereuse si l'on n'y prend garde. Les gens du coin ont tendance à y rouler trop vite, sans doute parce qu'ils croient trop bien la connaître, moi compris.

Comme il a plu la veille, la route est glissante. Les voitures qui montent et celles qui descendent se croisent de peu. Dans un virage, juste avant un petit pont qui enjambe le Gave impétueux, le 4x4 perd de son adhérence et je réduis ma vitesse. Mais j'ai l'esprit tellement occupé par les récents événements que je n'y fais pas plus attention que ça. Je continue sans rien voir du paysage familier.

Je passe un tunnel aménagé sous un couloir d'avalanche. J'allume mes phares pour être vu distinctement. Et là, dans le tournant, ma voiture poursuit une trajectoire trop rectiligne. J'essaie de freiner, d'abord doucement, puis en écrasant tout le poids de ma jambe sur la pédale. Mais les freins ne répondent pas. Je ne comprends rien à ce qui se passe. Je tente de redresser la voiture. Les pneus émettent un bruit strident. Je négocie le premier virage mais le 4x4 va trop vite. Si je croise un autre véhicule, c'est le choc assuré. Je continue à solliciter la pédale des freins mais toujours aucune réponse. La voiture poursuit sa course folle. Je dois agir à tout prix… Mais que faire ? Freiner le véhicule en heurtant la rambarde ? Je risque de l'envoyer dans le décor.

Moins de cinquante mètres plus loin un nouveau virage se profile.

Un break bleu surgit au détour de la montagne escarpée. Cette fois, c'en est fini. Je vais beaucoup trop vite : impossible d'avoir le moindre contrôle sur le 4x4. L'autre voiture arrive elle aussi à vive allure. Je fais des appels de phares pour la prévenir du danger.

Ralentis, putain ! Tu vois bien qu'il y a un problème. On va se rentrer dedans.

Les deux voitures se croisent à toute vitesse. J'ai fermé les yeux pendant un centième de seconde. Mais je suis toujours là et mon 4x4 roule de plus en plus vite.

Un nouveau virage. Je perds tout contrôle.

Le choc contre la rambarde de sécurité… La secousse est terrible. La voiture plonge dans le vide et je ne perçois plus ce qui se passe autour de moi.

Je ne vois plus rien.

Je n'entends plus rien.

Je suis mort.

11.

Je te nomme Léviathan, bête des profondeurs.

Cache-toi dans ta mer saumâtre, je ne veux plus te voir, monstre des Abysses. J'ai longtemps cru pouvoir te réduire au silence, t'empêcher de remonter à la surface.

Ta présence me brûle comme des torches ardentes, mes veines se dilatent, mes pores se gonflent sous la chaleur de ton souffle et de ta gueule affreuse, gonflée d'écailles. Je voudrais te repousser à chacun des instants de ma triste vie et pourtant, je vois bien combien je te ressemble. J'ai relu tout à l'heure un passage où Maldoror contemple au fond des yeux la femelle du requin puis s'accouple avec elle dans l'immensité de la mer, comme deux sangsues, leurs poitrines ne faisant plus qu'une masse glauque aux exhalaisons de goémon. *Quand je dis que je l'ai relu, ce n'est pas tout à fait exact, j'y ai plutôt repensé puisque je connais la moitié de ce livre par cœur. La fin du passage résonne dans ma tête, ces dernières lignes après l'odieux accouplement :* Enfin, je venais de trouver quelqu'un qui me ressemblât ! Désormais, je n'étais plus seul dans ma vie ! J'étais en face de mon premier amour !

Je te ressemble moi aussi, Dragon des Gouffres… Oui, je te chasse mais je te reconnais comme le seul qui puisse me comprendre. Je suis à ta merci, incapable de te fuir, moins encore de te détruire. Ma lassitude est infinie, mes forces m'abandonnent. Je pourrais, comme le fils du pays d'Uts, refuser de t'affronter et m'humilier devant Dieu. Accepter ma faiblesse et faire amende honorable. Mais je crois que je préfère encore tes éclats de feu, ta face hideuse à l'idée de me soumettre devant Lui.

À partir de maintenant, je ne te nommerai plus, Prince des Tempêtes, répugnante créature des mers. Je te laisserai accomplir ta sinistre besogne, sans chercher à te plaire ni à te combattre. Mais ton nom, je ne veux plus l'entendre souiller ma bouche et mes oreilles.

À présent, je t'appellerai « la chose »…

12.

Nice.

Justine introduisit une pièce dans la gigantesque machine à café, sélectionna un expresso sans sucre et résista à l'envie de sortir une cigarette. Son gobelet à la main, elle pénétra dans les locaux du commissariat et vint directement s'asseoir sur un coin du bureau de Marc Monteiro. Pourtant plongé dans un dossier, celui-ci leva aussitôt le regard. Il n'était plus surpris depuis longtemps par les manières un peu cavalières de sa coéquipière. Et il aimait assez qu'elle se conduise avec lui de cette façon.

— Bien joué, dit Monteiro d'un ton confiant. Il semblerait que les choses s'accélèrent. J'avais peur qu'on s'enlise dans cette affaire.

— Ne nous réjouissons pas trop vite, se contenta de répliquer Justine qui préférait rester prudente.

Les choses s'étaient en effet emballées, grâce surtout à la confession de Sandrine Decorte.

Au début, Justine s'était méfiée de la surprenante révélation que lui avait faite la jeune fille : Nicolas Carella aurait violé une fille du lycée au début de l'année et pas n'importe quelle fille, Aurélie Donatien dont Stéphane

Laurens lui avait parlé et avec qui Sébastien Cordero avait voulu sortir. Le récit de Sandrine Decorte avait été bref mais impressionnant.

La vie à l'internat le soir était plutôt agitée. Après le couvre-feu, la mixité était en principe interdite, mais personne n'était là pour vérifier les faits et gestes des étudiants. Ils avaient l'habitude d'aller de chambre en chambre, de travailler en groupes ou de fumer des cigarettes dans l'obscurité des grands escaliers baroques du lycée. Une certaine confusion régnait le plus souvent et les règles étaient assez lâches. En règle générale pourtant, durant le premier trimestre, les élèves étaient soucieux de faire leurs preuves et le sérieux était de rigueur.

Un soir, au début du mois d'octobre, alors que le calme s'était installé dans le lycée, Aurélie Donatien, élève de prépa scientifique, était rentrée en pleurs dans sa chambre à plus d'une heure du matin. Comme les cloisons étaient assez minces, sa voisine, une dénommée Julie Hoffmann qui travaillait toujours malgré l'heure tardive, était accourue chez elle. Le visage dévasté, la jeune fille ne cessait de sangloter. Julie avait essayé de l'apaiser tout en cherchant à savoir ce qui pouvait la mettre dans un état pareil. Mais Aurélie Donatien était incapable de répondre aux questions dont la pressait sa camarade.

Au bout d'un bon quart d'heure, quand Aurélie eut repris ses esprits, ce fut elle qui essaya de calmer les inquiétudes de son amie. *Il n'y avait rien de grave, il ne fallait pas s'inquiéter, c'était un moment de blues qui allait passer.* Mais Julie n'y crut pas un seul instant. Il était clair que cet état hystérique n'avait rien à voir avec un coup de déprime.

Peu à peu cependant, harcelée par les questions de Julie qui ne voulait pas lâcher prise, Aurélie avait fini par parler. Mais ce fut pour tenir des propos hachés, peu compréhensibles. *Elle avait honte d'elle-même, jamais plus elle ne pourrait se regarder dans une glace. Elle se dégoûtait… Comment avait-elle pu se laisser avoir !*

Inquiète, Julie l'avait conduite contre son gré chez l'infirmière de garde. Les choses en étaient restées là : elle avait pris un calmant puis était allée se coucher.

Dans les jours et les semaines qui suivirent, Aurélie Donatien changea radicalement de comportement. Elle qui était plutôt ouverte et enjouée devint maussade et solitaire. Elle se renferma sur elle-même et perdit son assurance d'autrefois. Cette brutale métamorphose laissa perplexes la plupart de ses camarades.

Puis un soir, alors que Sandrine s'était attardée dans la chambre d'Aurélie, celle-ci fut moins avare de confessions. Elle déballa tout, comme si le poids du silence avait déjà pesé beaucoup trop lourd. Elle parla de Nicolas Carella, un khâgneux de lettres modernes qui lui tournait autour depuis quelques semaines. Connu pour être un garçon fantasque assez imbu de lui-même, Carella avait la réputation d'être attiré aussi bien par les filles que par les garçons – plus d'ailleurs par raffinement « littéraire », imprégné qu'il était de philosophie antique, de ses *érastes* et de ses *kouroï*, que par véritable inclination sexuelle. Il lui avait plusieurs fois proposé de sortir avec lui, mais elle était restée indécise. Cette irrésolution relevait cependant de la simple pose. Pour le dire simplement, Aurélie avait toujours été une fille facile. Elle sortait depuis l'adolescence avec quantité de garçons et ses aventures avaient toutes un déterminant commun : elles ne duraient guère plus d'une semaine lorsque ce n'était pas simplement le temps d'une nuit. Du coup, personne ne prenait vraiment au sérieux ses feintes résistances.

Le fameux soir, elle avait accepté de passer voir Carella dans sa chambre. Benjamin Guiermet et Julien Guetta, ses deux amis, étaient présents. C'étaient, de l'avis de tous, deux garçons attachants mais fantaisistes et dilettantes ; ils se laissaient facilement influencer et semblaient vivre dans une bulle, à l'abri du monde réel. Ils avaient passé la soirée à parler et à boire une bouteille de tequila que l'un d'eux avait apportée. À l'internat, certains élèves faisaient une grande consommation d'alcool, problème qui avait été soulevé à plusieurs reprises par les associations de parents d'élèves. Personne ne pouvait de toute façon surveiller le contenu des tiroirs et des armoires de chaque interne.

Ils avaient discuté du lycée, de leurs ambitions mais aussi des rapports amoureux et plus encore de sexe. Carella avait joué au philosophe une partie de la soirée, exposant des théories délirantes qui impressionnaient ses camarades, déjà trop diminués par l'alcool et les joints pour y entendre quoi que ce fût. Aurélie leur avait posé nombre de questions sur leur petit « cercle » dans lequel elle aurait bien aimé entrer.

À un moment, l'un des garçons avait évoqué les sous-sols du lycée qu'Aurélie n'avait jamais eu l'occasion de visiter. Carella parla des longs couloirs humides, des petites salles aux murs de pierres sombres remplies de vieux livres ou d'objets hétéroclites stockés au fil des ans. Le tableau peint par le jeune homme semblait sorti d'un roman de Lovecraft. Aurélie, captivée, demanda aux garçons de la guider dans ces fameux sous-sols. Mais il était tard et personne n'avait la certitude qu'ils seraient ouverts cette nuit-là. Guiermet et Guetta étaient franchement réticents et déclinèrent l'offre. Carella et Aurélie décidèrent, eux, de tenter leur chance.

Contre toute attente, au bas de l'escalier de pierres, la porte n'était pas fermée à clé.

Les sous-sols étaient tels que les garçons les avaient décrits : glaciaux et angoissants. Les jeunes gens avaient emporté avec eux une lampe de poche, car ils ignoraient comment allumer les néons. Ils avaient arpenté à tâtons les couloirs et Carella avait cherché à effrayer Aurélie en poussant de sinistres meuglements. Mais très vite, cette atmosphère bon enfant avait fait place à un comportement moins innocent. Carella avait fait des avances à la jeune fille, qui avait ri à gorge déployée pour désamorcer la situation. Lui avait pris ce rire pour une acceptation tacite et avait commencé à l'embrasser de manière assez agressive. Elle s'était laissée faire un moment, n'imaginant pas ce qui se passerait par la suite. Le jeune homme continua ses baisers appuyés et se mit à la caresser avec insistance. Sa main droite glissa sous sa jupe, puis sur ses cuisses jusqu'à sa culotte.

— Attends, avait-elle crié.

Mais Carella n'avait pas envie d'attendre et ne relâcha pas son étreinte ni ses caresses pressantes.

— Allez, ce serait marrant de le faire ici...

— T'es malade, lâche-moi maintenant... Je savais que tu étais limite, mais pas à ce point.

— Tu baises avec tout le lycée, alors arrête de jouer la vierge effarouchée, lui lança-t-il en tirant violemment sur sa culotte.

La jeune fille comprit alors au ton de sa voix qu'il ne s'arrêterait pas tant qu'il n'aurait pas obtenu ce qu'il voulait. La situation tourna très vite à la catastrophe. En quelques secondes, Carella venait de passer du camarade farceur au violeur ivre de puissance, l'insultant, prenant visiblement plaisir à ses résistances inutiles... Aurélie eut une peur viscérale de ce visage soudain grimaçant, de ces mains crispées, rugueuses, violentes. Elle se débattit, en vain, et finit par céder à ce déferlement de haine, se persuadant qu'elle vivait un cauchemar.

Le plus frappant aux yeux de la jeune fille fut le nouveau

revirement d'attitude, dès que son agresseur eut rajusté son pantalon, la laissant pantelante. Il la prit par le bras, la fit lever puis sortir des souterrains et osa même la gratifier d'un « Bonne nuit », comme s'ils venaient juste de prendre un café ensemble.

Aurélie demeura peut-être un quart d'heure assise dans la pâle lueur des réverbères. Peu à peu, les larmes se mirent à glisser le long de ses joues et elle fut bientôt incapable de les arrêter.

Elle rentra ensuite dans sa chambre où son amie la rejoignit peu après.

Voilà ce que Sandrine Decorte savait et cette révélation avait profondément ébranlé Justine.

— Et vous n'avez averti personne lorsque vous avez su ?

— Elle m'avait fait promettre de ne rien dire. Elle ne se sentait pas prête. Mais plus elle attendait, moins elle avait de chance qu'on la prenne au sérieux. Ce n'est pas comme si elle était allée porter plainte immédiatement.

La première chose à faire était évidemment de subir un examen médical le plus vite possible, il y avait des prospectus explicites dans tous les commissariats et les infirmeries scolaires. Malheureusement, les victimes étaient souvent trop choquées pour agir avec bon sens après un tel traumatisme.

— Vous n'avez pas essayé de la convaincre ? demanda Justine sur un ton où filtrait le reproche.

— Si, bien sûr, s'énerva la jeune fille. Mais elle avait une sale réputation au lycée. Je lui ai même donné un numéro vert pour les personnes victimes de viol… elle n'a pas appelé. Je lui ai aussi proposé de l'accompagner dans une de ces associations qui sont censées vous aider et vous apporter un soutien psychologique. Mais rien n'a marché.

Elle s'est refermée sur elle-même. Si vous l'aviez vue... Elle finissait même par se reprocher de ne pas l'avoir repoussé assez énergiquement.

La honte et la culpabilité, toujours la même histoire, songea Justine.

— Pourquoi la mort de Sébastien Cordero vous a-t-elle décidé à parler ? reprit Justine.

— Ce viol a été un cauchemar pour elle ; mais très vite, c'en est devenu un pour moi. Quand elle m'a tout raconté, je me suis immédiatement demandé ce que je pouvais faire pour elle. Elle était tellement paumée ! Elle m'avait fait confiance en partageant son secret avec moi, je voulais lui offrir mon soutien. Il y a eu des moments où je voulais hurler, aller trouver ce salopard et lui faire la peau. C'était insoutenable de le croiser presque tous les jours. J'avais l'impression que je ne voyais plus que lui dans les couloirs, alors que je ne l'avais jamais remarqué auparavant. Combien de fois je me suis retenue pour ne pas aller lui foutre ma main sur la figure ! Et puis je me calmais, je me disais que ça ne servirait à rien, que de toute façon il finirait par payer le jour où Aurélie se mettrait enfin à parler.

— À vous écouter, on dirait que c'était devenu une quête personnelle.

— Peut-être, mais j'enrage surtout de n'avoir rien pu faire. Carella se croyait tout permis. Il était sûr qu'elle n'irait pas porter plainte. Il a fait exprès de la choisir elle et pas une autre. Et maintenant, cette histoire avec Sébastien...

— Il y a un rapport, selon vous ?

— Je n'en sais rien... Mais vous nous avez demandé de dire ce qui nous semblait... remarquable. Cette histoire l'est, non ? Sébastien faisait aussi partie de leur « cercle », n'est-ce pas ? Et puis, il fallait que je vide mon sac et que je vous dise tout ce que je savais. Je me suis déjà rendue coupable une première fois par mon silence. Maintenant, c'est à vous de voir…

***

Effectivement, c'était à Justine de faire son boulot.

Le problème majeur, dont Sandrine Decorte elle-même semblait consciente, c'est qu'Aurélie Donatien n'avait pas porté plainte et que cette histoire pouvait tout aussi bien n'être que pure affabulation. Oui mais voilà, avec l'assassinat de Sébastien Cordero, cette affaire ne pouvait pas être négligée. Tous les protagonistes étaient liés entre eux. Carella avait peut-être violé Aurélie Donatien ; Sébastien Cordero voulait sortir avec la jeune fille et avait fréquenté Carella avant de se brouiller avec lui. Quant aux informations données par Stéphane Laurens et Sandrine Decorte, elles semblaient parfaitement se recouper. Peut-être avait-on là la preuve que Carella, et accessoirement les deux autres garçons facilement influençables, étaient capables du pire. Pour le moment, en tout cas, tout convergeait vers eux.

Aussitôt après les confessions de Sandrine Decorte, Justine avait fait son rapport et ils s'étaient intéressés de près à Carella et ses copains. Aurélie Donatien avait été interrogée. Devant la gravité de la nouvelle affaire, elle avait tout lâché et sorti à peu près la même version que Sandrine. Elle n'avait pas osé porter plainte auparavant à cause de sa réputation qu'elle savait sulfureuse. « On ne m'aurait pas cru », s'était-elle contentée de dire entre deux sanglots.

Désormais, la machine était lancée et rien ne pourrait plus l'arrêter. Devant le faisceau de doutes, on avait décidé la garde-à-vue de Nicolas Carella et l'interrogatoire de ses deux amis. Le garçon n'était pas majeur, mais comme il avait plus de seize ans, cela ne changea pas grand-chose.

Comme il fallait s'y attendre, le jeune homme nia. Il reconnut qu'il y avait bien eu relation sexuelle, mais pour lui Aurélie avait été totalement consentante. Interrogé sur la singularité du lieu choisi pour avoir ces relations, il avait répondu que cela faisait partie d'un jeu sexuel et qu'il n'avait de toute manière pas pu obliger la jeune fille à descendre avec lui dans ces tunnels. Nicolas Carella était retors et malin. Poussant à bout le cynisme, il put donner le nom de deux élèves à qui « Aurélie Donatien avait fait une fellation dans les toilettes du lycée, en plein jour, quelques mois avant ». « Mais je présume, avait-il ajouté, que ce jour-là non plus elle n'était pas consentante. »

Et c'était là le point le plus délicat. Justine savait que les pratiques sexuelles très libres d'Aurélie jouaient contre elle. Après tout, c'était sa parole contre celle de Carella. Il ne fallait rien espérer de cet adolescent : il était fort et savait qu'il risquait gros sur cette affaire. En revanche, on pouvait toujours espérer que l'un des deux autres craquerait.

Justine but la dernière gorgée de son café, et constata qu'il était froid.

— Tu crois que Carella est pour quelque chose dans la mort du jeune Cordero ? demanda Marc Monteiro.

— Je n'en sais pas plus que toi. En tout cas, tous ces gamins étaient liés d'une manière ou d'une autre. Carella avait un mobile : Sébastien Cordero tombe amoureux d'Aurélie Donatien, il apprend (je ne sais pas comment) que Carella l'a violée au début de l'année. Cordero a peut-être menacé le garçon de le dénoncer et l'autre l'a tué pour se protéger.

— C'est un scénario qui peut tenir la route.

— Un peu tiré par les cheveux tout de même. Le

problème, c'est que j'en viens même à sérieusement douter de cette histoire de viol.

— C'est pas vrai, c'est toi qui tiens ce discours ? Et après, tu me reproches d'être macho lorsque je dis que la gent féminine est vicieuse.

— Regarde les choses en face : pourquoi un garçon de bonne famille irait prendre le risque de violer une fille dans l'enceinte même de l'établissement ?

— Tu m'as dit qu'il était vaniteux et sûr de lui-même. Il se croit peut-être au-dessus des lois. Ou alors il n'a même pas eu conscience de commettre un viol. Il connaissait la réputation de la gamine et a pensé que ses refus faisaient partie du jeu.

— Peut-être bien.

Justine lança son gobelet en plastique vide dans la poubelle comme dans un panier de basket. Le projectile tomba pile au centre du trou, sans même en toucher les bords.

— Trois points ! s'écria Monteiro.

Justine n'avait jamais ignoré que Marc avait un penchant pour elle. Et c'était un euphémisme. Au début, il avait essayé de la draguer de manière un peu insistante et Justine n'avait d'abord vu, derrière ces tentatives maladroites de séduction, qu'un flirt sans lendemain.

Mais très vite, elle s'était rendu compte qu'il avait de vrais sentiments à son égard et ceux-ci avaient perduré pendant les quatre années qui s'étaient écoulées. Elle avait appris à le connaître et compris que derrière sa carapace de misogyne se cachait un être fidèle et sensible. Il avait été particulièrement présent après l'histoire du « caillassage ». Tout son temps libre, il l'avait passé à son chevet à l'hôpital. Cela l'avait touchée bien sûr, tout en la mettant mal à l'aise. Elle savait que Marc n'agissait nullement par calcul, mais elle craignait pourtant de lui être redevable.

En vérité, Justine était loin d'être insensible au charme de son collègue, mais elle ne voulait pas d'une relation amoureuse qui pût être liée à son travail.

Lorsqu'il avait compris qu'aucune liaison n'était possible, Marc avait pris de la distance. Il n'y avait eu entre eux ni dispute, ni confrontation : leur histoire avait simplement pris d'autres chemins moins périlleux.

Il arrivait parfois à Justine, lorsqu'elle regardait son collègue, d'imaginer ce qu'aurait pu être cette relation avortée, et même de regretter de ne pas lui avoir donné une chance. Elle se reprochait parfois sa dureté et sa froideur, d'autant plus que toutes ses tentatives amoureuses, depuis, avaient été des échecs cuisants.

La jeune femme sortit de ses pensées pour en revenir à d'autres plus urgentes et plus professionnelles. Pourtant, c'est le visage de Marc Monteiro qui s'offrit à ses yeux lorsqu'elle émergea de sa rêverie. Mais à peine eut-elle le temps de s'attarder sur ses traits qu'une voix éclatait déjà dans la pièce pour annoncer la nouvelle :

— Ça y est, je crois qu'on le tient : il vient d'être lâché par ses petits copains.

13.

Guiermet et Guetta n'avaient pas été longs à se mettre à table. D'un naturel plus faible que celui de Carella, et craignant sans doute pour eux-mêmes depuis que le lycée était en ébullition à cause de l'assassinat, ils avaient spontanément décidé de dire tout ce qu'ils savaient.

Le soir du viol présumé, Guiermet s'était levé pour aller aux toilettes vers deux heures et demi du matin, soit plus d'une heure et demi après qu'il eut laissé seuls Carella et Aurélie Donatien. Il avait vu de la lumière dans la chambre du garçon et, sans même prendre la peine de frapper, avait passé la tête dans la porte entrebâillée. À moitié nu sur son lit, Carella feuilletait un livre. Somnolent, Guiermet lui avait demandé :

— Qu'est-ce que tu fous ? Tu ne dors toujours pas ?

— Ça y est, je me la suis faite, s'était contenté de répondre Carella en levant à peine les yeux de son ouvrage.

— Aurélie ?

— On a baisé dans le sous-sol.

— Arrête tes conneries, je vais me recoucher, moi. Je te dis pas la gueule qu'on va avoir demain.

Guiermet était retourné dans sa chambre sans même

repenser aux paroles de Nicolas, celui-ci ayant tendance à affabuler : c'était ce qu'ils appelaient son côté « soldat fanfaron ».

Mais le lendemain, lorsque les trois jeunes furent à nouveau réunis, Carella raconta l'histoire avec force détails. Il avoua à ses amis comment, lors de la beuverie dans la chambre, il avait dilué dans le verre d'Aurélie du Rohypnol, un sédatif prescrit pour traiter les insomnies et les maux de dos, mais qui était aussi considéré comme faisant partie des fameuses « drogues du viol ». À vrai dire, Justine connaissait surtout le GHB, cette célèbre substance chimique très médiatisée depuis quelques années, mais elle ignorait qu'il existait plus d'une vingtaine de produits courants avec des effets similaires. Carella n'avait eu aucun scrupule à utiliser l'un d'entre eux pour diminuer les résistances de la jeune fille. Cela dit, il avait pris des risques car, comme pour la plupart des autres drogues du viol, le Rohypnol pouvait être détecté par les analyses d'urine au-delà de soixante-douze heures.

Le récit que les deux garçons firent des événements était, à peu de choses près, semblable à la version de Sandrine Decorte. Mais bien sûr, à aucun moment Carella n'avait parlé de *viol* à ses amis.

Les aveux de Guiermet et de Guetta n'étaient pas pour déplaire à Justine. D'abord parce que l'enquête allait désormais prendre un nouveau souffle, ensuite parce que Nicolas Carella ne lui plaisait pas : ce type était d'une incroyable fatuité et elle éprouvait une réelle compassion à l'égard d'Aurélie Donatien.

Mais ce que regrettait le lieutenant Néraudeau, c'est que l'affaire eût pris des chemins aussi tortueux. Cette histoire de viol ne devait pas les détourner de l'essentiel : l'assassinat de Sébastien Cordero. Même si Carella avait violé Aurélie, on était encore loin de pouvoir l'impliquer dans la mort du garçon.

Sur les coups de quatorze heures, les deux lieutenants se décidèrent à avaler un hamburger et des frites. Ils n'aimaient pas ça, surtout Justine, mais c'était rapide. Alors qu'ils tentaient de ne pas s'en mettre partout, Marc revint à la charge :

— Quelque chose te chiffonne dans cette histoire ?

— Eh bien, tu vois, à l'école de police, j'avais un instructeur qui n'arrêtait pas de nous parler d'un philosophe écossais du XVIIIème siècle…

— Tu crois que notre affaire remonte à si loin ?

— Arrête de me charrier… Donc ce philosophe, David Hume, avait développé une théorie sur la causalité, qui a conduit à la « méthode expérimentale » et aux premiers progrès de la médecine…

— T'as vraiment envie de parler de ça maintenant, docteur ? J'aimerais bien finir mon sandwich au cholestérol tranquille.

— Mon instructeur en avait tiré sa propre théorie sur ce qu'il appelait « les pièges de l'habitude ». Il disait en gros : « Ce n'est pas parce qu'une cause produit ici un effet, qu'elle produira la même ailleurs. »

— Ma grand-mère disait l'inverse : « Les mêmes causes produisent… »

— Tu vas me laisser finir ? J'ai repensé au raisonnement qui a poussé Sandrine Decorte à balancer Carella, dans ce bar : elle a connu deux événements traumatisants dans les mêmes lieux, et donc elle les associe. Elle ne veut pas être complice une nouvelle fois et, pour elle, Carella est coupable.

— Bon, et alors ?

— Nous faisons la même erreur… Nous allons trop vite en besogne. Cordero est assassiné et tout le monde nous parle de Carella – de l'avis de tous, un jeune con qui organise des réunions secrètes ridicules, méprise l'humanité tout entière et a violé une fille par-dessus le marché.

— Tu as encore des doutes sur ce viol ?

— Mais non, je n'en ai pas. Sauf que Carella fait un coupable trop parfait. C'est un petit con, d'accord, mais on a immédiatement sauté sur cette piste et on a négligé toutes les autres.

— Ah… il y en a d'autres ? ironisa Marc en s'essuyant la commissure des lèvres.

— Ce que je veux dire, c'est que ce gamin n'est pas un tueur. Derrière son apparence arrogante, Carella est un faible et un lâche, comme tous les violeurs. Il va même jusqu'à se procurer du Rohypnol, parce qu'il se sent incapable de violer une fille qui aurait tous ses moyens. Aurélie raconte que Carella avait « une force surhumaine ». Tu as vu à quoi ressemble ce garçon ! Tu trouves qu'il a un physique impressionnant ?

— Pas vraiment, non. Mange, ça va être froid.

— Cordero était mieux bâti que lui. Et souviens-toi des conclusions du légiste : un coup par derrière, superficiel. Un seul par devant, mortel. Aucune trace de drogue qui l'aurait affaibli. Un assassin d'occasion l'aurait lardé au hasard de cinq, dix, quinze coups ! Et puis, le mobile du meurtre reste trop mince.

— Mais c'est toi qui l'as évoqué, le mobile. Carella a paniqué parce que Cordero était au courant du viol et qu'il aimait Aurélie Donatien ! Enfin, plus ou moins…

— Mais Cordero n'était pas le seul à être au courant. Sandrine savait, Guetta et Guiermet savaient, et je crois que Stéphane Laurens se doutait de quelque chose.

— Cordero le faisait peut-être chanter.

— Ça ne tient pas debout. On ne fait pas chanter un type qui a violé la fille dont on est amoureux.

— Il y avait sans doute autre chose, une querelle secrète, un différend qu'on ignore ?

— Trop vague.

— L'envie de commettre le meurtre parfait ? J'ai vu un film là-dessus... l'histoire de deux ados qui tuent une fille au hasard en prenant le pari qu'ils ne se feront jamais attraper. Ils lisent tous les bouquins possibles sur la police scientifique, les traces d'ADN, les lampes monochromatiques, les empreintes pour déjouer les recherches. Tu finis pas tes frites ?

— Vas-y, goinfre. Et alors ? Ils finissent par se faire prendre ?

— Ouais. Par orgueil : ils vont provoquer les flics sur leur propre terrain en leur faisant comprendre qu'ils sont responsables du meurtre, mais que personne ne pourra jamais le prouver.

— Un meurtre gratuit... Une manière pour Carella de montrer qu'il est largement au-dessus des autres, tu crois ? C'est vrai qu'il est un lecteur assidu de Nietzsche.

— Tu remets ça, avec tes philosophes ! De quoi il causait déjà, celui-là ?

— D'absence de bien et de mal, du fait que tout est permis lorsque l'homme a mis au rencard les vieilles traditions et la morale. Enfin, c'est ce que j'ai retenu...

— Voilà ce qu'on apprend à la fine fleur du pays ! Faut pas s'étonner après que toutes nos élites soient pourries...

— Je suis certaine qu'on passe à côté de quelque chose. C'est sous nos yeux, mais on ne le voit pas.

— En attendant, on tient un violeur ! conclut Monteiro en déposant dans la poubelle les emballages gras de son déjeuner.

***

Stéphane Laurens alluma la lampe de son bureau. Il ouvrit fébrilement un tiroir et en sortit une boîte de médicaments déjà bien entamée. Il fit tomber une pilule dans le creux de sa main, hésita un moment puis l'avala directement, sans verre d'eau, en s'enfonçant lourdement dans son fauteuil.

Voilà plusieurs semaines qu'il avait interrompu son traitement et il commençait à en payer les conséquences. Chaque fois, il espérait prendre le dessus. Il se disait que par la simple volonté, il parviendrait à se contrôler et qu'il pourrait faire taire cette voix en lui qui le rendait fou.

Mais c'était peine perdue. Il était esclave de ces foutues pilules et finissait toujours par redevenir « raisonnable ».

Il se leva, prit au hasard un jean et deux sweats dans son placard et les enfouit dans son sac de sport en même temps que sa boîte de médicaments. Il chercha un moment son billet de train sur le bureau en désordre et le rangea dans la poche intérieure de sa veste.

Les premières notes du *Clair de lune* de Beethoven résonnèrent dans le salon à côté. Sa mère s'était installée au piano désaccordé. Elle avait appris cet instrument tardivement, en autodidacte, mais Stéphane trouvait qu'elle jouait avec beaucoup de sensibilité, même si sa technique laissait parfois à désirer. Il ne l'avait plus entendue jouer depuis une éternité et éprouva un pincement au cœur : quand elle se mettait au piano, c'est qu'elle avait du vague à l'âme. Son départ précipité n'allait pas arranger les choses.

Quand il entra dans le salon, sac de voyage à la main, elle s'arrêta immédiatement de jouer et referma le couvercle du piano.

— Non, ne t'arrête pas s'il te plaît...

Elle leva vers lui un regard fatigué et résigné.

— De toute façon, je ne me souviens plus de ce morceau et je ne sais pas où j'ai mis les partitions.

Le salon était faiblement éclairé par une lampe ajourée posée sur un petit guéridon près du canapé. Il régnait tout le temps dans cette pièce une semi-obscurité qui déprimait quiconque y entrait.

Stéphane ne s'était jamais habitué à cet appartement, comme s'il savait depuis le début qu'ils n'étaient ici que de passage. Vivre à Nice ne lui déplaisait pas et il aimait plutôt son lycée, mais il avait l'impression que cette vie n'était pas la sienne. Et les derniers événements ne faisaient que renforcer en lui ce sentiment. Aussi ressentait-il la nécessité d'agir vite et de prendre les bonnes décisions.

Il s'approcha de sa mère et lui posa une main réconfortante sur l'épaule.

— Ne t'inquiète pas, maman. Tout se passera bien.

Elle haussa les épaules.

— Comment voudrais-tu que je ne m'inquiète pas ? Avec ce qui s'est passé au lycée... Et la police qui t'a interrogé et qui va mettre son nez partout.

— Je t'ai déjà dit de ne pas t'en faire pour les flics. Ils ont interrogé des dizaines de personnes à Masséna, c'est leur boulot... Et puis, ils ont gobé tout ce que je leur ai raconté. De toute façon, comment voudrais-tu qu'ils se doutent de quoi que ce soit ? Tu as confiance en moi, non ?

— Bien sûr, répondit-elle.

Stéphane savait que ces quelques paroles ne suffiraient pas à la rassurer, mais il n'avait rien à offrir de plus pour le moment. Il ferma un instant les yeux, regrettant presque aussitôt son mensonge. Les flics pouvaient se montrer beaucoup plus malins qu'il ne l'avait cru au début. Il se souvenait des questions insistantes de cette jeune lieutenant, de son ton suspicieux... Si elle s'était montrée aussi pugnace et efficace avec tous ceux qu'elle avait interrogés, elle risquait de vite comprendre pour Cordero et tous ses efforts seraient réduits à néant.

S'il voulait s'en sortir une fois de plus, il allait devoir jouer très serré.

***

Il était près de dix-huit heures et le soleil émaillait d'or les nuages à l'horizon.

Le lieutenant Néraudeau passa le portail du lycée Masséna, désormais familier. Elle avait eu besoin de revenir ici, sur les lieux même du drame, pour faire le point et tenter de trouver ce qui avait pu lui échapper. Elle traversa la cour quasi déserte et monta une série d'escaliers dans le bâtiment nord. Elle s'engagea dans un couloir récemment rénové qui donnait sur les toits en terrasse de l'établissement. Là, elle serait tranquille pour réfléchir.

Justine se pencha au-dessus de la rambarde. Au loin, derrière la petite tour baroque de l'entrée du lycée, on distinguait un bout de la gare routière qui ressemblait à un bunker géant ainsi que le clocher plus coloré et pittoresque de l'église Santa Maria. Cette fois-ci, elle ne fit aucun effort pour résister à l'une de ses cigarettes mentholées. C'était bien sa veine : se remettre à fumer au moment où le prix des paquets flambait et où les gens n'en avaient plus que pour les patchs anti-tabac.

Elle essaya de se concentrer un peu.

On est vendredi soir. Il est 19 heures. Il fait nuit.

Les cours intérieures du lycée et les galeries sont très mal éclairées ; il y a seulement trois réverbères près du gymnase. Ce qui veut dire qu'on n'y voit presque rien. C'est évidemment ce que le tueur recherche. Il peut guetter Cordero dans l'ombre et le tuer en moins d'une minute. Comme il n'y a pas foule à cette heure, il ne prend pas beaucoup de risques. Il peut agir vite et proprement. Bon, mais ça c'est acquis depuis le début. Creuse-toi un peu la tête, ma petite Justine ! Est-ce la seule raison pour laquelle il a choisi ce moment ? S'il a pu le surprendre à cet instant précis, loin de tout regard importun, c'est qu'il avait la certitude de le trouver ici à cause de la régularité de ses entraînements. Souviens-toi des paroles du prof de sport : Cordero s'entraîne certains soirs de la semaine entre dix-huit et dix-neuf heures. *Oui mais il avait dit « certains soirs », pas chaque vendredi soir. Cela montre que le tueur a dû guetter ses faits et gestes plus tôt dans l'après-midi, pour être sûr qu'il le trouverait à la sortie du gymnase. C'est donc qu'il connaît Cordero : il l'a vu partir s'entraîner, peut-être l'adolescent a-t-il prévenu lui-même son assassin qu'il serait au gymnase.*

Tu tournes en rond ! On en revient toujours au même point, à Carella qui connaissait bien Cordero et qui aurait facilement pu se trouver là pour le tuer.

Justine comprit qu'elle n'arriverait à rien. Elle jeta son mégot de cigarette par terre et l'écrasa d'un geste nerveux. En jetant un œil au paquet, elle se rendit compte qu'elle l'avait plus qu'entamé dans l'heure qui venait de s'écouler.

Elle descendit le monumental escalier et croisa deux jeunes qui se bécotaient en gloussant. Il faisait sombre et des lambeaux de nuit avaient déjà recouvert les murs gris blanc du lycée.

Au bout de la galerie, elle aperçut une silhouette ténébreuse et mouvante qui venait dans sa direction. C'était un homme assez grand, à ce qu'elle pouvait en juger. Justine sentit son cœur s'accélérer, comme sous l'effet d'un brutal afflux de sang. C'était dans cette même galerie que le jeune Cordero avait été poignardé, et par-dessus cette rambarde que son corps avait été projeté. Elle imagina ce qu'avait pu éprouver l'adolescent lorsqu'il avait été agressé. Avait-il seulement eu le temps de comprendre ce qui lui arrivait ? Savait-il qu'il allait mourir ou avait-il cru à une simple blague ? Et avant même que le premier coup de couteau ne l'eût atteint dans le dos, à quoi pensait-il ? Aux études, à sa future carrière ? À Aurélie Donatien pour qui il en pinçait, ou à Sandrine Decorte qui semblait avoir été si proche de lui naguère ?

La silhouette masculine n'était plus qu'à quelques mètres d'elle et la jeune femme ne pouvait toujours pas la distinguer nettement.

— J'ai de la chance de te trouver, dit une voix rassurante.

— Marc ? Qu'est-ce que tu fais là ?

— J'ai eu ton message, je suis passé au cas où. Le gardien m'a dit que je pourrais te trouver là-haut.

— Tu m'as foutu une de ces peurs... je ne t'avais même pas reconnu.

Enveloppés d'un manteau de nuit, les deux policiers se dirigèrent vers la sortie. Marc Monteiro parlait, mais déjà Justine ne prêtait plus l'oreille au flot de ses paroles. Car son esprit était agité de pensées qui devenaient de plus en plus nettes. Elle n'avait pas reconnu Marc alors qu'il n'était pas à plus de trois mètres d'elle. Il faisait trop sombre pour identifier clairement quelqu'un.

Puis, des phrases lui revinrent qui se bousculèrent dans sa tête. Stéphane Laurens :

Il vient s'entraîner tous les vendredis soir, aussi sûrement que le soleil se lève à l'est.

Elle se souvenait de la première chose à laquelle elle avait pensé en voyant Stéphane : c'était le même genre de garçon que Cordero, même taille, même carrure, même style. Puis, un élément de sa discussion avec Sandrine Decorte lui revint à l'esprit.

— *C'est Stéphane Laurens qui m'a donné votre numéro.*

Tout partait de lui : il avait orienté Justine vers Nicolas Carella, il avait le premier évoqué le cercle, il avait aussi incité Sandrine Decorte à la contacter… Tout ça pour enfoncer encore un peu plus Carella ?

Justine n'avait aucune idée de l'identité du tueur, mais elle pressentait une chose primordiale. Elle n'avait aucune preuve tangible pour confirmer son intuition, mais on s'était trompé de cible. Seules les habitudes trop bien ancrées de Stéphane avaient causé la mort de son camarade.

Ce n'est pas Sébastien Cordero qu'on avait voulu assassiner ce soir-là. Non, la véritable cible du tueur, c'était Stéphane Laurens.

Et à l'évidence, il s'en doutait lui aussi.

14.

Il connaissait mieux que quiconque le sens du mot « sacrifice ». Il avait consacré son existence à sa patrie et voilà ce qu'il y avait gagné. *Ils* persistaient dans leurs putains de mensonges, bien à l'abri dans leurs bureaux. *Ils* avaient beau jeu de tout mettre sur le compte de la paranoïa ; c'était facile pour eux de tout nier et de minimiser ce que lui et certains de ses compagnons avaient subi.

Il avait encore en tête les déclarations du médecin-chef du service de santé des armées : « En l'état actuel de nos connaissances, l'inhalation d'uranium appauvri ne paraît pas suffisante pour provoquer des maladies liées à la radioactivité. » Comment pouvait-on accepter de pareilles inepties ! On pouvait lui opposer tous les experts du monde, tous les médecins, tous les scientifiques, il savait bien ce qu'il avait vécu. Aucun de ces types n'avait jamais mis un pied sur un terrain d'opération et ils prétendaient tout savoir mieux que les autres. Pour se donner bonne conscience, le gouvernement avait promis de traiter le dossier du « syndrome des Balkans » dans une totale transparence et de lui appliquer un service de précaution. Un service de précaution, alors que le mal était déjà fait !

Ils ne cessaient de parler de « guerre propre » et leurs

bombardements étaient des « frappes chirurgicales », comme s'ils avaient réussi à éliminer les victimes des combats. Lui connaissait ce dossier par cœur. Leucémies, cancers des ganglions, pertes de mémoire, fatigue chronique, déficiences pulmonaires, sperme brûlant, voilà les symptômes dont souffraient ces soldats. Et encore, on ne parlait que des soldats de la guerre du Golfe, de ces milliers de victimes américaines mortes de maladies dont on n'avait pas vraiment identifié les causes. Mais on ne parlait pas de ces soldats français ou européens qui avaient servi en Bosnie et au Kosovo et dont il faisait partie. Ni de ces malchanceux qui comme lui avaient été les victimes de l'UA. Deux initiales qui ne disaient rien au commun des mortels : l'uranium appauvri, utilisé pour la première fois par les Américains et les Britanniques contre les tanks de Saddam Hussein, puis par l'Otan en Bosnie et au Kosovo contre l'armée yougoslave de Milosevic. Un métal dont on connaissait la toxicité chimique, mais dont on feignait d'ignorer les effets sur ceux qui manipulaient les munitions. On servait aux soldats des fables à dormir debout et on leur reprochait ensuite d'être inquiets. *Sois un gentil petit soldat, sois un gentil petit cobaye !*

Quarante mille hommes avaient servi dans les Balkans. Et ils voulaient faire croire qu'aucun d'entre eux n'avait pu se trouver exposé à l'uranium appauvri contenu dans les obus américains : des obus spécialement durcis par le matériau radioactif et qui pouvaient percer tous les types de blindage. Les chasseurs de chars américains A10 en avaient tiré des dizaines de milliers durant la guerre. L'armée française n'avait jamais utilisé ce type de munitions, mais les Américains, eux, ne s'étaient pas gênés. De toute façon, la France était coupable par son silence.

Et depuis, c'étaient des dizaines de militaires français qui étaient hospitalisés et traités. Plusieurs souffraient de leucémies aiguës, d'autres de graves lymphomes et de proliférations cancéreuses dans le tissu lymphoïde.

Il se souvenait du Kosovo comme si c'était hier. Comment d'ailleurs aurait-il pu l'oublier ? Il se rappelait les abris et les camions qu'ils avaient trouvés sur leur chemin, tous détruits et carbonisés. Sur cette zone de combat d'où ne semblait plus émaner le moindre danger, ils étaient montés sur les véhicules pour examiner de plus près les dégâts causés par les Américains. Dans leur unité, personne ne leur avait interdit de s'en approcher. Ils y avaient fumé, mangé et bu sans se laver les mains, sans prendre la moindre précaution. Comment auraient-ils pu imaginer que les munitions des Américains, en se désintégrant lors de l'impact, pouvaient libérer des poussières toxiques qui créaient un aérosol d'uranium sur des centaines de mètres ? Comment auraient-ils pu savoir qu'une partie des particules se disséminait sous forme d'oxydes et se fixait dans les os ? Rien qu'au Kosovo, ils avaient tiré plus de trente mille obus de ce type.

Mais ils ne s'en tireraient pas aussi facilement. La mission qui lui avait été confiée serait la dernière : il allait leur prendre ce qu'ils avaient de plus cher, il allait supprimer l'objet de leur convoitise.

L'heure du règlement de comptes avait sonné.

15.

Centre hospitalier de Lourdes.

Mes yeux s'ouvrirent sur la blancheur d'un plafond immaculé.

Je remontais à la surface, comme un plongeur resté trop longtemps en apnée. Mes pensées tout d'abord ne furent que confusion. Je ne savais ni où ni quel jour nous étions. Ni même qui j'étais vraiment. Puis, lentement, je repris conscience.

J'étais seul, allongé dans une chambre d'hôpital aseptisée dont l'odeur me déplut aussitôt. Mon premier réflexe fut d'essayer de me relever, mais une terrible douleur m'envahit la poitrine. Je dus renoncer à tout effort et m'effondrai sur mon lit. J'essayai cependant de remuer les membres pour vérifier que je n'étais pas paralysé. Mes jambes heureusement répondirent sans peine à l'appel du cerveau.

À ce moment-là, rien de mon accident ne me revint à l'esprit : ni l'interminable route en lacets, ni le break bleu surgi en face de moi, ni la rambarde de sécurité. Ne subsistait que le noir absolu dans lequel j'avais sombré. Je passai une main distraite sur mon visage, car une brûlure me démangeait au-dessus de l'arcade sourcilière. Je touchai du bout des doigts une blessure assez large. J'aurais bien aimé avoir en main un miroir pour constater l'étendue des dégâts. Malheureusement, je ne vis rien autour de moi susceptible de me renvoyer le moindre reflet.

La porte s'ouvrit sur une infirmière d'une quarantaine d'années :

— Ça y est, vous êtes réveillé ?

Elle s'appelait Carole, comme je pus le lire sur son badge lorsqu'elle s'approcha de moi. Elle était un peu hommasse, avec des traits de visage anguleux. Sa blouse semblait trop serrée pour elle et faisait ressortir des rondeurs peu flatteuses.

— Comment vous sentez-vous ?

— Pas trop mal. Je pourrais avoir un miroir ?

— Un miroir, qu'est-ce que vous voulez faire d'un miroir ? C'est plutôt de ça dont vous avez besoin.

Elle me tendit deux comprimés que j'avalai avec un verre d'eau, sans faire d'histoires.

— Ça fait longtemps que je suis là ? J'ai été dans le coma ?

— Dans le coma ! reprit-elle en riant. Vous vous prenez pour John Smith ?

— John Smith ?

— Oui, le héros de *Dead Zone* de Stephen King.

— Ah…

Je ne voyais pas du tout où elle voulait en venir. Dans l'univers de Stephen King, elle me faisait plutôt penser à Kathy Bates dans *Misery*, séquestrant et torturant le pauvre James Caan sur son lit d'infortune.

— Vous ne l'avez jamais lu ?

— Non… Enfin, je ne crois pas.

— John Smith reste sept ans dans le coma. Lorsqu'il se réveille miraculeusement, il a tout perdu : son travail, ses habitudes et sa fiancée qui a refait sa vie avec…

J'interrompis un peu sèchement son compte rendu de lecture :

— Dites, j'aimerais surtout savoir depuis quand je suis ici et ce qui s'est passé.

— Ah, fit-elle déçue. Eh bien, on peut dire que vous en avez eu de la chance. Vous étiez vraiment à deux doigts d'y passer. D'après ce qu'on m'a raconté, votre voiture a failli faire le grand plongeon.

— Je ne me souviens absolument de rien.

Elle dut voir mon début de panique et se fit rassurante :

— Vous étiez pourtant conscient lorsque vous êtes arrivé à l'hôpital. Mais le médecin nous avait prévenus : c'est une petite amnésie post-traumatique des plus fréquentes.

— Et je n'ai rien à part ça ? demandai-je en regardant mon corps étendu comme celui d'un grabataire.

— Ne vous inquiétez pas, un médecin va venir vous voir, il vous expliquera tout dans le détail. Vous allez aussi recevoir une visite…

Un sourire complice éclaira son visage.

— Une visite ?

— Votre jeune fiancée. Elle attend depuis un bon moment déjà.

— Mais je n'ai pas de…

— Vous en avez de la veine. La fiancée de John Smith ne l'avait pas attendu, elle.

***

Le médecin dont ma sylphide m'avait promis la visite ne se fit pas attendre. C'était un homme au physique un peu inquiétant. Une dissymétrie très marquée du visage ainsi qu'un crâne démesuré donnaient à penser qu'il sortait tout droit d'un bas-relief maya.

Il m'expliqua d'un ton amène que je souffrais d'un traumatisme crânien. Le choc lors de mon accident avait été violent, mais je m'en étais tiré sans aucune fracture. Il qualifia mon traumatisme de « moyen », ce qui était visiblement plus grave que « bénin » sans être toutefois alarmant.

— Dans ce genre de cas, la majorité des patients subit un bref état comateux ou une perte de conscience qui dure environ un quart d'heure. La vôtre a duré un peu plus sans qu'il faille s'en inquiéter pour autant.

— Pourquoi est-ce que je ne me souviens de rien ? Je ne me rappelle ni de l'accident, ni même d'avoir été conscient en arrivant à l'hôpital.

— C'est ce que nous appelons une « amnésie post-traumatique ». Vous devez ressentir un grand flou dans votre esprit, je sais que c'est très impressionnant...

J'éprouvais en effet la sensation très désagréable de ne plus avoir de prise sur ma propre vie. Dans les fictions de tous types, les pertes de mémoire m'avaient toujours semblé peu crédibles. Je commençais à changer d'avis sur ce sujet.

— Je vais être honnête avec vous, reprit le médecin. Je préférerais vous garder en observation vingt-quatre heures de plus.

— Pourquoi ? Vous avez dit vous-même qu'il n'y avait pas à s'inquiéter.

— Il est vrai que, la plupart du temps, les patients repartent chez eux le jour même. Dans votre cas, la perte de conscience a été plus longue. C'est juste une mesure de précaution.

Après ce qui venait de m'arriver, je n'avais aucune envie de rester les bras croisés ou de prendre du repos. Plus j'attendrais, moins j'aurais de chances de comprendre ce qui était arrivé à Raphaël et de retrouver la trace de Julia et de son fils.

— Je dois d'ores et déjà vous prévenir que vous risquez d'éprouver des symptômes post-commotionnels peu agréables.

— À quel autre programme de réjouissances dois-je m'attendre ?

— Des céphalées, des sensations vertigineuses, des nausées... Inutile de vous dire que vous allez avoir du mal à reprendre immédiatement votre travail. C'est même fortement déconseillé.

Dans la mesure où j'avais laissé le magasin entre les mains de mon employée, cela ne poserait pas vraiment de problèmes. Depuis la mort de Raphaël, je n'avais d'ailleurs pas une seule fois songé à reprendre sérieusement mon activité, comme si tout ce que je vivais m'avait déconnecté de ma propre vie.

***

Dès mon arrivée aux Urgences, Camille avait été prévenue. On avait facilement trouvé mes coordonnées à Cauterets : je crois qu'à aucun moment, avant ma perte de conscience, je n'avais été en mesure de fournir aux infirmières ou aux médecins le moindre renseignement sur moi-même. Camille avait aussitôt fait le chemin jusqu'au Centre hospitalier de Lourdes. Comme ma mémoire me faisait défaut, elle me raconta les circonstances de l'accident d'après les informations qu'elle avait pu glaner auprès des pompiers et des gendarmes.

— Je savais que cette route était dangereuse. Chaque fois que je descends dans la vallée, je ne peux m'empêcher de me demander ce qui se passerait si ma vieille guimbarde dérapait. Surtout lorsqu'il a plu.

Comme si elle avait peur de me bousculer, elle hésita une seconde avant de reprendre :

— Mais la route n'a peut-être rien à y voir.

— Comment ça ?

— Je connais ta façon de conduire : tu n'es pas un fou du volant. Ton 4x4 n'a qu'un an et il est bardé des derniers systèmes de sécurité.

— Qu'est-ce que tu racontes ? Tu viens de me dire que les flics et les pompiers pensaient à une perte de contrôle. J'ai simplement glissé et je suis sorti de la route.

— Oui... Mais ils m'ont quand même cuisinée : est-ce que tu avais bu, ou fumé des « substances illicites », est-ce que tu avais des pulsions suicidaires... Tu vois le genre.

— Plus ou moins...

— J'ai répondu « Non » à tout, évidemment. Mais je leur ai demandé pourquoi ils posaient ces questions. J'ai un peu insisté, parce qu'ils m'ont promenée avec leur prétendue « routine ». C'est un pompier qui a lâché le morceau.

— De quel « morceau » tu parles ? Cesse de tourner autour du pot !

— Il n'y avait aucune trace de freinage sur le bitume... Comme si tu étais allé te flanquer dans le fossé délibérément.

— Ah...

Même encore vaseux à cause de ce que les médecins m'avaient fait avaler, je commençais à voir où elle voulait en venir. Je fus donc direct :

— Tu ne crois pas sérieusement qu'on aurait pu saboter le 4x4 ?

— Tu n'étais ni saoul, ni camé, ni suicidaire. La panne soudaine est improbable avec une voiture quasi neuve, que tu entretiens. La route glissait, certes, mais tu la connais. Pourquoi n'as-tu même pas essayé de freiner ?

— Mais enfin, qui aurait pu toucher à ma voiture ?

— Quelqu'un qui ne veut pas que tu enquêtes sur la mort de Raphaël.

Je tentai de me relever, la position allongée commençait à devenir pénible. Mais en bougeant, une douleur bien plus cruelle me transperça la poitrine.

— Tu as mal ? Il faut te reposer.

— Je n'ai pas l'intention de me reposer, ni de rester plus longtemps dans cet hôpital, surtout avec Kathy Bates dans les parages.

— Kathy Bates ?

— Non, laisse tomber... Tu sais, on aurait encore pu croire que Raphaël s'était trouvé au mauvais endroit au mauvais moment. Mais après ce que tu viens de me dire sur cette absence de marques de freinage, je n'y crois plus une seconde. Comme par hasard, cet accident se produit juste au moment où l'on retrouve la trace d'Alexandre, et après notre visite de l'Institut Carlier. Tu ne trouves pas ça un peu gros ?

— Ce que je trouverais gros, c'est que des gens de l'Institut soient impliqués dans ton accident de voiture.

— Je ne pense pas forcément à des gens de l'Institut, mais à des personnes qui nous surveilleraient et qui craindraient de nous voir approcher trop près de la vérité. Il y a quelque chose qu'on veut nous empêcher de découvrir, une affaire liée à Raphaël, à Julia ou à son fils. Et peut-être aux trois.

Nous continuâmes à discuter des récents événements et avançâmes chacun des suppositions, certaines réalistes, d'autres je l'avoue beaucoup plus délirantes.

Mon infirmière favorite fit irruption dans la pièce. Elle portait à la main un bouquet bigarré et assez extravagant.

— Je vous l'avais dit que vous en aviez de la chance, il

y a des gens qui pensent à vous, dit-elle en arborant les fleurs et en lançant une œillade à Camille.

— D'où viennent ces fleurs ?

— Une admiratrice, répondit-elle en plaisantant.

Je ne relevai pas.

— Non, c'est un de vos amis qui vient de les apporter.

— Un ami…

— Il est passé tout à l'heure, a demandé de vos nouvelles puis a laissé ce bouquet pour vous.

— Il est parti ?

— Oui, il a dit qu'il ne voulait pas vous déranger, qu'il repasserait.

— Vous lui avez demandé son nom ?

Elle prit une mine offensée, feinte sans doute, mais…

— Nous sommes des infirmières, pas des gardiennes d'immeuble. Mais il a laissé une carte.

Elle désigna du doigt un petit carton crème qui dépassait du bouquet.

Je me demandai qui pouvait être au courant de ma présence à l'hôpital et qui se donnerait la peine de venir jusqu'ici sans même passer me voir. J'ouvris l'enveloppe et eus du mal à croire les mots inscrits sur le carton.

En me voyant subitement pâlir, Camille s'écria :

— Qu'est-ce qui se passe ?

Sans prononcer un seul mot, je lui tendis le mystérieux carton qu'elle m'arracha des mains.

Rendez-vous à la cascade du
Pont d'Espagne.
Demain, 9 heures.

Raphaël.

16.

— Tu ne vas tout de même pas croire à cette mascarade, s'exclama Camille avec une exaspération palpable.

Ma perplexité manifeste devant cette macabre invitation la fit insister :

— C'est une blague de très mauvais goût, Vincent. Raphaël est mort, tu le sais bien. Quelqu'un est en train de jouer avec tes nerfs, et les miens…

— Mais… cette signature.

— Ce n'est pas l'écriture de ton frère.

En fait, je me rendis compte que j'aurais été bien incapable de reconnaître l'écriture de Raphaël et que je devais faire entièrement confiance à Camille sur ce point.

Qui pouvait se livrer à un jeu aussi cruel ? J'éprouvais le même sentiment diffus que lorsque j'avais reçu la mystérieuse vidéo qui m'avait appris l'existence de Julia et d'Alexandre : celui d'avoir été manipulé comme un fantoche. Toutefois, je n'avais pas l'intention de me laisser faire.

— De toute façon, j'irai au rendez-vous, quelle que soit la personne qui m'a envoyé ce mot.

— Tu plaisantes. On vient probablement de tenter de te tuer et tu veux te jeter dans la gueule du loup ?

— Peut-être n'était-ce qu'un simple accident, après tout…

— Arrête de jouer à ce jeu, tu n'en crois pas un mot. Tu sais que j'ai raison, et tu veux nous envoyer encore au casse-pipe ?

— *Nous* envoyer ? Non… Toi, je te demande de rester à l'écart de cette affaire à présent.

— Oh le gentil chevalier servant. *Monsieur* va se sacrifier et laisser la pauvre damoiselle à l'écart du danger. Tu me prends pour qui ?

— Excuse-moi, ce n'est pas ce que je voulais dire. Mais regarde la situation en face : on ne sait rien de ce qui nous attend à ce rendez-vous. On ne va pas bêtement multiplier les risques.

Malgré son agacement, l'argument sembla la ramener à une réalité plus immédiate.

— Et si on prévenait la police ? Après tout, c'est le meilleur moyen d'obtenir des renforts rapidement, de faire analyser ta voiture et d'assurer notre sécurité.

— Ah oui, tu nous vois débarquer chez les flics et leur sortir notre histoire ? Quels éléments tangibles pourrions-nous leur apporter ? Raphaël a eu un fils dans le passé, ce gamin était surdoué, on est allé visiter un institut pour petits génies, et alors ? La vérité, c'est que pour l'instant, on n'a rien de concret. Simplement des morceaux disparates qu'on n'a pas réussi à assembler. Pour un policier, ce sont des élucubrations d'amateur, gênantes en plus.

— Tu as peut-être raison, mais ils pourraient constater que la voiture a été sabotée… Et ce bristol d'outre-tombe : c'est la preuve que des gens veulent obtenir quelque chose de toi.

— De toute façon, je les connais, les flics, je ne leur fais pas confiance.

J'en avais trop dit. Cette dernière remarque ne passa pas

inaperçue. Camille ignorait tout de mon passé dans la police, j'en avais la certitude. Raphaël avait toujours su garder les secrets, dont il avait d'ailleurs le goût, voire le culte. C'est pourquoi il ne m'avait jamais parlé de Julia et d'Alexandre.

— Tu dis ça à cause du passé de Raphaël ?

— Non, répondis-je. Mon frère a dépassé les bornes autrefois, mais il ne pouvait s'en prendre qu'à lui-même. En fait, on a été plutôt indulgent à son égard.

— Alors, pourquoi dis-tu ça ?

J'hésitai un moment, puis je me dis qu'il était peut-être temps de dire la vérité à Camille. Après tout, lui révéler mon ancienne existence contribuerait à la rassurer.

Je lui appris donc tout de ma jeunesse, depuis mon engagement dans la police jusqu'à mon divorce et ma démission. Je crois que cela me fit du bien : une manière d'exorciser le passé. J'aurais eu cependant du mal à croire, une semaine auparavant, que je pourrais un jour me confier aussi facilement à une inconnue. À croire que Camille ne l'était plus.

Elle m'écouta d'une oreille attentive, mais mon récit ne semblait guère l'étonner. Elle avait la faculté particulière de ne pas juger les gens et de les accepter tels qu'ils étaient. Je suis même sûr qu'elle n'avait éprouvé aucune jalousie ni colère en apprenant l'existence de Julia et d'Alexandre. Sans doute trouvait-elle normal que chacun ait son jardin secret, ses zones d'ombre. En tout cas, ce que je venais de lui apprendre ne changea pas vraiment sa vision pessimiste de la situation.

— Il y a une chose que tu ne t'es pas demandée, Vincent. Pour un ex-flic, tu n'es pas très aiguisé.

— Je suis un peu dans le coaltar, là tout de suite… Qu'ai-je donc oublié que le fin limier a remarqué ?

— Qui à part moi pouvait savoir que tu étais à l'hôpital ?

— Déjà plein de gens, probablement… Les gendarmes et les pompiers sur les lieux de l'accident, qui ont cherché à te joindre et ont donc parlé à d'autres gens. Ils ont des familles aussi, et Cauterets n'est pas si grand…

— Il y a surtout, si nous avons été suivis, celui qui nous traque.

— Que suggères-tu alors ? Qu'on abandonne dès maintenant, qu'on attende qu'on s'en prenne à nouveau à nous ? Je suis désolé, mais j'irai à ce rendez-vous quoi qu'il en coûte.

***

Je dus signer une décharge pour sortir de l'hôpital.

Dehors, je fus surpris par le bleu vertigineux du ciel, tendu au-dessus de nos têtes comme une toile. Camille avait pris la voiture de mon frère, une Audi TT au volant de laquelle il adorait frimer. L'évidence me sauta à la figure : je ne devais plus compter sur mon 4x4. La douleur dans ma poitrine, persistante, poussa une pointe. Un problème de plus à supporter…

La montée de la route sinueuse qui menait à Cauterets fut un calvaire. Les souvenirs me revenaient par bribes, des impressions de déjà-vu surtout. Camille me montra l'endroit où j'étais sorti de la chaussée. Pas de trace de freinage en effet. Je ne fus pas mécontent de retrouver le confort du chalet. La présence rassurante de Camille y était aussi pour quelque chose.

Même si je n'avais pas vraiment la tête à ça, je passai le reste de la journée au téléphone à régler avec la police et l'assurance les formalités administratives de l'accident. Bien entendu, je ne dis pas un mot de cette histoire de sabotage.

Nous passâmes, pour la première fois depuis la mort de mon frère et avec une sorte de gêne déplacée, une soirée que je qualifierais de « normale », comme si nous avions réussi à faire abstraction des événements et à nous isoler dans une bulle.

Je m'endormis avec la farouche intention de prendre du repos, comme un soldat à la veille d'une bataille décisive.

17.

Il était un peu plus de 8 h 30 à ma montre lorsque je garai le coupé de Raphaël sur le parking du Parc national, point de départ pour les touristes vers les vallées de Gaube et du Mercadau. Il n'y avait guère que deux ou trois véhicules sur cette gigantesque aire de stationnement, ce qui était normal en cette saison. En été ou pendant les vacances de sports d'hiver, le parking aurait pu contenir plus de mille cinq cents voitures.

Je me demandai si le ou les inconnus qui m'avaient fixé ce rendez-vous étaient déjà sur place. Peut-être même m'espionnaient-ils déjà : il n'était guère difficile de se dissimuler dans la forêt qui entourait le parking.

Je marchai environ dix minutes sur un chemin pentu au milieu des bouleaux et des hêtres. La nuit avait été pluvieuse, l'air était frais et les sapins mouillés semblaient plus sombres qu'à l'ordinaire. Le Gave en contrebas roulait son flot impétueux.

Soudain, au détour d'un chemin, la cascade du Pont d'Espagne apparut : à cet endroit, ses deux bras roulaient de front leurs eaux turbulentes, ce qui décuplait sa violence. Une vapeur et une écume blanchâtre s'échappaient de ce bouillonnement comme les fumerolles d'un volcan. Je connaissais par cœur ce haut lieu touristique de Cauterets que j'avais si souvent photographié.

Il n'y avait personne sur le robuste pont de pierres qui enjambait le torrent. J'étais fébrile. Je m'accoudai à la rambarde du pont et jetai un œil à ma montre : 8 h 50. Je regrettais presque de ne pas m'être rangé à la sagesse de Camille et d'être venu seul, sans avoir prévenu la police.

Nous avions tout de même pris quelques précautions. Il avait été convenu que Camille viendrait se poster à l'entrée du parking vingt minutes après mon arrivée – elle était donc sans doute déjà là. Elle devait attendre une petite demi-heure. Si au bout de ce délai, elle ne me voyait pas revenir, elle préviendrait la police. Je dois admettre que notre plan était un peu simpliste, car on aurait le temps de me tuer dix fois avant que quiconque n'arrive ici. Mais enfin, c'était surtout un moyen de rassurer Camille, et la condition *sine qua non* pour qu'elle ne m'accompagne pas. Même si je craignais pour sa sécurité, je redoutais aussi que notre inconnu ne se montre pas s'il s'apercevait que je n'étais pas seul.

***

8 h 56. Au détour d'un lacet, en amont du torrent, une silhouette apparaît. Non, deux silhouettes. Je les vois progresser parmi les sapins ténébreux. Je sens mon cœur s'accélérer. Deux hommes et je suis seul… je pars déjà avec un désavantage. Heureusement, je suis venu avec le Beretta trouvé dans l'appartement de Raphaël. Je n'en ai rien dit à Camille, qui à mon avis n'est pas au courant de l'existence de cette arme. Le pistolet automatique sera au moins un moyen de dissuasion, même si je n'exclus pas la possibilité de m'en servir.

Les deux inconnus réapparaissent au bout d'un chemin

tortueux. Ils sont à contre-jour et j'ai du mal à les distinguer. Le modelé vaporeux de leurs corps rappelle le *Sfumato* de Léonard de Vinci. Je plisse les yeux pour mieux les voir.

Le soleil à présent les éclaire de face et là, je comprends qu'il ne s'agit que d'un couple qui a dû faire une excursion dans la vallée. En me croisant, l'homme me salue d'un signe de la tête auquel je réponds soulagé. Je regarde à nouveau furtivement ma montre : neuf heures passées. L'attente est sans doute ce qu'il y a de plus pénible. Je m'accoude de nouveau à la balustrade, mon corps et mon regard pivotant vers la droite.

Il est là, au milieu du pont, à quelques mètres seulement. Comment ai-je pu ne pas sentir sa présence ? Trop occupé à observer le couple, je n'ai pas assuré mes arrières. Tu parles d'un flic d'élite !

En apparence, l'homme n'a rien de bien terrible. Il ressemble comme deux gouttes d'eau à l'acteur Robert Duvall, à l'époque du *Parrain*. Il doit avoir un peu plus de 45 ans, son crâne est dégarni, ses yeux vifs, sa bouche fine. Il porte un costume et des mocassins légers qui jurent avec l'endroit. Je suis médusé. J'avais craint une confrontation, mais l'homme ne semble pas avoir d'intentions hostiles. Pendant quelques secondes, je me dis même qu'il ne doit pas être celui que j'attends. Mais mes doutes sont vite dissipés. L'inconnu s'approche de moi et prend aussitôt la parole :

— J'avais peur que vous ne veniez pas.

Sa voix est en partie couverte par le bruit assourdissant de la cascade, mais je sens qu'elle est calme et maîtrisée.

— Qui êtes-vous ?

— Mon nom ne vous dira rien, mais ce n'est pas un secret. Je m'appelle Jacques Tessier.

— Comment me connaissez-vous et pourquoi ce rendez-vous ?

— Laissez-moi répondre à la première question avant d'en poser d'autres…

Maintenant que le danger semble écarté, je n'ai aucune envie de leçon de syntaxe.

— Je me fous de vos considérations, je veux des réponses !

Mon ton ne lui plaît visiblement pas.

— Ne vous énervez pas, monsieur Nimier. Vous verrez que j'ai beaucoup de choses à vous apprendre. C'est vous qui avez besoin de moi, et non le contraire, alors je vous conseille d'être un peu moins pugnace. Je suis dans votre camp.

— Ah oui ? On a assassiné mon frère la semaine dernière, on a tenté de me tuer hier. Alors, vous comprendrez que depuis quelque temps je me méfie un peu, même de mes amis.

— Je sais tout cela.

— Pourquoi avoir imité la signature de mon frère sur le bristol que vous m'avez envoyé ?

— Je suis désolé d'avoir eu recours à ce stratagème douteux. Je pensais que c'était le plus sûr moyen de vous faire venir.

— Prendre les gens par les sentiments, n'est-ce pas ?

Il acquiesce, en m'indiquant l'extrémité du pont et le sentier à l'écart du bruit :

— Venez, nous avons à parler et le temps nous est compté. Je dois vous parler de la…

Le bouillonnement du torrent est trop intense et je n'entends pas ses dernières paroles.

— Quoi ? Qu'avez-vous dit ?

Il se tourne vers moi et répète d'une voix intelligible :

— Je dois vous parler de *la ronde des innocents.*

DEUXIÈME PARTIE :

Innocentium orbis.

Pourquoi pas d'autres éléments que le feu, l'air, la terre et l'eau ? – Ils sont quatre, rien que quatre ! Quelle pitié ! Pourquoi ne sont-ils pas quarante, quatre cents, quatre mille !

Guy de Maupassant, *Le Horla.*

1.

Les deux enfants avaient dessiné une bonne partie de l'après-midi. Sophie aimait bien représenter des animaux imaginaires, des châteaux forts, des ogres et des princesses. Aujourd'hui, elle avait entrepris de reproduire une scène du *Petit Chaperon rouge* que la maîtresse leur avait lu en classe, au début de la semaine. Cette histoire l'avait terrifiée et captivée. On identifiait clairement le chasseur, avec son fusil, et la petite fille qui bizarrement était vêtue de rose parce que Sophie n'avait pas pu utiliser le feutre rouge que monopolisait Alexandre.

Le garçon, lui, n'aimait pas que l'on regarde ses dessins. Il les faisait pour lui-même et, sitôt que sa mère ou qu'un copain regardait par-dessus son épaule, il les retournait d'un geste brusque et protestait pour qu'on le laissât en paix. Cet après-midi, Sophie avait bien essayé une ou deux fois de jeter un œil à ce que faisait son ami, mais il l'avait rabrouée. Il avait été particulièrement productif aujourd'hui, remplissant ses feuilles blanches de traits nerveux. Ce n'était pas toujours le cas : parfois, rien ne lui venait et il avait l'impression que toute créativité s'était tarie en lui. Alexandre était très doué pour les arts plastiques. À l'école, la maîtresse s'enthousiasmait toujours pour ses portraits ou ses paysages. Lorsqu'on devait afficher les plus beaux dessins sur les murs de la classe, les siens étaient toujours à l'honneur, ce qui rendait jaloux certains élèves frustrés de ne pas avoir son talent.

En règle générale, Alexandre passait le mercredi après-midi chez Sophie, sa camarade de classe. Il aimait bien ces moments de tranquillité où il pouvait dessiner à loisir et regarder des dessins animés à la télé.

Dans la salle à manger du modeste appartement, les deux enfants s'appliquaient à leur travail respectif, tandis que la télé en arrière-fond diffusait les programmes pour la jeunesse du mercredi après-midi. C'était l'heure des *Chevaliers du Zodiaque*, le dessin animé préféré d'Alexandre ; Sophie, elle, le trouvait trop violent si bien que le garçon la traitait fréquemment de « trouillarde ». Mais aujourd'hui, il n'avait même pas détourné la tête lorsque la musique du générique avait retenti. Il était trop absorbé par ce qu'il dessinait.

— Alexandre, il y a le *Zodiaque* ! avait prévenu Sophie.

— Laisse-moi tranquille…

Toute penaude, Sophie était allée trouver sa mère dans la cuisine.

— Maman, Alexandre ne regarde pas le *Zodiaque*.

— Qu'est-ce que ça peut te faire ? Il n'a peut-être pas envie de regarder la télé aujourd'hui.

— C'est la première fois qu'il rate son dessin animé, conclut-elle d'un air triste en retournant dans le salon.

En moins de trois quarts d'heure, Alexandre avait achevé sept dessins qu'il avait retournés sur la table.

— Pourquoi tu ne veux pas que je voie ce que tu as fait ? demanda Sophie d'un ton doucereux pour l'amadouer.

— Parce que tu n'aimes pas ce genre de dessins. Ça n'a rien à voir avec tes histoires débiles de princesses et de chevaliers.

— C'est pas un chevalier, c'est le prince charmant.

— C'est la même chose. De toute façon, si tu regardes mes dessins, ça va te faire peur comme la dernière fois.

— C'est parce que tu dessinais des monstres avec plein de sang !

— C'est bien ce que je dis, ça va encore te faire peur.

Soudain, les traditionnels programmes furent interrompus par un flash d'information. Les deux enfants occupés à se chamailler n'y firent même pas attention. Attirée par le générique du journal télévisé inhabituel à cette heure, la mère de Sophie vint se planter devant le poste.

Une jeune journaliste apparut :

— Nous venons d'apprendre qu'un grave accident ferroviaire a eu lieu sur la ligne Paris-Marseille. Nous savons seulement que le train a déraillé aux alentours de 15 h 30, et qu'il y a de très nombreuses victimes. Un pompier que nous avons pu interroger nous parlait – même s'il faut rester extrêmement prudent sur les chiffres –, de plus d'une vingtaine de personnes décédées et d'un nombre très élevé de blessés. Les causes de ce déraillement sont encore inconnues, mais rien ne laisse supposer pour le moment un acte malveillant. Nous allons découvrir ensemble les premières images du drame prises d'un hélicoptère, il y a juste quelques minutes.

Se mit alors à défiler sur l'écran un long cortège de wagons enchevêtrés et totalement disloqués qui laissait facilement imaginer la gravité de l'accident. On aurait dit, vu du ciel, un simple jouet qu'un enfant capricieux aurait laissé choir dans un coin de sa chambre. Mais l'agitation des équipes de secours, des policiers et des ambulances ramenait vite le téléspectateur à la réalité.

— Mon dieu ! s'exclama la mère de Sophie, bouleversée.

Depuis un moment, Alexandre s'était lui aussi levé pour venir s'asseoir devant le poste. À l'évidence, les images lui faisaient un certain effet. Seule Sophie ne paraissait guère comprendre la gravité des événements. Elle profita de la distraction de son petit camarade pour jeter un œil à ses dessins : elle retourna une à une les feuilles de papier blanc, un peu honteuse à l'idée de braver l'interdiction d'Alexandre.

À sa grande surprise, toutes les feuilles étaient saturées de traits et de couleurs. Pas un centimètre carré qui fût resté vierge. Dans ces dessins surchargés, une couleur prédominait cependant : le rouge. Sophie comprenait pourquoi elle n'avait pas pu se servir une seule seconde de ce feutre. Ce rouge vermeil et envahissant représentait du sang qui s'échappait de corps difformes, désarticulés. Et ces corps, qui n'étaient plus à l'évidence que de simples cadavres, étaient d'un réalisme tout à fait stupéfiant. On distinguait parfaitement les membres tordus dans des positions insoutenables, les entrailles s'échappant des ventres, les visages pétrifiés de peur et de douleur qui semblaient réclamer une aide qui ne viendrait jamais. Sur les sept dessins qu'avait réalisés l'enfant, il devait bien y avoir une trentaine de morts.

Et au centre de chaque dessin, débordant sur les côtés, des wagons disloqués et sortis de leurs rails…

Le visage de Sophie se crispa et une franche inquiétude apparut sur son visage. Elle leva les yeux vers la télé puis fixa Alexandre toujours campé devant le poste.

— Maman, regarde !

Mais la mère de Sophie, toujours plongée dans les images qui défilaient sans interruption, ne l'entendit même pas.

— Maman, regarde, répéta-t-elle d'une voix criarde.

— Quoi, ma chérie ?

La petite fille leva bien haut deux des dessins qu'elle venait de prendre sur la table.

— Regarde, Alexandre a dessiné le train ! Il a dessiné le train de la télé.

2.

Nice.

Justine Néraudeau avait à présent une chose à laquelle se raccrocher : Sébastien Cordero n'était pas la cible visée. Le lieutenant n'avait pas fait de progrès quant à l'identité du tueur, mais les perspectives venaient de changer en ce qui concernait la victime… et donc, les suspects éventuels et le mobile du meurtre. Tout n'avait été qu'illusion – l'inscription à l'entrée du lycée l'avait pourtant avertie. C'était Stéphane Laurens qui se trouvait au centre de cette histoire. Vers lui que tout convergeait. Le garçon savait à l'évidence qu'une méprise avait eu lieu et il avait tout fait pour que la police ne s'en aperçoive pas. Pourquoi avait-on voulu attenter à sa vie ? Justine ne l'avait rencontré qu'une seule fois, mais elle avait senti que cet adolescent était profondément différent des autres.

Elle avait conscience que sa version aurait du mal à tenir la route si elle l'exposait à ses collègues et à ses supérieurs. Elle était certaine d'avoir raison, mais la peur de se ridiculiser l'emportait. Elle était une femme, encore jeune, et n'avait pas vraiment fait ses preuves dans le métier. Aussi devait-elle aller plus loin dans ses investigations…

Il fallait qu'elle voie Stéphane Laurens d'urgence pour essayer d'en tirer quelque chose de plus. Car c'était bien d'urgence qu'il s'agissait. Le garçon était en danger. Si on avait voulu le tuer une fois, on recommencerait et il n'y aurait plus cette fois de méprise possible. Au cas où l'assassin serait un élève du lycée, on pouvait supposer qu'il n'oserait pas réitérer son geste dans l'immédiat. Mais enfin, on ne pouvait rien exclure et Justine se sentait maintenant responsable de la vie du jeune homme.

***

Stéphane Laurens habitait un appartement sur la place Garibaldi, entre le vieux Nice et le port, à une dizaine de minutes à peine du lycée Masséna. Justine connaissait bien ce quartier, à deux pas de chez elle, et elle avait toujours trouvé charmante cette place bordée de vieilles maisons montées sur pilastres. Elle s'engagea sous l'un des portiques baroques et arriva devant une façade couleur huile de noix, si caractéristique des habitations niçoises. Elle repéra rapidement le nom de Laurens sur l'interphone mais, alors qu'elle s'apprêtait à sonner, un jeune homme sortit de l'immeuble, les bras encombrés d'une cage dans laquelle s'agitait nerveusement un petit rongeur. Justine lui facilita le passage en lui tenant la porte puis s'engouffra à l'intérieur, tandis que l'inconnu lui reluquait ostensiblement les fesses. La cage d'escalier ne payait pas de mine et quelques coups de plâtre et de peinture auraient été les bienvenus, mais la plupart de ces vieux immeubles étaient en pleine réhabilitation et recélaient souvent des appartements bourgeois pleins de charme dont les prix ne cessaient de grimper depuis la construction du tramway. En moins de deux, Justine se retrouva au troisième étage et sonna à la porte des Laurens, mais sa première tentative demeura sans réponse. En tant que flic, lors des enquêtes de voisinage, elle avait l'impression de passer sa vie à sonner chez les gens, comme un représentant en appareils ménagers. Elle appuya à nouveau un peu plus longuement sur le bouton. Une voix mal assurée finit par se faire entendre :

— Oui ?

— Madame Laurens ? Je suis le lieutenant Néraudeau, de la brigade criminelle.

Un court silence, puis la voix reprit :

— Oui, un instant.

On entendit un bruit de verrou, et la porte s'ouvrit sur une femme qui ne devait pas avoir dépassé la quarantaine, mais dont le visage régulier était cependant déjà fané. Lorsque Justine la vit, elle songea à cette phrase des *Misérables* à propos de Cosette : *Heureuse, elle eût peut-être été jolie*. Tout dans son attitude laissait penser qu'elle était sur la défensive…

— Puis-je entrer, madame, je suis le lieutenant Néraudeau de la…

— Oui, vous l'avez déjà dit.

Elle eut tout de même la politesse de l'inviter à entrer en lui indiquant le chemin du salon. Quoiqu'elle fût de taille modeste, la pièce principale étonnait par la hauteur de ses plafonds. La faiblesse de l'éclairage créait une atmosphère assez maussade et déprimante.

— Je suis en train d'enquêter sur la mort de Sébastien Cordero, un élève du lycée Masséna qui…

Madame Laurens l'interrompit d'un ton peu amène :

— Je suis au courant de toute cette affaire. Vous devez vous douter que Stéphane m'en a parlé.

— Très bien. Cela m'évitera de trop m'appesantir sur les événements eux-mêmes. Voilà, Stéphane m'a été d'une aide précieuse au début de l'enquête : il connaît très bien les élèves et le lycée, et il a pu me donner des informations utiles qui m'ont fait avancer.

— Vous êtes aussi belle que Stéphane me l'avait dit.

Justine se trouva désarçonnée par cette remarque, un peu gênée même.

— Stéphane vous a parlé de moi ?

— Oui, c'est d'habitude un garçon très discret, mais je crois que vous lui avez fait une forte impression.

Justine ne savait que penser de cette femme singulière et de son fils qui l'était tout autant. Vivaient-ils tous les deux seuls dans cet appartement ? Y avait-il un homme dans la famille ? En se fiant à son intuition, Justine aurait parié que non. Son propre père avait quitté le foyer familial lorsqu'elle n'avait que cinq ans. Elle s'était toujours très bien entendue avec sa mère, mais elle supportait mal qu'un homme tentât de s'immiscer dans leur intimité, au point qu'elle se montrait très agressive à l'égard d'éventuels prétendants.

— En fait, si je suis ici, c'est que j'aurais besoin de voir Stéphane pour lui poser à nouveau quelques questions.

— Il n'est pas là en ce moment.

— S'il est sorti, je pourrais peut-être l'attendre ou repasser un peu plus tard… À condition que cela ne vous dérange pas, naturellement.

La réponse fusa, définitive :

— Stéphane ne rentrera pas ce soir.

— Ah bon ? Il passe la nuit chez un ami ?

— Non… En fait, il sera absent plusieurs jours.

Qu'est-ce que ça veut dire ? Il se passe vraiment quelque chose de bizarre ici. Madame Laurens dut s'apercevoir du trouble de Justine, car elle ajouta :

— Stéphane a pris quelques jours de vacances.

— En plein milieu de la semaine ? Mais il a cours en ce moment.

— Écoutez lieutenant, avec tout ce qui s'est passé au lycée, Stéphane est stressé et déprimé.

— Ce n'est pas l'impression qu'il m'a donnée l'autre jour.

— Mon fils sait parfaitement cacher ses sentiments véritables. Ce n'est pas un enfant comme les autres.

— Mais où est-il alors ? N'a-t-il pas un portable sur lequel je pourrais le joindre pour discuter avec lui ? C'est très important.

— Que voulez-vous à la fin ? Stéphane vous a déjà dit tout ce qu'il savait. Laissez-le tranquille, c'est un garçon fragile.

Lui, fragile ? Cet adolescent baraqué !

Cette fois-ci, Justine décida de monter au front plutôt que de se contenir comme elle l'avait fait jusqu'à présent.

— Vous vous dites au courant de tout ce qui s'est passé, mais je vais quand même vous rafraîchir la mémoire. Il y a deux jours, un gamin de dix-huit ans s'est fait poignarder dans un lycée que tous qualifient de *prestigieux* et d'*élitiste*. Non content de l'avoir tué, on l'a balancé par-dessus une rambarde. Son corps s'est écrasé sur une dalle de béton. Vous pouvez imaginer ce qu'ont ressenti les parents en voyant leur enfant défiguré à la morgue ? Cet assassinat, je ne veux pas le laisser impuni. Et je crois que votre fils sait des choses qui peuvent nous être extrêmement utiles.

Dans la lumière tamisée de la pièce, cette mère ressemblait à un modèle des tableaux clairs-obscurs hollandais. Elle resta silencieuse. Mais Justine était têtue et elle voulait en savoir plus.

— Lorsque je suis venue vous voir, je ne savais pas trop à quoi m'en tenir. Je voulais simplement poser quelques questions à votre fils, mais à voir le mal que vous vous donnez pour me décourager, je ne vous cache pas que je suis de plus en plus intriguée.

Pour la première fois, la mère de Stéphane baissa un peu la garde et tenta de se justifier.

— Mon fils n'a rien à voir avec cette affaire, même s'il connaissait ce garçon. Il n'a jamais eu de vrais amis dans ce lycée, il ne se mêle pas des affaires des autres, alors pourquoi voulez-vous l'impliquer dans ce meurtre ?

— Je n'ai jamais dit qu'il était impliqué, ou qu'il pouvait être à l'origine de ce crime.

Passant du péremptoire au compassionnel, Justine poussa son avantage, insistant sur chaque mot :

— Madame Laurens, je sais que votre fils n'a rien à se reprocher dans cette histoire, mais je dois le voir parce que, sans le savoir, il peut m'aider à remonter jusqu'au coupable. Un garçon du lycée a déjà été mis en garde-à-vue et il est probablement innocent. C'est pour cela qu'il faut que j'agisse vite.

La femme ne prononça pas une parole, mais elle se leva lentement pour aller se poster devant la fenêtre. Justine ne la voyait plus que de dos. Cette fois-ci, devant la croisée, éclairée par une lumière blafarde, elle ressemblait à un modèle de Caspar David Friedrich. Dehors, une nuit bleu roi tombait sur les toits du quartier. Pendant un moment, Justine n'osa plus dire un mot. Elle éprouvait de la commisération pour cette mère qui essayait à l'évidence de protéger son fils : mais de quel danger exactement ? Pensait-elle qu'il avait été mêlé d'une manière ou d'une autre à la mort de Cordero ? Savait-elle, comme le croyait à présent Justine, que Stéphane aurait dû être la victime de ce meurtre ?

— Stéphane sera de retour dans deux ou trois jours, vous pourrez alors l'interroger. Je suis fatiguée à présent et…

— Non, vous ne comprenez pas. Je ne peux pas attendre deux jours. J'ai besoin de voir votre fils au plus vite.

— Je ne sais même pas où il est. Il a parfois l'habitude de partir quelque temps sans rien me dire. Il a beaucoup d'amis chez qui il passe…

— Vous disiez tout à l'heure qu'il avait très peu d'amis.

— Je ne sais plus, fit-elle désemparée. Laissez-moi maintenant, s'il vous plaît.

Justine n'hésita même pas une seconde. Si elle partait maintenant, elle risquait de passer à côté de cette enquête. Elle tenta le tout pour le tout :

— Je sais que Stéphane n'est pour rien dans la mort de son camarade, mais je suis également certaine d'une chose : la vie de votre fils est en danger. Je crois que c'est lui qu'on a voulu assassiner l'autre soir et c'est un autre gamin qui en a fait les frais.

Madame Laurens se retourna lentement. Son visage ne trahissait aucune surprise particulière, comme si Justine ne lui avait rien appris qu'elle ne sût déjà.

— Vous ne connaissez rien de mon fils ou de moi. Stéphane n'a jamais cherché les ennuis.

— Pourquoi n'avez-vous pas l'air étonnée lorsque je vous dis que votre fils est en danger ? N'importe quelle mère m'aurait réclamé des explications et vous, rien, vous restez impassible.

Profondément accablée, la femme s'approcha du canapé sur lequel elle reprit place. Justine vit des larmes perler dans ses yeux : c'était la première fois depuis le début de leur entretien qu'elle laissait paraître un vrai sentiment, comme si son armure était en train de se fissurer.

— Je suis fatiguée de toutes ces histoires…

— De quoi parlez-vous ?

Elle se contenta de faire un vague geste de la main, comme pour signifier qu'il était inutile d'en dire davantage. Mais Justine ne voulait pas lâcher :

— Où est Stéphane ? Il faut absolument que vous m'aidiez !

— Il est parti voir son père, finit-elle par lâcher pour mettre fin à ce questionnement incessant.

Tu avais vu juste, le père ne vit plus avec eux.

— Où habite-t-il ?

Madame Laurens soupira, mais elle semblait enfin décidée à parler.

— Il n'habite plus nulle part à présent.

— Que voulez-vous dire ?

— Son père est mort il y a cinq jours, il a été assassiné.

3.

Avant même l'âge de dix ans, Jacques Tessier était dévoré par deux passions : l'astronomie et l'entomologie. Ce double penchant ravissait son père, un médecin réputé qui rêvait pour son fils d'une brillante carrière scientifique. Si jeune, il savait déjà tout sur les planètes de notre système solaire, connaissait le nom de la plupart des constellations visibles dans le ciel et était capable d'identifier des centaines de petits invertébrés, aidé en cela par une intelligence rare et une mémoire remarquable.

Paradoxalement, à l'origine de ces passions scientifiques, il y avait la grand-mère de Jacques, une femme atypique qui en imposait par son charisme et qui était encline à croire à l'existence de l'invisible. Cultivée, passionnée de littérature et de philosophie, elle avait toujours eu un penchant prononcé pour les arts qui l'avaient ouverte aux « mystères de la vie ». Elle était une féministe convaincue et s'était battue dans sa jeunesse pour les droits politiques des femmes, même si elle se méfiait comme de la peste des organisations humaines et des grandes causes. En fait, c'est pendant les vacances d'été qu'il passait dans l'immense maison de sa grand-mère, en Sologne, que Jacques s'était tourné vers ces passe-temps. Il traînait tout le jour dans la nature environnante à explorer la faune et la flore avec une insatiable curiosité. Quant à sa passion pour l'astronomie, elle était née de l'intérêt moins scientifique que sa grand-mère portait à l'astrologie. Dans ce domaine d'ailleurs, elle se montrait très versatile : tantôt elle rappelait à qui voulait l'entendre que l'astronomie et l'astrologie ne faisaient qu'un dans l'Antiquité, tantôt elle mettait en doute cette dernière discipline en montrant qu'elle était trop aléatoire et relative.

De cette enfance solognote, Jacques avait conservé des souvenirs inoubliables : les parties de pêche dans les étangs sauvages à attraper carpes et brochets, les excursions dans les forêts de chênes et de frênes et la cueillette des groseilles ou des framboises. L'enfance avait été un Éden sur terre, un paradis inoubliable.

Mais le père de Jacques avait toujours vu d'un mauvais œil l'influence que sa belle-mère exerçait sur son fils. Il n'appréciait guère de l'entendre remplir la tête du garçon de superstitions et d'histoires de fantômes. En réalité, la vieille femme n'avait rien d'une sorcière ou d'une voyante délurée. Simplement, sa vie avait changé à jamais un jour d'octobre 1922.

La jeune Marie habitait avec ses parents et sa sœur dans la même maison solognote qui était le havre de paix estival de Jacques. Son père, un ingénieur des ponts et chaussées, avait été, comme beaucoup d'hommes de sa génération, traumatisé par le premier conflit mondial. Engagé volontaire à près de quarante ans, il avait combattu en Artois et en Champagne, dans ces mêmes tranchées que devait décrire Henri Barbusse dans *le Feu*. Pourtant, il en avait réchappé, non sans avoir perdu de nombreux camarades. La vie avait ensuite repris son cours, tant bien que mal.

Le père de Marie était souvent sur les routes à cause de son travail ; il avait le privilège, pour l'époque, de posséder un véhicule personnel. Ce jour-là, pour son dernier déplacement, il était parti dès l'aube en compagnie d'un de ses collègues ingénieurs, sans que Marie ne puisse lui souhaiter bon voyage.

L'après-midi même, alors qu'elle était installée avec sa mère sous la véranda, le téléphone avait retenti dans la grande maison. Marie adorait répondre et, comme d'habitude, elle s'était précipitée sur le combiné sans laisser la moindre chance à sa mère.

Une, deux, à peine trois sonneries.

— Marie ?

C'était papa au téléphone. Mais sa voix paraissait étrange et lointaine.

— Maman, avait-elle crié en direction de la véranda, devine qui c'est !

— Marie, ma chérie, il faudrait que vous veniez me chercher avec maman. Je ne sais pas où je suis. Je crois que je me suis perdu.

Le débit de sa voix était étonnamment rapide, comme un disque qui n'aurait pas tourné à la bonne vitesse.

— Où es-tu papa, avait simplement demandé la petite fille, comment peux-tu être perdu ?

— Ma chérie, dis bien à ta maman que je l'aime. Je t'aime aussi mon cœur, tu le sais, n'est-ce pas ?

— Oui, papa, bien sûr que je le sais, je t'aime aussi.

Ensuite, la voix s'était tue.

La mère de Marie s'était immédiatement inquiétée de ce coup de fil, car il n'était pas dans les habitudes de son mari de raccrocher sans lui parler. De plus, les paroles que lui avait rapportées sa fille lui paraissaient totalement absurdes.

Par chance, à l'époque, tous les appels téléphoniques passaient encore par un central. La mère de Marie l'avait appelé, mais on lui avait affirmé que personne n'avait demandé son numéro. Elle avait bien sûr insisté, mais elle obtint la même réponse après plusieurs vérifications.

Le soir même, on la prévenait que son mari était mort sur le coup dans un accident de voiture survenu dans la matinée, soit quelques heures avant que le téléphone n'eût retenti dans la vaste demeure.

Le coup de fil avait été celui d'un mort.

Plus tard, après de nombreuses lectures sur les phénomènes paranormaux, Marie avait appris que l'expérience qu'elle avait vécue et d'autres semblables étaient regroupées sous le nom « d'appels téléphoniques de l'au-delà ». Des centaines de cas avaient été recensés depuis le début du $\text{XX}^{\text{ème}}$ siècle qui tous se déroulaient à peu près de la même façon : le téléphone sonnait et, soudain, vous entendiez la voix et les mots d'un proche, mère, père ou enfant que vous aviez perdu la veille ou des années auparavant.

Certains cas pouvaient sembler irréfutables, le trépassé ayant fait des révélations vérifiables par la suite. D'après ce que Marie avait lu, on émettait des hypothèses sur la réalisation technique de ces appels. La voix du mort pouvait être transmise par impulsions électriques le long du fil. Dans d'autres cas, la voix pouvait être produite directement à notre oreille. Le rôle du téléphone serait alors d'amplifier la voix du défunt, trop ténue pour être entendue, et servirait en somme de caisse de résonance.

La petite Marie fut marquée à vie par le dernier appel de son père. Dès lors, elle se passionna pour tous les phénomènes surnaturels, même si elle était la première à mettre en doute la plupart des témoignages qu'elle jugeait relever de la pure coïncidence. Marie n'avait rien d'une illuminée, mais elle était incapable de faire comme si cet après-midi extraordinaire n'avait pas eu lieu.

Toute son enfance, Jacques avait donc vécu sous l'influence de cette grand-mère attachante et fascinante qui lui racontait, sans jamais l'effrayer, des histoires d'apparitions, de réincarnations et de messages de l'au-delà. Elle lui parlait de Victor Hugo qui, lorsqu'il était en exil dans l'île de Jersey, s'initia à la communication avec les morts pour s'entretenir avec sa fille Léopoldine. Elle lui raconta aussi, lors de soirées captivantes, l'histoire de ce jeune mécanicien américain du Vermont, quasiment illettré, qui reçut la visite de Charles Dickens venu lui demander de terminer son œuvre interrompue.

Il y avait aussi le cas de cette quinquagénaire londonienne qui, ayant pris seulement quelques cours de piano dans sa prime jeunesse, se mit à écrire en quelques mois plus de huit cents œuvres musicales, dictées selon elle par Liszt, Chopin et Debussy.

Jacques Tessier était passionné par les histoires de sa grand-mère, mais il lui arrivait de se montrer sceptique, son esprit scientifique et critique revenant au galop.

— Combien y a-t-il de galaxies dans l'univers ? lui demanda-t-elle un jour pour l'amadouer.

— Je ne sais pas exactement, des milliards et des milliards…

— Et tu les as déjà vues ?

— Non, bien sûr que non.

— Alors, comment le sais-tu ?

— Parce que je l'ai lu dans des livres d'astronomie, répondit-il avec fierté.

— Tu es donc d'accord qu'il y a des choses qui existent et qu'on ne voit pas… et qu'on ne verra peut-être jamais, avait-elle conclu.

Puis, l'année de ses quinze ans, sa grand-mère mourut. C'était au mois de juin, deux semaines avant le début des vacances. Cette année-là, il n'y eut pas d'été magique, pas de promenades au milieu des charmes et des chênes, pas d'heures passées près des étangs à observer les typhas et les plantains d'eau. Cette mort soudaine, qu'il n'avait pas envisagée, marqua la fin de son enfance.

Le jour de l'enterrement, il repensa aux paroles que Marie lui répétait souvent le soir, lorsqu'ils jouaient aux dames ou aux échecs :

— Tu sais, Jacques, nous ignorons tout de la mort, alors pourquoi devrions-nous la craindre ? Peut-être n'y a-t-il rien lorsque nos existences s'achèvent mais, après tout ce que j'ai vécu, je crois que la mort n'est qu'un passage et que notre vie continue sous une autre forme jusqu'à la fin des temps. C'est pour cela qu'il ne faut pas être triste à la mort d'un proche. Les Tibétains le savent depuis longtemps. On peut lire dans leur livre de préparation à la mort : « Sans cesse, involontairement tu erreras. À tous ceux qui pleureront tu diras : *Je suis ici, ne pleurez pas.* Mais comme ils ne t'entendront pas, tu penseras *Je suis mort*, et à ce moment tu te sentiras malheureux. Ne sois pas malheureux pour cela. » Souviens-toi de ces paroles, Jacques, tout au long de ta vie.

Alors, devant le cercueil de sa grand-mère qu'on portait en terre, Jacques avait repensé aux mots du texte sacré des Tibétains. Il avait l'impression qu'elle était près de lui, invisible, et qu'elle lui murmurait dans l'oreille : « Je suis ici, ne pleure pas. »

Et pourtant, il n'avait pu s'empêcher de pleurer et de se sentir terriblement malheureux.

Jacques Tessier avait entrepris des études de médecine à la Faculté de Paris, comme son père en avait rêvé. Il ne s'était tourné ni vers les sciences naturelles, ni vers l'astronomie, les passions de sa jeunesse. Cependant, il s'était trouvé un nouveau terrain de prédilection : la psychologie infantile. Il s'était donc lancé à corps perdu dans la pédopsychiatrie et avait soutenu une thèse qui étudiait de façon originale les troubles psychosomatiques, névrotiques et psychotiques d'enfants déficients, en montrant que leur devenir n'était pas limité par leur QI mais dépendait des soins et de l'affection qu'on pouvait leur porter.

Maître de conférence agrégé, il avait occupé quelque temps le poste de Chef de Service de Pédopsychiatrie au CHU de Toulouse. Il s'était imposé comme une figure importante de l'univers de la psychiatrie infantile et avait reçu quantité de titres scientifiques. Mais, contrairement à la plupart de ses collègues, ce n'étaient ni la reconnaissance ni les titres universitaires ou hospitaliers qui l'intéressaient. Non, il avait envie de comprendre le fonctionnement des enfants surdoués ou, au contraire, intellectuellement déficients, ces enfants différents des autres auxquels la nature avait trop, pas assez, ou mal donné.

Cependant, ses méthodes de recherche et certaines de ses publications avaient pu étonner et même agacer dans le milieu scientifique. Jacques Tessier n'avait pu oublier les expériences étranges qu'il avait vécues enfant auprès de sa grand-mère. Les phénomènes paranormaux avaient continué de le fasciner longtemps après la mort de Marie. Même si son statut de scientifique devait l'orienter vers le rationalisme, il s'était passionné pour le rapport des enfants aux phénomènes psi.

Il avait en particulier travaillé sur les expériences de mort imminente, les fameuses NDE, vécues par des enfants. Ces expériences étaient souvent raillées par les scientifiques : on les expliquait par la sécrétion d'endomorphine ou par un jeu de projections psychologiques, ou encore par des hallucinations. Pourtant, Tessier avait recensé des cas tout à fait surprenants chez de jeunes enfants qui n'avaient pas d'idées véritables de ce qu'était la mort. Il avait interrogé de très nombreux patients sur ces expériences paranormales et avait même tenté de les soigner lorsqu'ils sortaient traumatisés de telles expériences.

En mars 1993, Jacques Tessier fut contacté par le ministère de la Défense pour participer à une étude sur les conséquences psychologiques du terrorisme et de la menace chimique. Plusieurs scientifiques participèrent à ces travaux : il s'agissait d'évaluer les traumatismes des victimes d'attentats, d'essayer de leur fournir un suivi psychologique et de travailler sur les psychoses qu'engendrait la menace d'attaques chimiques ou biologiques sur la population. Jacques Tessier avait surtout eu pour mission de s'intéresser au devenir d'enfants ayant subi des violences terroristes.

Un an plus tard, le ministère de la Défense entrait à nouveau en contact avec lui. Au départ, Tessier fut intrigué par le flou et le mystère qui entouraient les motivations de l'État, car il ne s'agissait pas cette fois-ci de participer à une quelconque étude. Un rendez-vous fut fixé dans l'un des bâtiments parisiens de la Défense nationale. Le pédopsychiatre fut reçu par cinq personnes dans une immense salle de réunion anonyme : deux étaient des militaires, il ne sut jamais quelle était véritablement la fonction des trois autres. Un personnage énigmatique attira cependant son attention. C'était à lui que les autres se référaient constamment et c'était lui qui semblait prendre les décisions. Mais c'est surtout un détail insolite dans son regard qui le captiva. Son œil gauche demeurait fixe et semblait lisse comme de la porcelaine : il était borgne.

Très vite, on lui expliqua la situation. Il était l'un des meilleurs spécialistes français en matière de pédopsychiatrie et de surdouance. Ses écrits sur l'évaluation du potentiel du surdoué, ainsi que sur sa dyssynchronie interne et sociale, avaient attiré l'attention sur lui. On lui proposait de mettre à sa disposition d'énormes moyens pour qu'il poursuive ses recherches, notamment dans le cadre d'un institut supervisé par les autorités militaires. Il pourrait non seulement travailler avec des enfants au QI hors du commun et présentant des dons exceptionnels, mais il serait mis en rapport avec des neuropsychiatres pour détecter scientifiquement leurs capacités. La contrepartie se résumait en un terme : le secret. Ses recherches ne devaient pas être divulguées à la communauté scientifique. Elles seraient à usage interne. Bien sûr, il pouvait continuer ses activités de praticien et d'enseignant à l'hôpital, mais il dépendrait à présent de la Défense nationale.

L'entrevue dura plus d'une heure, pendant laquelle on lui exposa les buts de sa mission ainsi que les modalités de son futur statut.

Après quelques jours de réflexion – on ne tenait pas à le forcer ni à hâter sa décision –, il accepta. Un deuxième rendez-vous fut fixé où il retrouva trois des personnes qu'il avait déjà rencontrées. L'homme à l'œil de verre, lui, n'était plus là. C'est alors qu'on entra un peu plus dans les détails et qu'on lui expliqua qu'il serait chargé d'évaluer le potentiel psychologique de ces enfants, mais aussi de tenter « de déceler et de stimuler chez eux d'éventuels pouvoirs psychiques inhabituels ».

À ces seules paroles, Tessier avait compris ce qu'on attendait de lui. Ce n'était pas tant pour ses compétences en matière de pédopsychiatrie infantile que l'armée, ou Dieu sait qui, s'intéressait à lui. Non, c'était son travail sur l'enfant et les phénomènes psi qui avait intrigué et qui faisait de lui une recrue précieuse.

On parla beaucoup lors de cette deuxième entrevue et les trois hommes présents insistèrent sur le secret absolu qui devait entourer ses recherches. Et ce n'est qu'à ce moment-là qu'on lui livra une partie de la *vérité*.

Une heure après, Tessier donnait son consentement définitif.

Les années passèrent et le médecin respecta le silence total qu'on lui avait imposé. Même sa femme ne savait pas véritablement ce qu'il faisait de ses journées. Les moyens qu'on lui offrit dépassaient tout ce qu'il aurait pu imaginer. Et surtout, on prenait au sérieux le véritable objet de ses recherches qui avait fait rire une partie de la communauté scientifique. Il n'y eut guère de jours, pendant toute cette période, où il ne pensa pas à sa grand-mère et à ses récits d'esprits, de télépathie ou de précognition.

Le point noir de ces années de recherches, c'est que les résultats ne furent pas à la hauteur de ses espérances. Ils étaient même quasi inexistants au point que Tessier finit par sombrer dans le doute le plus complet sur ce qui avait constitué un pan essentiel de sa vie.

Puis il y eut Alexandre.

Et Jacques Tessier comprit immédiatement que rien ne serait jamais plus comme avant.

4.

Cauterets.

— Alexandre était à ce point étonnant ?

— Bien plus que vous ne l'imaginez !

Cela faisait plus d'un quart d'heure que Tessier et moi avions commencé à discuter. En fait de discussion, c'est surtout lui qui avait parlé. Après un moment de suspicion bien naturel, cet homme m'avait plutôt inspiré confiance et je voyais bien qu'il n'était pas là pour me nuire. Je compris immédiatement qu'il détenait des informations décisives sur la mort de Raphaël et sur la disparition de Julia et d'Alexandre. Dès que je fus rassuré sur les intentions du scientifique, je prévins Camille sur son portable en lui résumant rapidement la situation et en insistant pour qu'elle rentre à Cauterets.

Nous nous étions mis un peu à l'écart du torrent. Tessier s'était assis sur un large rocher encore humide tandis que j'étais resté debout, écoutant avec attention le récit de sa vie. Pour le moment, beaucoup de zones restaient floues, en particulier parce qu'il ne m'avait pas expliqué dans le détail en quoi consistait sa mission.

— Mais enfin, qu'est-ce que cet enfant avait de si extraordinaire ? Et comment les autorités militaires faisaient-elles pour superviser cette école de surdoués sans éveiller aucun soupçon ? Je dois vous avouer que j'ai du mal à croire à votre histoire : ça fait un peu théorie du complot.

— Il ne s'agit nullement de complot. L'Institut Carlier a toujours fonctionné comme une espèce de vivier d'enfants prodiges.

— Concrètement, qu'avez-vous découvert sur Alexandre ?

— Je vais essayer d'être le plus concis possible, mais Alexandre n'est que l'aboutissement d'une longue histoire. En fait, pour bien comprendre, il faut remonter le temps, à l'époque de la guerre froide…

— La guerre froide ? Et pourquoi pas Napoléon ?

— Ne soyez pas si sarcastique, monsieur Nimier. Vous voulez vraiment comprendre pourquoi votre frère a été assassiné ?

— C'est mon désir le plus cher.

— Très bien, alors commençons. À la fin des années soixante, les services secrets américains ont découvert que les Soviétiques dépensaient des millions de roubles pour des recherches sur la télépathie et la psychokinèse. Les Russes, à l'époque, ne parlaient même pas de parapsychologie mais de « psychoénergétique appliquée ». En d'autres termes, ils prenaient ces études très au sérieux et les considéraient comme faisant partie intégrante de la recherche scientifique. Inutile de vous dire quel était le but de ces recherches.

— Une utilisation militaire ?

— Exactement. Ils avaient l'ambition de dérégler des équipements électroniques à distance ou même de troubler des individus placés à des postes clés de la Défense des États-Unis. Bref, les Américains devaient réagir. Avec l'aval du Congrès, la CIA s'est tournée vers l'un des plus grands réservoirs de cerveaux du pays : le SRI, *le Stanford Research Institute*. Ils ont contacté Harold Puthoff, un grand physicien qui avait publié quantité d'expériences en matière de parapsychologie et qui devait jouer un rôle décisif. Si je nomme ce personnage, c'est pour vous montrer que je ne suis pas le seul « illuminé » de la communauté scientifique et que de nombreux savants ont toujours travaillé sur les phénomènes psi. Bref, très vite, les chercheurs du SRI ont décidé de concentrer leurs efforts sur la clairvoyance.

Je crois que je n'avais jamais entendu ce mot, même si son sens semblait plutôt limpide.

— La clairvoyance, qu'on appelait autrefois *métagnomie* : la capacité à obtenir des informations sur des sources matérielles éloignées.

— La télépathie ? demandai-je.

— Pas tout à fait. La télépathie est une communication avec le psychisme d'autres êtres vivants. La clairvoyance a uniquement pour cible des objets ou des lieux. Le but de ces recherches est facile à deviner : pouvoir visiter par la pensée des sites militaires secrets ennemis.

— Oui, j'ai déjà vu une émission sur ces expérimentations à la télé.

Je me souvenais en effet être tombé un jour sur un reportage portant sur des tests secrets menés par l'armée américaine. On cachait des objets dans des boîtes, ou des photos dans des enveloppes, et des médiums devaient en deviner le contenu.

— En 1995, un rapport a rendu publique une infime partie des vingt-cinq années d'expérimentations commanditées par le gouvernement américain. On a appris que la CIA avait investi plus de vingt millions de dollars dans la parapsychologie et qu'elle avait engagé des médiums pour qu'ils participent à des expériences de *remote viewing*, la vision à distance. Les autorités ont donc reconnu officiellement l'existence de ces projets, regroupés sous le terme générique de *Stargate Project*.

— Et ils ont obtenu de vrais résultats ?

— Les résultats étaient au rendez-vous, croyez-moi. Lorsque les documents secrets de la CIA sont sortis, deux éminents professeurs de l'Université de Californie et de l'Oregon les ont épluchés et analysés avec une extrême rigueur. Leur compte rendu était catégorique : « l'anomalie cognitive » existe et a été démontrée scientifiquement. Et leurs conclusions n'étaient pas acquises d'avance, car l'un des professeurs était un détracteur convaincu de la parapsychologie.

J'étais interloqué par le récit que me faisait Tessier. Un peu impatient aussi. Pourquoi cet homme venait-il m'abreuver d'un tas d'expériences qui remontaient à la guerre froide et semblaient bien éloignées du meurtre de Raphaël ?

— Continuez.

— Des médiums engagés par la CIA étaient capables de décrire, avec une précision défiant l'esprit le plus cartésien, des sites ultra-secrets avec pour seule source des coordonnées cartographiques. Ils pouvaient visiter par la pensée des bases militaires, regarder les noms inscrits sur les portes des bureaux et même dévoiler le contenu de classeurs secrets.

Je dus faire une moue dubitative car Tessier ajouta aussitôt :

— Comme vous, au début, les responsables du gouvernement ont éprouvé beaucoup de scepticisme, puis ils ont dû se rendre à l'évidence : la vision à distance était réelle et pouvait représenter une arme décisive. Du coup, des responsables de l'*US Army* et de la *Defense Intelligence*

Agency ont voulu profiter de ces avancées. Ils apportaient au SRI des listes de coordonnées à explorer, repartaient avec les comptes rendus et ne donnaient plus jamais de nouvelles. Car tous les résultats devaient naturellement demeurer top secret.

— Donc, on ne peut pas savoir si ces visions à distance ont réellement servi de manière concrète ?

— Oh oui, nous le savons. D'après les informations qui ont pu filtrer, les « cobayes » de l'armée ont réussi à déterminer l'emplacement de dizaines de tunnels ennemis en Corée du Nord, à localiser Kadhafi avant le raid aérien sur la Libye en 86 ou à situer des missiles Scud pendant la guerre du Golfe. En 1995, Jimmy Carter a même révélé qu'un médium de la CIA, en se concentrant sur une carte du Zaïre, avait donné avec précision les coordonnées géographiques d'un avion qui s'était écrasé et qui avait même échappé aux satellites de reconnaissance.

J'étais captivé, certes, mais j'avais hâte d'en venir à Alexandre. Aussi, je tentai de recentrer la discussion :

— Je présume que la France s'est elle aussi intéressée à ces études paranormales.

— Oui. Dès la fin des années soixante-dix, l'armée a mis en place des programmes parapsychologiques, de psychométrie et de clairvoyance essentiellement, dans un but purement militaire. Les enjeux ne différaient pas de ceux des Américains, même si vous vous doutez bien que les moyens financiers étaient beaucoup plus modestes.

— Les résultats n'ont pas été concluants en France ? Vous avez beaucoup parlé des réussites américaines.

— Je me suis probablement mal exprimé. En réalité, je n'ai jamais été au courant que d'une infime partie des recherches paranormales menées dans notre pays. Par essence, ces études sont classées « Secret Défense » ; du coup, les responsables ont toujours intérêt à les morceler au maximum. Je ne peux donc parler que des projets que j'ai moi-même dirigés.

Tessier avait au moins la sincérité d'avouer qu'il n'était pas omniscient.

— Quel était vraiment votre rôle dans ces recherches ?

— Le panorama que je vous ai fait vous a peut-être donné une fausse image de ce qu'a été mon rôle véritable. Au départ, je devais simplement suivre psychologiquement ces enfants surdoués et évaluer leurs capacités intellectuelles : l'Institut Carlier n'a d'ailleurs jamais caché qu'il était un centre d'étude de la surdouance. Cependant, très vite, ma mission a eu un but beaucoup plus concret : je devais pouvoir sélectionner un ensemble d'élèves susceptibles d'être plus tard recrutés par les autorités du pays.

— Mais je croyais qu'un haut potentiel intellectuel n'était pas un gage de réussite professionnelle, et que ces enfants pouvaient se révéler incapables d'avoir une activité normale.

Je réutilisais les quelques informations que j'avais réussi à glaner depuis que nous avions découvert la surdouance d'Alexandre.

— C'est tout à fait vrai, mais le but de l'Institut est justement de développer et d'exploiter au mieux leurs capacités. Malgré des compétences extraordinaires, les surdoués sont confrontés à l'échec scolaire ou, plus globalement, à une inadéquation entre leurs possibilités et ce qui leur est offert dans le milieu environnant. En gros, ils ne parviennent pas à s'épanouir. Mon but a été de révéler les domaines de compétence de chaque enfant et de stimuler au mieux ses aptitudes. Les écoles comme l'Institut Carlier ont montré en tout cas une chose : le regroupement d'enfants surdoués permet de créer une stimulation intellectuelle. En fait, nous faisions une sorte de *brain trust*, sauf que nos sujets à nous étaient des enfants ou des adolescents.

— Mais combien de ces enfants ont vraiment été recrutés par la suite ?

— Le recrutement n'était naturellement pas de mon ressort. Ce domaine était réservé à l'homme que j'ai évoqué tout à l'heure, celui qui m'a reçu en 1994 dans les bureaux de la Défense nationale à Paris. Cet individu si mystérieux que nous appelions Polyphème.

— L'homme à l'œil de verre ?

— Oui.

— Pourquoi « Polyphème » ? Je ne suis pas sûr de comprendre.

— Par allusion à l'*Odyssée* d'Homère. Polyphème est le Cyclope dont Ulysse crève l'œil avec un pieu en bois.

— Mais après cette sélection d'élèves surdoués, votre travail s'est étendu à la parapsychologie ?

— Absolument. C'est la raison principale pour laquelle j'ai été engagé. Je n'ai pas longtemps été dupe des intentions réelles de mes recruteurs. Ces enfants précoces, souvent doués dans le domaine artistique, sont particulièrement ouverts à des expériences que la plupart des autres enfants refuseraient. Car le conditionnement psychologique est décisif pour rendre opératoires les capacités psi.

— En quoi ont consisté vos recherches ?

— Au début, je travaillais sur des tests très classiques, comme les cartes de Zener. Le but est, pour le sujet, de découvrir au fur et à mesure quelle carte a été tirée.

J'avais déjà vu ce genre de tests dans des films de science-fiction hollywoodiens et ils ne m'avaient guère paru sérieux.

— Toutefois, cette technique très ancienne, qui se fonde essentiellement sur la télépathie, est de moins en moins utilisée en laboratoire parce qu'il s'agit de « choix forcé ». Je préférais les expériences à « réponses libres ».

— Les parents étaient-ils au courant de ces pratiques ?

— D'abord, je vous l'ai dit, l'école Carlier a toujours été un lieu de recherche sur la surdouance. Nous avions donc toute liberté à faire passer des tests psychologiques aux enfants et à suivre leur évolution d'apprentissage. On les déguisait souvent en épreuves de mémorisation, de calcul et de création. Et puis, ma mission avait une visée très générale : il fallait coûte que coûte mettre en évidence des capacités hors du commun, qu'elles soient simplement intellectuelles ou parapsychologiques.

Tessier n'en était toujours pas arrivé au cas d'Alexandre et n'avait même pas répondu à ma première question : en quoi mon neveu pouvait-il être un enfant si remarquable ?

— Vous avez tout à l'heure parlé de *la ronde des innocents*...

Je le vis hocher la tête, comme s'il avait été lui-même à deux doigts d'aborder ce point :

— C'est le nom par lequel on désignait les expériences paranormales menées sur les enfants de l'Institut.

— Les « innocents » seraient les enfants ?

— Si l'on veut, mais ce nom était avant tout symbolique. Il nous vient directement des Étrusques. Ce peuple superstitieux de l'Antiquité était très versé dans les augures et la divination. Les Étrusques imaginaient qu'à l'origine, les devins et les prêtres avaient l'apparence d'un enfant et la sagesse d'un vieillard. D'après leurs textes sacrés, un laboureur trouva un jour dans un champ un garçon du nom de Tagès. Très vite, toute la région accourut car cet enfant était capable de parler pendant des heures de l'art de la divination.

— Ce Tagès était une sorte de surdoué de l'Antiquité !

— Oui. Les Anciens pensaient que les dieux distribuaient les dons à leur gré, sans aucun souci d'égalité. Le surdoué était un être *enthousiaste*, c'est-à-dire habité par les dieux : l'intelligence renfermait un élément fantastique que nul ne pouvait contester. Tagès fut le point de départ de nombreux cultes et pratiques magiques. Son caractère d'enfant-divin a été à l'origine de *la ronde des innocents*. Chaque année, les prêtres étrusques réunissaient des centaines d'enfants entre sept et huit ans, parmi lesquels ils choisissaient une dizaine d'élus. Les prêtres devaient déceler dans les yeux des enfants une sorte d'étincelle divine, mais les critères de leur choix ne nous sont pas connus dans le détail. Les enfants choisis étaient alors séparés de leur famille et, des années durant, ils apprenaient par cœur des milliers de vers, des formules magiques, les secrets de la divination... Nous ne possédons quasiment plus de textes étrusques complets, mais les historiens latins qui nous rapportent cette pratique désignaient cette élite d'enfants par le terme *innocentium orbis*, c'est-à-dire *la ronde des innocents*. « Innocent » est ici à prendre dans son sens étymologique : celui qui est incapable de nuire.

— Mais il s'agit d'une légende, n'est-ce pas ?

— Je ne crois pas. Les Romains connaissaient bien cette cérémonie et ces pratiques étrusques : Cicéron en parle de façon fort sérieuse dans plusieurs de ses traités.

— Bon... Mais Alexandre dans tout ça ?

— Alexandre, c'est une longue histoire.

— Tout ce que vous venez de me révéler me fait déjà l'effet d'être une très longue histoire...

— Je sais, mais il est difficile de résumer plus de vingt ans de recherches secrètes en quelques minutes. Ce que je peux vous dire, c'est que si j'avais été un de ces grands prêtres étrusques, je n'aurais probablement pas remarqué Alexandre.

— Que voulez-vous dire ?

— Eh bien, c'était un enfant remarquable si l'on se fonde sur son QI. Mais nous n'avions décelé chez lui aucune aptitude particulière à des perceptions extrasensorielles. Jusqu'au jour où s'est produit un… incident.

J'avais l'impression que ce mot était dans sa bouche un euphémisme.

— Alexandre était à l'Institut depuis un peu plus d'un an. À son arrivée à l'école Carlier, il était assez instable et présentait de graves troubles de concentration, même dans des activités ludiques simples. Contre toute attente, il s'est assez vite adapté au mode de fonctionnement de l'école et il a fini par se faire des camarades. Mais un jour, à l'heure du déjeuner, il a refusé de suivre les autres élèves au réfectoire. On a cru au début à un simple caprice et il a été réprimandé. Mais rien n'y a fait, il n'arrêtait pas de dire que le feu pouvait être très dangereux et qu'il n'avait pas envie de mourir. On lui a demandé de s'expliquer plus clairement, mais il n'a pas été capable de répéter autre chose que ces paroles absconses : il avait peur d'être brûlé et voulait qu'on le laisse tranquille. Devant son agitation, on a décidé de le faire déjeuner à part, en compagnie du personnel administratif. Alexandre s'est un peu calmé mais une sourde inquiétude n'a pas quitté son visage tout au long du repas.

— Que s'est-il passé ensuite ?

— Durant le déjeuner, il y a eu un problème dans les cuisines. Une bonbonne de gaz presque vide a provoqué un début d'incendie. Le chef cuisinier a été brûlé au deuxième degré et il s'en est fallu de peu qu'il ne soit défiguré. Si un jeune stagiaire n'avait pas réussi à maîtriser immédiatement l'incendie, le feu aurait pu s'étendre au réfectoire tout entier. L'école Carlier aurait alors fait la une de tous les journaux du pays. Une enquête a montré que les règles de sécurité avaient été observées et que le matériel était aux normes. On n'a jamais su ce qui avait pu se passer. La malchance, le hasard, un concours de circonstances. En tout cas, une chose était sûre : Alexandre avait prévu ce qui allait se produire lors de ce déjeuner.

— N'était-ce pas une simple coïncidence ? N'a-t-on pas réinterprété les paroles du garçon a posteriori ?

— Vous avez raison de vous montrer sceptique. Je n'ai pas été le témoin direct des paroles d'Alexandre : on m'a rapporté toute l'histoire. Cependant, elle a été confirmée par plusieurs personnes tout à fait dignes de foi. De plus, je vous l'ai dit, Alexandre était devenu un garçon mesuré qui n'avait pas l'habitude de tenir des propos incohérents. L'allusion au feu était tout à fait claire. Mais si je n'ai aucun doute à propos de cet acte de précognition, c'est en particulier à cause de ce qui s'est passé par la suite.

— Vous parlez à présent de « précognition », mais cela n'a rien à voir avec la vision à distance à laquelle vous faisiez allusion tout à l'heure et qui semblait intéresser l'armée.

— En effet, la clairvoyance et la précognition sont deux choses distinctes même si elles appartiennent à la perception extrasensorielle. Ce qu'il faut retenir, c'est que la parapsychologie n'a plus rien à voir avec l'occultisme ou les pratiques des voyants. Les phénomènes psi sont uniquement reliés au fonctionnement de notre cerveau et non à une quelconque dimension spirituelle. La précognition a été très bien étudiée et des cas sont quasiment irréfutables. Je ne vous parle pas ici des rêves prémonitoires grotesques qui ont pu être exploités dans certains livres et qui relèvent à l'évidence du hasard. Dans le cas d'Alexandre, vous allez voir que ce ne pouvait pas être le cas.

— Ses prémonitions se sont reproduites ?

— Oui, mais pas de la même manière. Pour bien comprendre ce qui est arrivé par la suite, je dois vous dire un mot sur un des aspects importants du travail des pédopsychiatres, à savoir les dessins que produisent les enfants atteints de troubles ou victimes de traumatismes. Comme le langage, ils sont un miroir de la personnalité et permettent à ces jeunes de communiquer ou de raconter. Certains enfants maltraités se représentent très petits ou sous la forme d'un robot. D'autres s'imaginent sans mains pour traduire leur sentiment de délaissement ou d'impuissance. Je me suis très tôt intéressé aux dessins d'Alexandre qui était extrêmement doué pour les arts plastiques.

Je me souvenais en effet que l'institutrice m'avait parlé des talents artistiques de mon neveu. Il avait dû les hériter de son père qui passait son temps à caricaturer ses profs et ses copains.

— Après l'incident survenu dans les cuisines, reprit Tessier, Alexandre a été au centre de mes préoccupations. Ses dessins, qui étaient tout à fait exceptionnels pour un garçon de son âge, lui permettaient de traduire ses visions. Car il était capable de dessiner des événements qui étaient sur le point de se produire.

— Vous plaisantez ?

— Pas du tout. Une fois, il a passé deux jours à réaliser une série de variations sur des vues de Marseille, un peu à la façon de Monet avec la cathédrale de Rouen. Il utilisait uniquement de l'encre noire, sans aucune couleur. Puis il a rétréci le champ de sa représentation : il s'est mis à dessiner frénétiquement une rue de la ville, au milieu de laquelle se situait un hôtel. Mais cette deuxième série, il l'a effectuée à l'encre rouge.

— Pour quelle raison ?

— On pourrait en avancer de nombreuses : la couleur rouge représente dans nos sociétés le sang mais aussi la violence, l'interdit. Elle est plus généralement perçue comme agressive et douée d'énergie vitale. Alexandre était tellement obsédé par ce qu'il faisait que j'ai fini par lui demander pourquoi il représentait cette rue, et surtout cet hôtel. Il m'a répondu qu'il le connaissait, qu'il y avait séjourné quelques jours avec sa mère. Comme je m'extasiais devant le réalisme de ses dessins, il m'a avoué qu'il était capable de les faire de mémoire.

Je sentais que Tessier allait encore se perdre dans les arcanes de ses recherches et je le houspillai un peu :

— Bon, et après ? Qu'est-il arrivé ?

Tessier ne répondit pas. Il se contenta de sortir du revers de sa veste une feuille pliée en quatre qu'il me tendit d'un geste lent, ménageant un effet de surprise un peu théâtral.

— Voici la photocopie d'un article de journal paru deux jours après qu'Alexandre eut réalisé ses dessins.

Mes yeux, comme hypnotisés par l'effet magique du papier, parcoururent la vingtaine de lignes et dès les premiers mots, mon sang se figea dans mes veines.

5.

Incendie à Marseille : le terrible bilan

Vingt morts et une douzaine de blessés : c'est le terrifiant bilan d'un incendie qui s'est déclaré dans la nuit de samedi à dimanche dans un immeuble du centre de la cité phocéenne. Pour l'instant, les enquêteurs privilégient la thèse de l'accident.

Le bilan est l'un des plus lourds que Marseille ait connu depuis des années. La fouille des gravats a permis de retrouver, lundi dans la matinée, les corps de deux nouvelles victimes. Toutes ont péri dans l'incendie qui s'est propagé dimanche, vers minuit, dans un hôtel du quartier de la Plaine à Marseille. Douze personnes, parmi lesquelles trois enfants, ont par ailleurs été blessées.

Une centaine de marins pompiers sont intervenus pendant une heure pour circonscrire le feu. Le gérant de l'hôtel était entendu dimanche matin par la police et une enquête a été ouverte pour déterminer les causes du sinistre.

Le feu a pris au deuxième étage de l'hôtel. Les flammes et la fumée se sont très rapidement étendues aux étages supérieurs à travers les gaines électriques, provoquant d'importants dégâts. Selon les premiers éléments de l'enquête, le plancher du quatrième étage et le toit se seraient effondrés, prenant au piège trois personnes. Une autre victime, une femme de 22 ans, s'est tuée en se défenestrant du troisième étage.

Les immeubles avoisinant l'hôtel n'ont pas été touchés, mais une partie de la population du quartier a été évacuée lors de l'intervention des marins pompiers.

Ces lignes me laissèrent sans voix. Je n'arrivais pas à croire qu'un gamin, même exceptionnel, ait pu prédire ce drame. Bien sûr, je n'avais que les dires de Tessier auxquels me raccrocher. Aucune preuve formelle ne m'avait été apportée, mais je n'avais pas de raison de mettre en doute ce que le scientifique me disait. Tant de choses irrationnelles, qui n'auraient provoqué chez moi que mépris quelques heures auparavant, me semblaient à présent possibles.

— C'est à ce moment que vous avez écarté la possibilité d'une coïncidence ?

— Oui. Et la chose s'est reproduite plusieurs fois. Je ne vais pas vous relater tous les cas de précognition auxquels j'ai assisté, mais le lien entre les facultés artistiques d'Alexandre et ses exploits en matière de prescience ne m'a guère étonné.

— Pour quelle raison ?

— Comme je vous l'ai déjà dit, certaines études ont

montré une corrélation entre la créativité et les capacités psi. Les créatifs qui ne sont pas réfractaires aux phénomènes psi obtiennent systématiquement des résultats plus satisfaisants que les autres. Mais on a aussi observé que le manque de communication pendant l'enfance et le repli sur soi-même font souvent partie des caractéristiques psychologiques communes aux personnes capables de « voir ». Les enfants surdoués ont souvent des problèmes relationnels : ils sont timides et restent à l'écart. Ils sont donc parfois obligés de se passer du langage et de trouver une autre forme de dialogue. Le fait qu'Alexandre ait été fils unique a sans doute participé à cet isolement.

— Je dois dire que j'ai beaucoup de mal à croire à ces prévisions systématiques.

— Il ne s'agit pas de prévisions systématiques. Notre cerveau n'est pas une machine. Ce que je peux vous dire, c'est qu'Alexandre pouvait prévoir, avec le rendement le plus incroyable qui m'ait été donné d'étudier, des événements sortant de l'ordinaire. Je sais que tout cela est très nouveau pour vous et sans doute déroutant, mais les prémonitions portant sur des drames collectifs sont connues depuis très longtemps. Certains chercheurs suggèrent même l'existence d'une « expérience extrasensorielle collective ». Des statistiques ont montré que lors d'accidents ferroviaires importants, les trains transportent moins de passagers que d'habitude dans les mêmes conditions. Il pourrait exister une « prémonition inconsciente » chez pas mal de personnes qui décideraient de retarder leur voyage ou de l'annuler. En gros, Alexandre ne serait pas un cas unique, mis à part qu'il a développé cette faculté au plus haut degré.

— Qu'avez-vous fait lorsque vous avez découvert ses capacités ?

— Moi, je n'ai rien fait de particulier, mais les personnes

qui m'avaient engagé ont compris qu'une chance unique leur était offerte et je crois qu'ils ont un peu paniqué. Du coup, on a commencé à me surveiller de près.

— Pourquoi ?

— Tant que notre programme n'obtenait que des résultats insignifiants, nous ne cachions qu'un secret de polichinelle. Mais avec Alexandre, les choses se sont compliquées. Ceux qui avaient imaginé *la ronde des innocents* venaient de trouver le monstre qu'ils avaient tant recherché. Leur pire crainte était de voir leur cobaye leur échapper. Et puis, j'avais servi pendant des années à faire les basses œuvres, travailler d'arrache-pied avec ces enfants, leur parler, les observer, les étudier… À présent, on n'avait plus vraiment besoin de moi. Nous avons parlé tout à l'heure de l'utilisation que l'armée pouvait faire des médiums et des personnes douées de pouvoirs psychiques. Alexandre, lui, n'était pas seulement capable de voir à travers une vulgaire enveloppe, il pouvait prévoir avec précision des drames à grande échelle. Et dieu sait de quelles autres choses il aurait été capable si on avait eu le temps de l'étudier.

— Comment ça « Si on avait eu le temps » ? Qu'est-il arrivé à Alexandre ? demandai-je en imaginant déjà le pire.

Tessier leva vers moi un regard éteint : il n'avait plus rien de l'assurance qu'il affichait auparavant. Je crus même lire une certaine tristesse dans ses yeux.

— Quelques mois après cette découverte exceptionnelle, ma femme est tombée gravement malade. Elle se plaignait de douleurs à la tête jusqu'au jour où un scanner a découvert les signes d'un hématome persistant. Elle avait en fait une tumeur au cerveau et a été opérée de toute urgence. Malheureusement, il s'agissait d'un gliome qui avait saigné et qui la condamnait irrémédiablement. Alors, face à la maladie, mes recherches sont devenues dérisoires. Il ne lui restait plus que quelques mois à vivre. Nous les avons passés ensemble. Après sa mort, j'ai cru que je ne pourrais plus jamais reprendre mon travail. Puis la vie a repris le dessus mais, à mon retour à l'Institut, Alexandre avait disparu. Je ne l'ai jamais revu depuis.

J'étais stupéfait par le raccourci de Tessier. J'avais l'impression d'entendre mon père qui, lui non plus, ne s'était pas enquis du sort de son petit-fils.

— Attendez, je ne suis plus sûr de vous suivre. Vous n'avez pas cherché à savoir ce qu'il était devenu ?

— Bien entendu que j'ai essayé de savoir, mais on m'a donné une réponse d'une simplicité déconcertante : Alexandre et Julia avaient déménagé et le garçon avait donc quitté l'Institut.

— Vous plaisantez ?

— Non. Inutile de vous dire que je n'ai pas cru à cette version. Je savais très bien qu'après avoir investi tant d'argent dans les recherches paranormales, *ils* n'allaient pas renoncer si facilement. J'ai alors mené ma petite enquête, mais Julia n'habitait effectivement plus à l'adresse qu'on lui connaissait et elle n'avait laissé aucune trace. Un jour, j'ai fait savoir à mes employeurs que je ne cautionnais plus le secret qui entourait la disparition d'Alexandre et que j'étais prêt à révéler au grand jour leurs pratiques.

— Ils ont mal réagi, je présume.

— Il fallait s'y attendre. Je m'étais engagé à travailler sur des projets qui ne devaient jamais être mis à jour. Si j'enfreignais les règles que j'avais acceptées, je rompais le contrat, et cela, à mes risques et périls.

— On vous a donc menacé ?

— Mes employeurs ne menacent même pas. J'avais travaillé pour eux dans le plus grand secret pendant des années, je faisais partie de leur camp. Parler, c'était trahir. Et dans ce cas, on sait ce qui peut arriver aux traîtres.

— Comment tout cela s'est-il terminé ?

— Bien en apparence. Je n'ai pas trahi. D'ailleurs, qu'aurais-je bien pu dévoiler ? Ils m'ont juste tenu à l'œil, mais je pense qu'ils ne m'ont jamais considéré comme un danger potentiel. Ces gens-là ont lu en moi : la mort de ma femme m'avait ébranlé et mes recherches me passionnaient moins qu'avant. J'ai néanmoins continué mes travaux à l'Institut, mais du véritable objet de toutes les convoitises, Alexandre, il n'a plus jamais été question.

— Avez-vous une idée de ce qui lui est arrivé ?

— Au début, j'ai vraiment cru à une sorte de complot. Je pensais qu'il avait été mis sous surveillance, à l'écart de l'Institut, et qu'on essayait déjà d'utiliser ses dons à des fins concrètes.

— Quel âge avait-il à ce moment-là ?

— À peine quatorze ans.

— Ils auraient pris le risque d'enlever un gamin ? Et Julia, que serait-elle devenue ?

Un sourire apparut sur les lèvres de Tessier, comme s'il se moquait de ma naïveté.

— Un jour, j'ai entendu à la télé un ancien directeur de la DST qui affirmait qu'aucun assassinat n'avait jamais été commandité par les services secrets français. Le journaliste a eu du mal à cacher son incrédulité.

— Pourquoi me dites-vous ça ?

— Parce que, par définition, tout ce qui appartient au domaine secret de l'État échappe aux règles démocratiques.

— Mais il y a des contrôles auxquels tout le monde doit se soumettre.

— Vous pensez que, durant des années, les mises sur écoute ont obéi à des règles quelconques ? Le bon plaisir d'un homme suffisait à tout justifier. Et les fonds secrets ? Par essence, ils étaient soustraits à tout contrôle. Alors, songez qu'on aurait eu peu de scrupules à surveiller un adolescent doué de capacités uniques.

Tessier inspira profondément et je perçus à nouveau de la lassitude dans sa voix :

— Ce n'est pas cependant ce qui s'est passé.

— Julia et Alexandre ont vraiment déménagé ?

— Ils ont disparu plutôt. Du jour au lendemain, ils se sont volatilisés et on n'a plus eu de nouvelles d'eux. Et pourtant, je peux vous assurer que des personnes motivées se sont mises à leur recherche.

— Je croyais que l'on ne vous tenait plus au courant de rien après leur disparition. Comment savez-vous tout cela ?

— Disons que j'avais des informateurs avec qui je maintenais des contacts privilégiés. De toute façon, il n'y avait pas grand-chose à savoir, à part qu'ils étaient introuvables et qu'on les recherchait intensément.

— Mais comment ont-ils pu échapper à la surveillance de ces hommes ?

— Julia n'était pas particulièrement surveillée à l'époque. Personne n'aurait imaginé qu'elle s'enfuirait sans laisser la moindre trace.

— Pourquoi cette soudaine disparition ?

— Je n'ai jamais su si Julia était au courant des pouvoirs psychiques d'Alexandre, avant que nous ne les découvrions nous-mêmes, je veux dire. Je pense qu'elle ne l'était pas.

— Elle aurait pu ignorer les dons de son fils si longtemps ?

— Bien sûr. Alexandre était surdoué, ce n'était pas un secret, et cela pouvait expliquer son comportement souvent étrange. Cependant, rien dans la vie quotidienne ne laissait transparaître ses pouvoirs.

— Et elle se serait évaporée dans la nature lorsqu'elle a compris que vous vous intéressiez de trop près à son fils ?

— Certainement. Alexandre a dû lui parler des tests qu'on lui faisait passer et des nouvelles pressions qu'on exerçait sur lui. Il a pu se produire bien des choses pendant la maladie de ma femme dont je n'ai pas la moindre idée. Toujours est-il que Julia a parfaitement compris les desseins de ceux qui dirigeaient dans l'ombre l'Institut. Ce devait être une femme intelligente et très déterminée, car on n'a jamais retrouvé leur piste malgré les moyens mis en œuvre.

— C'est pour cela que mon frère est mort, n'est-ce pas ? On cherchait à travers lui à remonter jusqu'à Julia et Alexandre ?

— Je le crois, mais malheureusement, je dispose à ce sujet de très peu d'informations. Tout ce que je peux vous dire, c'est que ceux qui étaient à la recherche de Julia ont très longtemps ignoré l'existence de votre frère.

— Et ils ne l'auraient apprise que récemment ? C'est pour ça qu'on n'a pas essayé de le faire parler plus tôt ?

— C'est en effet le scénario le plus plausible. Il aura sans doute été torturé dans le but de localiser son fils. La grande question qui demeure est « A-t-on retrouvé Alexandre ? » Et, subsidiairement « Votre frère avait-il la moindre idée de l'endroit où se trouvaient son fils et Julia ? »

— Comment avez-vous su pour ma visite à l'Institut et pour mon accident?

— Là encore, je ne peux que vous répéter ce que je vous ai dit : certaines personnes bien placées m'informent de tout ce qui concerne l'Institut. Vous avez posé trop de questions lors de votre visite. Sans le savoir, vous avez mis le doigt dans un engrenage dangereux.

— Au point que l'on veuille me tuer à mon tour ?

Tessier leva les mains au ciel dans un geste d'impuissance.

— J'avoue que je ne comprends pas très bien pourquoi on aurait saboté votre voiture. Pour vous intimider ? Pour mettre un frein à votre curiosité ?

— Pourquoi me révéler tout cela ? Après tout, vous risqueriez gros si toute cette histoire devenait publique.

Tessier sembla réfléchir un moment puis répondit d'un ton posé :

— Vous savez, *ils* n'avaient pas tort à mon sujet : depuis la mort de ma femme, je ne suis plus le même. Je continue de me lever chaque matin, d'aller travailler, de faire comme si je m'intéressais à mes recherches, mais en fait, pour moi, tout s'est arrêté depuis qu'elle est partie. Alors, aujourd'hui, je n'ai plus rien à perdre.

— Vous voudriez aussi vous racheter, n'est-ce pas ?

— Je n'ai pas l'impression d'avoir commis des choses terribles dans ma vie, mais il m'est souvent arrivé de penser à Alexandre. Surtout le soir, avant de m'endormir, je me demande de quel droit nous l'avons traité, lui et tant d'autres, comme de simples cobayes. Lorsque je me suis lancé dans le domaine de la pédopsychiatrie, c'était pour venir en aide à des enfants malades, ou mal dans leur peau. Ça peut sonner comme un discours bien appris ; c'est pourtant la vérité. J'ai vraiment choisi cette profession pour être utile à quelque chose. Quand j'étais jeune, j'étais passionné par les sciences, mais je ne voulais pas que mon métier soit purement abstrait et coupé des êtres humains. Avec ces recherches sur les enfants précoces et sur le paranormal, j'ai été obsédé par la découverte de l'exceptionnel. J'aurais été capable de tout pour trouver un enfant hors du commun comme votre neveu. Je suis devenu un scientifique manipulant des rats de laboratoire. Ça va peut-être vous étonner, mais je suis heureux que

Julia et Alexandre aient disparu, qu'ils aient pu échapper à nos recherches. Une femme et un adolescent qui mettent le branle-bas de combat jusque dans les rangs de l'armée et de la Défense nationale ! Avouez que ce n'est pas mal ! Je suis vraiment désolé pour la mort de votre frère ; je ne peux qu'espérer qu'ils n'auront pas réussi à remonter jusqu'au petit.

Tessier se leva brusquement et épousseta son pantalon d'un geste sec.

— Je vais devoir vous laisser…

Le scientifique m'avait livré un nombre incroyable d'informations et pourtant, j'avais l'impression qu'il pouvait encore nous être utile. Sans lui, qu'allions-nous faire à présent ? Je n'avais aucune idée de l'endroit où se trouvait mon neveu. Je n'avais aucune preuve de ces années de recherches secrètes et du véritable but de l'Institut Carlier.

— Que nous conseillez-vous de faire à présent ? demandai-je complètement démuni.

Tessier planta son regard dans le mien et sans même hésiter une seconde :

— Ce que je vous conseille, c'est de ne plus rien entreprendre. En recherchant Alexandre, vous les mettez lui et sa mère en danger et vous risquez d'aiguiller d'autres personnes sur leur trace, aux intentions moins avouables que les vôtres. Ne tentez pas de remuer le passé.

— Donc, c'est tout ! Au revoir, monsieur… Après tout ce que vous venez de m'apprendre, vous imaginez que je vais rester les bras croisés en me disant : « Tant pis, mon frère a été torturé à mort mais il vaut mieux ne pas *remuer le passé* ». C'est ça ?

— Je vous ai dit que j'étais sincèrement désolé pour la mort de votre frère. Mais rien ne le ramènera : c'est une banalité et une vérité aussi. On vous surveille. Vous avez vous-même risqué votre vie récemment. Ne mettez pas celle de ceux que vous aimez en péril.

Les derniers mots posthumes de Raphaël me revenaient en mémoire : *Protège-les*. Risquai-je vraiment de leur nuire en voulant les retrouver comme le suggérait Tessier ?

— Je vais avoir du mal à suivre vos conseils.

— Je m'en doutais, vous m'avez l'air d'un homme déterminé. Mais il ne faudra plus compter sur moi à l'avenir. Si vous vouliez rendre publics certains aspects de cette histoire, sachez que je nierai tout en bloc. Je ne peux que vous mettre en garde une dernière fois : vous ne savez pas encore à qui vous avez affaire.

À quelques dizaines de mètres de nous, les bras tortueux du Gave se mêlaient bruyamment entre les rocs immuables. Tessier fit un pas sur le chemin rocailleux, leva les yeux vers les immenses sapins qui nous encerclaient, puis se retourna vers moi :

— N'oubliez pas une chose, monsieur Nimier : ces hommes-là n'ont de comptes à rendre à personne. À personne.

6.

Les toits du temple d'Asakusa brillaient sous une épaisse couche de neige et des flocons ronds comme des billes venaient se fondre dans les eaux moirées du fleuve.

Son regard se promena sur les courbes immaculées de la berge, sur les lignes harmonieuses des bâtiments du sanctuaire et sur les silhouettes s'affairant sur le pont. Il ne se lassait jamais de cette estampe d'Utagawa Hiroshige tirée des *Cent vues d'Edo* ; aucune d'ailleurs des œuvres de ce maître de l'art japonais ne le laissait indifférent. Ces estampes l'apaisaient tout en créant en lui une mélancolie délicieuse. Et pour l'instant, c'était bien d'apaisement dont il avait besoin. Il n'arrivait pas à chasser de son esprit l'information qu'on venait de lui transmettre et qui reposait encore sur son bureau. Cette simple nouvelle venait chambouler tous ses plans.

Il fit quelques pas dans la pièce et croisa son reflet dans le miroir qui ornait un pan du mur. Il fixa son image avant de s'en détourner rapidement : il ne supportait plus cet œil fixe et mort, résultat d'un accident dont il avait été victime dans sa jeunesse. À ce moment précis, son œil mutilé était pourtant le cadet de ses soucis. Des années de travail allaient peut-être s'en aller à vau-l'eau…

Il s'approcha de son bureau et jeta encore *un œil* à l'article de journal. Il se mit à relire attentivement chacun des mots, comme si quelque chose de décisif avait pu lui échapper.

TRAGIQUE ACCIDENT DE LA CIRCULATION DANS LE CENTRE DE NICE.

C'est hier soir, aux alentours de 19 h 30, qu'un piéton a été mortellement blessé par une BMW au début de l'avenue Félix Faure. D'après les témoins, le véhicule, qui roulait à très vive allure, n'aurait pas ralenti à l'approche des passages protégés. La victime, un homme d'une quarantaine d'années qui n'a pas encore été identifié, a été violemment percutée par la berline avant de heurter la chaussée. Très grièvement blessé, le piéton n'a pu être réanimé par les secours pourtant arrivés rapidement sur les lieux. Le conducteur de la BMW, un avocat du barreau de Nice, a été placé en garde-à-vue. D'après nos premières informations, les résultats de son test d'alcoolémie seraient négatifs. Les forces de l'ordre imputeraient l'accident à la « vitesse tout à fait excessive du conducteur » et lancent un appel à la population pour apporter toute information qui permettrait d'identifier la victime. Cette dernière porte au bras gauche un tatouage représentant un condor.

Il reposa l'article sur la table et poussa un profond soupir, encore incapable de croire que l'être le plus incroyable qu'il eût connu venait de lui filer une nouvelle fois entre les doigts.

7.

Nice.

Un flot de cithares et de pierres sonores envahit la salle d'étage du *Bai Mu Dan*, tandis qu'un serveur piteusement déguisé servait à la table de Justine et de Marc une théière d'*Aiguilles d'argent*. Remontant les manches de son Hanfu, il versa le liquide brûlant dans deux verres transparents qui laissèrent échapper une vapeur parfumée.

Le *Bai Mu Dan* était ce qu'on appelle communément un « bar à thés ». Justine avait toujours détesté cet endroit : un lieu vaguement branché où l'on vous déversait de façon continue de la musique planante en vous faisant payer quinze euros pour une demi-théière.

La carte devait proposer une bonne centaine de thés différents. Beaucoup portaient des noms érotiques et promettaient un effet aphrodisiaque : « Plaisir des sens », « Volupté » et même un thé « Jouissance ». Justine avait fait son choix moins par goût que par défaut, éliminant systématiquement les thés à connotation sexuelle.

— Je trouve cet endroit bidon, dit-elle après que le serveur se fut éloigné.

— Je te rappelle que c'est toi qui m'as invité ici…

C'est vrai qu'elle avait proposé ce lieu sur un simple coup de tête.

— Tu savais que dans l'Antiquité, nota Justine, le thé se servait sous forme de gâteau de feuilles écrasées, bouillies, avec du riz et des écorces d'oranges ? Ce n'est que très tardivement que les Chinois ont eu l'idée de le préparer en infusion.

Qu'est-ce que tu racontes, ma pauvre fille ?

— Je présume que tu ne m'as pas donné rendez-vous pour me faire un historique du thé dans la Chine ancienne. Je croyais que tu avais quelque chose d'important à me dire.

Il était rare que Marc la rembarre de cette manière, mais il était d'humeur chagrine. Il est vrai que Justine se montrait changeante dans ses rapports avec son collègue. Parfois, elle ne lui adressait aucun mot amical de toute la journée, se limitant à parler avec lui des enquêtes en cours, mais elle pouvait faire preuve aussi d'une familiarité déconcertante. Dès qu'il avait eu son appel, il n'avait pu s'empêcher de rêver à un vrai rendez-vous, sans rapport avec le boulot, mais la légèreté dont elle faisait preuve commençait à ruiner son espoir. Il avait envie de lui faire sentir à son tour son irritation.

— Savais-tu, reprit Marc en la parodiant, que le thé *Aiguilles d'argent* est exclusivement composé de bourgeons argentés et qu'avec son goût de raisin mûr, il ne peut être égalé dans sa finesse par aucun autre thé ?

Justine éclata d'un rire sonore. C'était tout Marc : il était capable par un trait d'humour de renverser la situation à son avantage.

— J'ignorais que tu étais aussi un spécialiste du thé. Où as-tu appris tout ça ?

— Dans la carte que j'ai sous les yeux, fit-il bougon en la désignant du menton.

Justine repartit dans un fou rire puis se calma lorsqu'elle vit les regards se tourner dans leur direction.

— Je sais que je suis parfois chiante…

— Ah bon ?

— Mais cette enquête m'a mise sur les nerfs.

Marc Monteiro leva les yeux au plafond mais garda le silence.

— Quoi ? fit Justine.

— Je n'ai pas ouvert la bouche !

— Non, mais tu penses trop fort.

— Ça n'a rien à voir avec Cordero, toutes les enquêtes te mettent sur les nerfs.

— Bon, OK. Revenons à notre affaire, si tu veux bien. J'ai du nouveau…

Depuis son entrevue avec madame Laurens, quelques heures auparavant, les informations se bousculaient dans son esprit, mais elle ne voulait pas y penser pour le moment.

Elle avait hésité avant de donner rendez-vous à Marc. Indépendante comme elle l'était, elle avait d'abord pensé tout garder pour elle, du moins dans l'immédiat. Cette enquête était en train de prendre un tour exceptionnel, elle en était certaine. Si Justine était fière d'une chose, c'était d'avoir compris que Sébastien Cordero n'avait été que la victime d'une erreur. Et son intuition avait payé, car la mère de Stéphane lui avait livré des informations qui éclairaient l'affaire d'un jour nouveau. Justine était sur le point de prendre une décision grave qui pouvait remettre en cause sa carrière si les choses tournaient mal. Elle savait que si elle révélait tout ce qu'elle avait appris à Marc, celui-ci la dissuaderait d'agir sur un coup de tête.

— Je vais devoir m'absenter pendant deux ou trois jours…

— Ah bon, tu as l'intention de partir en vacances ? demanda-t-il avec dérision.

— Pas tout à fait. Disons que j'ai appris des choses ce soir en interrogeant un témoin…

— Quand as-tu interrogé ce témoin ? On a été ensemble presque tout le temps…

— Peu importe. J'ai appris des choses qui donnent une nouvelle tournure à cette enquête, mais je ne peux pas entrer dans les détails pour l'instant.

— Tu plaisantes ? Je te rappelle qu'on est censé être coéquipiers, rendre des rapports à nos supérieurs, et autres fadaises de ce genre…

— Je ne ferai pas de rapport là-dessus.

— Mais qu'est-ce que tu racontes ? Tu as pété les plombs ou quoi ?

— J'ai peur de t'en dire trop ou pas assez.

— Mais tu ne m'as encore rien dit ! Tu es en train de te foutre de moi, c'est ça ?

— Est-ce que tu me fais confiance ?

— Bien sûr. Tu ne l'as pas encore compris depuis toutes ces années ?

— On s'est planté de bout en bout dans cette affaire.

— Admettons : j'écoute l'oracle…

Justine entreprit de lui résumer rapidement une partie de ce qu'elle avait découvert : la victime n'était pas la bonne, il y avait eu méprise. Elle lui parla aussi de sa visite chez les Laurens et du départ brutal de son fils.

— Attends un peu, je ne suis pas sûr de bien comprendre. Stéphane Laurens a disparu ?

— Non, pas vraiment, il est parti pour quelques jours.

— Parti pour quoi faire ?

— Son père vient de mourir : il se rend à son enterrement.

Justine préféra passer sous silence le fait qu'il avait été assassiné. Elle avait pensé que mentionner cette information rendrait son récit encore plus confus.

— Et tu comptes garder tout ça pour toi ? Mais tu es en plein délire !

— Pour l'instant, ce gamin est certainement en danger. Mon but, c'est de le retrouver, de le ramener et de le mettre en sécurité. Si on dévoile ce que j'ai découvert, on risque d'attirer l'attention sur lui. Pour des raisons que je ne peux pas t'exposer, il ne faut pas que la police soit mêlée à cette affaire.

— Mais *tu* es la police.

— Ne fais pas ton mariole, ce n'est pas toi qui vas me débiter un laïus sur les devoirs du bon flic. Tout ce que je te demande, c'est de me laisser deux ou trois jours.

— Je ne te suivrai pas sur ce terrain-là. Ton boulot est de faire avancer cette enquête, pas de dissimuler de telles informations. Je crois que tu files un mauvais coton…

Cette expression désuète avait quelque chose de charmant et d'insolite dans la bouche de Marc.

— Je viens de demander un congé spécial au patron. J'ai prétexté que ma mère était au plus mal et que je devais être à ses côtés. Il m'a à la bonne et je n'ai jamais manqué un jour de boulot.

Ça, Marc le savait bien. En fait, même lorsqu'elle était vraiment malade, Justine détestait rester chez elle et tourner en rond.

— Cette conversation devra rester entre nous, Marc. Tu n'auras qu'à faire comme si elle n'avait jamais eu lieu.

— Mais pourquoi te confier à moi alors, si c'est pour me cacher l'essentiel et me demander de ne plus me mêler de cette affaire ?

— Je t'ai parlé par loyauté. Et puis, on va dire que je suis assez cinglée pour partir seule à la recherche de ce gamin, mais pas assez pour n'avertir personne de ce que je vais faire.

— Pour moi, tu es tout simplement *trop* cinglée, conclut Marc.

***

Quelques tasses de *Yin Zhen* plus tard, Justine et Marc marchaient dans les rues du vieux Nice. Ils débouchèrent sur la place de la cathédrale Sainte-Réparate dont la façade ocre ressortait sous l'éclairage tamisé des lampadaires. Justine sortit une de ses cigarettes mentholées que Marc trouvait infectes.

— Tu es garé où ? demanda-t-elle.

— Sur Jean Jaurès. Tu es en voiture ?

— Non, je suis venue à pied. De toute manière, on ne trouve jamais à se garer.

— Tu veux que je te raccompagne ?

— Pas la peine, j'en ai pour dix minutes.

— Mais je peux aussi te raccompagner à pied, ajouta Marc avec un sourire.

— D'accord.

Durant le trajet, ils n'échangèrent pratiquement aucune parole. Justine n'arrêtait pas de passer en revue tout ce qu'elle avait appris. La mère de Stéphane avait été étonnamment prolixe, après ses réticences du début. Elle avait dû sentir que le lieutenant pourrait lui être d'une aide précieuse dans la protection de son fils. Justine avait encore du mal à croire à ses révélations. C'était inimaginable !

— C'est celui-là, n'est-ce pas ?

— Hein ? fit Justine l'esprit encore ailleurs.

— Ton immeuble, c'est bien celui-là ?

— Ah oui, c'est ici.

Il est vrai que Marc n'était pas un habitué des lieux. En fait, elle ne se souvenait pas qu'il fût jamais monté dans son appartement.

— Tu es vraiment sûre de vouloir commettre une telle

connerie ? Tu sais que si on apprend que tu as caché des preuves et que tu es partie seule chercher ce gamin, tu risques gros, très gros.

— Je suis têtue et surtout, je compte sur toi pour garder notre secret.

— Bien, je vais te laisser maintenant, il vaut mieux que tu sois en forme demain.

— Merci.

Les contacts physiques entre les deux flics étaient rares, voire exceptionnels. Mais Justine se rendait compte qu'elle ne s'était pas montrée particulièrement sympathique avec son coéquipier et qu'elle lui en demandait beaucoup. Aussi, pour se faire pardonner, elle lui déposa un fugace baiser sur la joue.

Il fut légèrement décontenancé et la regarda d'un œil un peu sévère, persuadé qu'elle se moquait encore de lui. Puis, sans se préoccuper des conséquences, il se pencha sur elle et déposa un vrai baiser sur ses lèvres.

Et Justine ne le repoussa pas.

Depuis le temps, elle avait pensé que Marc ne tenterait plus rien. Pourtant, elle n'eut ni la force ni l'envie de l'arrêter. Elle aima immédiatement la chaleur de ses lèvres et regretta d'avoir fumé quelques minutes plus tôt, de ne pas avoir une haleine irréprochable. Elle ne craignait à présent qu'une chose : qu'il se mette à bredouiller des excuses maladroites. Il n'avait qu'à assumer son geste, bon sang !

Mais lorsque leur baiser prit fin, il fallut bien qu'ils se retrouvent l'un en face de l'autre, ne sachant pas quoi faire ou quoi dire. Justine ne voulait pas voir le silence s'installer entre eux. Fatiguée de ne jamais baisser la garde, elle refusa qu'une gêne stupide gâche ce moment d'intimité, le seul qu'ils aient jamais vraiment partagé. Alors elle le prit par la main et se contenta de lui dire :

— Viens !

8.

Stéphane Laurens sortit vaguement de sa somnolence. La batterie de son iPod était déchargée et le solo de Marc Knopfler fut brutalement interrompu, quelques secondes avant le formidable riff final de *Sultans of swing*. Le roulement monotone et saccadé du train lui donnait la nausée. Il savait d'avance qu'il ne pourrait pas fermer l'œil : les trajets de nuit avaient toujours été un calvaire. Il souffrait depuis l'enfance d'un problème d'oreille interne qui lui faisait perdre l'équilibre et lui rendait pénibles les voyages en train et en voiture. Allongé sur sa couchette, il avait l'impression d'entendre au creux de son oreille un bourdonnement de mouches sales. Ce bruit devenait de plus en plus insupportable depuis qu'il ne pouvait plus écouter de musique. Il descendit de sa banquette et, à la seule lumière de la veilleuse, sortit dans le couloir. La vitre du train lui renvoya son image : un reflet sombre qui se mêlait aux ténèbres du dehors. Il y colla son front et essaya de distinguer plus précisément l'extérieur. Les lumières éclairant les voies venaient à intervalles réguliers aveugler les vitres du train et rendre plus confuse encore la perception du paysage.

Stéphane fouilla dans les poches de sa veste en jean et

en sortit son paquet de cigarettes. Il jeta un œil autour de lui : il ne voulait pas se faire verbaliser, mais il n'y avait personne à l'exception d'une adolescente à peine plus jeune que lui, les écouteurs vissés aux oreilles. Stéphane alluma sa cigarette et la bouffée qui envahit ses poumons lui donna une sorte d'étourdissement.

Il se sentait vide. Comme une citerne dont on aurait ouvert la vanne et qui aurait évacué en quelques minutes ses milliers de litres d'eau. Parfois, il éprouvait au contraire un trop-plein : tout se bousculait dans sa tête et dans son corps même. Il croyait ressentir au fond de ses veines un bouillonnement mystérieux qui ne demandait qu'à sortir, une lave en fusion emprisonnée dans une chambre magmatique obscure. Les autres ne pouvaient pas comprendre et Stéphane le savait bien. Ils vivaient insouciants, incapables d'aller au-delà des apparences, au-delà de leur conscience, de franchir la limite qui séparait le possible de l'incroyable. Ils étaient prisonniers d'un quotidien pathétique, d'un matérialisme aberrant.

Pourtant, Stéphane rêvait parfois de se sentir comme eux. Il aurait aimé se fondre dans la masse. Tant de gens rêvaient d'être exceptionnels, doués de dons incroyables. L'humanité n'était plus faite que de ça... Même le petit quart d'heure de célébrité de Warhol ne leur suffisait plus. Ils voulaient qu'on les remarque : passer à la télé, faire la une des magazines, sentir la foule ne vibrer que pour eux. Même sans l'once d'un talent, ils désiraient être vus et admirés. S'il l'avait souhaité, Stéphane aurait pu faire la une des journaux du monde entier. Il se savait unique, mais cela ne l'avait jamais rendu heureux. N'être plus menacé par personne, ne pas se sentir traqué, ne plus jouer aucun rôle étaient des bonheurs hors de sa portée.

Au lieu de quoi il voyageait seul dans ce minable train de nuit, démuni. Ce n'était pas une question de fatigue. Il n'avait besoin ni de sommeil ni de repos. Non, sa lave intérieure ne bouillonnait plus, la *chose* s'était retirée dans une cavité inaccessible.

— T'aurais une clope ?

Stéphane se tourna vers l'adolescente qui n'avait pas éteint son lecteur : on entendait vaguement les délires d'un morceau de Heavy Metal. Elle portait un tee-shirt hideux sur lequel s'étalait en lettres de sang l'inscription *Ted Bundy is dead* juste au-dessus du visage souriant du serial killer américain. Il lui tendit son paquet sans prononcer le moindre mot.

— *Cimer*, dit-elle en s'éloignant.

Stéphane la regarda à la dérobée pour être sûr qu'elle n'allait pas chercher à lui faire la conversation. Il voulait être seul, plus que jamais.

Il repensa aux derniers jours écoulés. Bizarrement, la première chose qui lui vint à l'esprit fut le visage du lieutenant Néraudeau. Il revoyait son teint cuivré, ses cheveux noir corbeau, ses dents de porcelaine. Il avait rêvé d'elle la nuit suivant leur rencontre, un rêve d'une banalité déconcertante. Il était toujours frappé par la pauvreté de ses univers oniriques, alors qu'il était capable de tant de choses par la seule force de son esprit.

Le lieutenant Néraudeau. *Justine*. Il connaissait même son prénom. Il l'avait lu sur la carte qu'elle lui avait tendue au début de leur entretien. C'était étrange cette manière qu'elle avait eue d'exhiber sa carte professionnelle, comme si elle voulait d'emblée se donner une légitimité et prendre l'ascendant sur lui. Il avait lu dans son regard un certain manque d'assurance qu'elle devait camoufler quotidiennement derrière sa dureté et sa froideur. Les gens ne devaient y voir que du feu, mais lui était capable de lire au-delà des faux-semblants. Elle avait bien résisté cependant et il n'avait pu lui arracher tout ce qu'il aurait voulu.

Elle l'avait même un peu déstabilisé, vexé aussi pour tout dire. Il n'avait pas été aussi percutant et crédible qu'il l'avait imaginé. Il avait bien essayé de l'aiguiller vers « la piste Carella », mais il s'était senti maladroit, sans doute trop démonstratif. Carella ! Celui-là, il n'avait jamais pu le sentir. Il avait rarement rencontré un type aussi méprisable, aussi n'avait-il eu aucun scrupule à lui créer des ennuis. Il préféra détourner son esprit de cet être sans intérêt.

Mais surtout, il avait réussi à inciter Sandrine Decorte à contacter Néraudeau. Stéphane savait que Sandrine avait un faible pour lui. Elle devait, comme beaucoup, le trouver mystérieux, différent des garçons sûrs d'eux-mêmes qu'on rencontrait en classes prépas. Stéphane, lui, ne se mettait jamais en avant ; il avait cette modestie et cette discrétion propres aux êtres exceptionnels. Sandrine avait eu confiance en lui : très vite, un soir où ils prenaient un café ensemble près du lycée, elle lui avait confié ce que Carella avait fait subir à Aurélie Donatien au début de l'année. En définitive, cette histoire de viol était tombée à pic pour orienter les soupçons vers lui.

Ses pensées le ramenèrent à ce vendredi soir qui avait réveillé tant d'histoires anciennes. Le drame s'était passé seulement deux jours auparavant et il avait pourtant l'impression qu'une éternité l'en séparait – effet d'une étrange déformation de l'écoulement du temps.

Il se revoyait encore dans le gymnase du lycée Masséna, sous les puissants néons, se défoulant sur les sacs de frappe. Il était arrivé un peu avant 18 heures. Il s'entraînait tous les vendredis car il aimait bien se fixer des repères dans la semaine, cela le rassurait. Mais ce soir-là, il était arrivé un peu plus tard que d'habitude à cause d'une colle qui l'avait retenu. Il s'était dépensé une bonne heure dans la salle – haltères, sacs de frappe, punching-ball –, avec rigueur et endurance. À son arrivée, une certaine agitation régnait encore dans le gymnase. L'équipe de volley terminait son match et quelques étudiants avaient traîné encore une demi-heure.

Sébastien Cordero, qui était arrivé avant lui, était resté plus longtemps que les autres. Stéphane n'avait jamais entretenu avec lui de rapports vraiment amicaux, mais il lui arrivait de le croiser à l'entraînement et il ne rechignait pas à discuter avec lui. Cordero était un garçon intelligent, ni frimeur ni baratineur. Il avait une vraie prédilection pour la boxe et les deux adolescents avaient discuté des derniers matches qu'ils avaient pu suivre. Ensuite, Sébastien était parti se doucher.

— Salut Laurens, à la prochaine…

— Je ne vais pas tarder moi non plus, avait répondu Stéphane en continuant le va-et-vient de ses coups puissants.

Comme toujours, il s'était intensément dépensé. Il était presque à bout de force mais aimait bien repousser ses limites jusqu'au bord de l'épuisement. C'était pour lui plus qu'un simple exercice physique, la victoire de l'esprit sur le corps. Il avait la sensation que son enveloppe charnelle s'était évanouie. Il frappa et frappa sans relâche jusqu'à ce que ses forces l'abandonnent. Mais il savait qu'*on* l'observait. Depuis plusieurs minutes déjà, il avait repéré une présence. Au début, il n'avait pas éprouvé de peur pour sa propre personne mais parce qu'il sentait la *chose* s'éveiller en lui.

Celui qui l'épiait était tapi dans l'ombre, à l'entrée du gymnase mais IL avait beau se cacher, Stéphane le ressentait jusque dans ses veines. Il devinait l'hostilité et la malveillance comme un animal traqué flaire l'approche de la meute. Il ne perdait cependant jamais son sang-froid. Il retira ses gants de boxe, s'essuya le front et se dirigea vers les vestiaires sans rien laisser paraître d'inhabituel dans son comportement. Son cœur pourtant battait à tout rompre. Dès qu'il fut hors de vue, il accéléra le pas dans le couloir et pénétra dans le vestiaire des garçons. Sur un banc, il vit ses propres vêtements et ceux de Sébastien à côté. Il entendait l'eau couler à flots dans les douches.

Il se hâta de rassembler ses affaires, les mit en boule dans son sac de sport et sortit de la pièce. Son calme ne le quitta pas, mais il ne savait quelle décision prendre. C'est alors qu'il le sentit à nouveau proche de lui. IL venait dans sa direction. Il lui fallait agir, maintenant. Le couloir, à l'exception des douches des garçons et des filles, menait dans une impasse. Il y avait bien un débarras au fond mais il était toujours fermé à clef. Il n'avait pas le choix : il pénétra dans l'autre vestiaire totalement vide. Dans un renfoncement, il repéra une grande armoire métallique derrière laquelle il se cacha. Tous ses sens étaient en éveil. Il lui semblait entendre *ses* pas résonner à son oreille.

Sans doute était-IL entré discrètement dans le vestiaire des garçons et n'y avait-il trouvé que Cordero. Stéphane ferma les yeux et une image terrifiante de son adversaire s'imposa à lui : la bête hargneuse, le minotaure était là, prêt à charger et à vous éventrer d'un coup de cornes.

Stéphane sentit l'homme s'éloigner. IL n'était resté que quelques secondes. Ce n'est que par la suite qu'il avait saisi le déroulement des faits et compris que l'inconnu avait commis une méprise. Une fois dans les vestiaires, IL avait dû remarquer les affaires qui traînaient sur le banc et avait pris Sébastien Cordero qui se douchait pour lui-même. Ce n'est qu'a posteriori que Stéphane avait noté sa ressemblance physique avec son camarade… même taille, même stature, même couleur de cheveux. De plus, l'homme devait ignorer que Stéphane n'était pas seul dans le gymnase et il était ressorti attendre sa victime au-dehors, jugeant, dieu sait pourquoi, l'endroit plus approprié. La suite, l'adolescent la connaissait avec certitude parce qu'il l'avait *vue* de ses yeux.

Il était 19 h10. Cordero était sorti des vestiaires, peut-être étonné de ne plus voir le moindre signe de la présence de Stéphane. Ce dernier avait attendu deux ou trois minutes avant de quitter le gymnase à son tour. À peine eut-il mis un pied dehors qu'il assista à la scène. À une vingtaine de mètres, sur la coursive supérieure qui menait à la salle de restauration ainsi qu'à l'entrée principale du lycée, il les vit tous deux : Sébastien et la silhouette mystérieuse qui l'avait épié. Tout se déroula avec une rapidité déconcertante. Stéphane crut voir une lame briller dans la nuit, comme le reflet sur la vitre d'un immeuble qui vous éblouit l'espace d'une seconde. Puis l'ombre asséna deux coups, dont le second fut d'une violence fulgurante. Sans attendre, elle projeta le garçon par-dessus la rambarde et le corps fit un bruit sourd en s'écrasant au sol. Même s'il l'avait voulu, Stéphane n'aurait rien pu entreprendre. À ce moment, une seule chose fut claire dans son esprit : après toutes ces années, *ils* avaient fini par le retrouver.

La sirène du train poussa un hurlement caverneux qui ramena Stéphane à la pénible danse des wagons et aux bourdons qui n'étaient pas prêts de cesser leur sinistre et obsédante musique.

9.

Le saxophone éraillé de Joshua Redman emplissait l'habitacle de la voiture. Les notes stridentes du musicien semblaient se télescoper dans un ballet chaotique. Justine roulait depuis plus de six heures. Le trajet avait été long mais le lieutenant ne ressentait pas de fatigue démesurée. Elle était partie très tôt de Nice et n'avait pas quitté l'autoroute. Si tout allait bien, elle serait dans moins d'une heure à Cauterets.

Durant tout le trajet, elle avait essayé de ne pas penser à Marc et à la soirée de la veille. Elle ne voulait pas avoir à envisager un futur pour le moment. Le but qu'elle s'était donné devait prévaloir sur tout le reste. Pourtant, le visage de son coéquipier lui revenait sans cesse en mémoire. Elle avait beau tenter de fixer son attention sur autre chose, rien n'y faisait.

Ils avaient fait l'amour à même le canapé, sans prendre la peine de se rendre dans la chambre. Il l'avait déshabillée avec une rapidité et une ardeur surprenantes, et à aucun moment elle ne lui avait demandé de ralentir la cadence. Elle lui avait à son tour enlevé ses habits avec la même impatience. Marc était d'une constitution robuste. Elle savait qu'il s'entraînait comme elle presque quotidiennement, et cela se voyait aux muscles de son torse et de sa ceinture abdominale. Ils n'avaient pas éteint la lampe halogène et voir pour la première fois leurs corps nus dans la lumière crue fut une expérience troublante.

Après, ils s'étaient allongés côte à côte et étaient demeurés un instant silencieux. Il avait parlé le premier :

— Je ne sais plus quel écrivain a dit : *Après l'amour, le premier qui parle dit toujours une bêtise.*

— Je ne trouve pas que ce que tu viens de dire soit une bêtise, avait-elle répondu avec un sourire et en se demandant s'il sortait cette citation littéraire à toutes les femmes avec lesquelles il couchait.

Justine chassa ces images qui l'empêchaient de se concentrer. Elle ne devait penser qu'à son affaire. Le principal problème auquel elle se heurtait, c'est qu'elle ignorait où se trouvait précisément Stéphane. Sa mère elle-même ne savait pas où il résiderait à Cauterets. Il était le seul à pouvoir la contacter à partir d'une cabine téléphonique, pour ne prendre aucun risque avec le portable. L'heure de l'enterrement du père de Stéphane était le seul renseignement précis dont elle disposât. Elle devait donc se résoudre à attendre le lendemain pour pouvoir retrouver l'adolescent. Encore devait-elle espérer qu'il se pointerait bien aux funérailles. D'ailleurs, que ferait-elle lorsqu'elle aurait réussi à lui mettre la main dessus ? Un risque de plus pour elle qui était censée être au chevet de sa « vieille mère »…

Lorsqu'elle eut passé Lourdes, elle ne mit pas plus d'une demi-heure pour rejoindre la station pyrénéenne. Elle traversa plusieurs petites bourgades au charme discret, puis s'engagea sur l'interminable route en lacets qui serpentait dans la montagne. Plus elle grimpait, plus le brouillard, qu'elle n'avait pas remarqué tout d'abord, devenait épais. Au bout d'un petit quart d'heure d'un slalom qui lui donna la nausée, elle entra dans le village. Celui-ci était lové au pied des montagnes encore enneigées qui formaient autour de lui un cercle rassurant.

Justine passa devant la vieille gare de Cauterets que les trains avaient désertée depuis cinquante ans et qui avait été classée monument historique. Le bâtiment, entièrement construit en bois, semblait tout droit sorti d'une carte postale du début du siècle.

Elle gara sa voiture sur le parking principal, devant la patinoire, l'un des édifices les plus récents, mais aussi le plus laid de Cauterets. Le matin même, profitant d'un arrêt sur une aire d'autoroute, elle avait réservé une chambre dans un hôtel. En cette période hors saison, il aurait suffi, à lui seul, à loger la totalité des touristes présents dans la station.

La chambre de Justine était modeste et simplement décorée, mais elle offrait une vue exceptionnelle sur les sommets et sur le Gave qui traversait la ville de part en part. La première chose dont elle eut envie fut de passer sous la douche. Elle resta presque une demi-heure sous le jet brûlant, s'abandonnant à la moiteur qui avait envahi la cabine.

Malgré la fatigue et la douche qui avait amolli ses membres, elle résista à la tentation de s'allonger. Elle craignait trop de s'endormir pour de bon et de passer la fin de l'après-midi dans sa chambre. Elle sortit.

Justine était résolument urbaine. Elle n'avait jamais pratiqué les marches en montagne : son entraînement se limitait au rameur d'appartement et aux joggings le long de la Promenade des Anglais. Aussi, cette soudaine immersion dans un univers nouveau créa en elle une sorte de vertige. Elle marcha le long du torrent et, le suivant à contre-courant, se retrouva en quelques minutes en pleine nature. Elle emprunta un petit chemin pédestre qui la mena dans une immense futaie. Ayant pris un peu d'altitude, elle aperçut au détour d'un lacet la ville en contrebas qui semblait déjà moins réelle.

Aurait-elle imaginé seulement deux jours plus tôt qu'elle quitterait Nice, presque sur un coup de tête, pour se retrouver à plus de mille kilomètres de son lieu de travail ?

Justine inspira profondément. L'air était chargé d'une odeur presque âcre d'humus et de feuilles. Elle leva la tête et son regard se perdit dans les branches des bouleaux et des hêtres qui formaient au-dessus d'elle une voûte protectrice.

Elle savait à présent qu'il ne lui restait plus qu'une seule chose à faire… Attendre.

10.

Cauterets.

Quelques heures seulement et Raphaël serait porté en terre.

D'une certaine manière, j'avais l'impression de lui avoir déjà dit adieu. J'avais décidé de passer les derniers moments avant les funérailles totalement seul, pour faire le point, ou peut-être le vide. Les révélations de Tessier avaient radicalement modifié ma vision de l'affaire. La vie de Julia, les pouvoirs d'Alexandre, leur fuite… Son récit était à peine croyable et je n'avais aucune preuve matérielle confirmant ses propos. Pourtant, j'étais certain qu'il m'avait dit la vérité : tout concordait parfaitement. Mais j'ignorais toujours où se trouvaient Julia et Alexandre.

Si le scientifique avait voulu alléger sa conscience, il m'avait en revanche clairement prévenu qu'il ne m'aiderait pas à faire éclater l'histoire au grand jour. Un instant, j'avais même envisagé de suivre son conseil et de tout laisser tomber. Maintenant que mon frère n'était plus là, à quoi bon remuer le passé en prenant, de plus, le risque de nuire à mon neveu et à sa mère ? Qu'est-ce qui me permettait de penser que je pourrais leur être d'un quelconque secours ? Car tout portait à croire que Camille et moi étions sous surveillance et que ma voiture avait été sabotée. Les hommes qui avaient attenté à ma vie ignoraient cependant une chose : j'en savais maintenant beaucoup plus qu'ils ne le pensaient.

***

En près de quarante années d'existence et aussi incroyable que cela puisse paraître, je n'avais assisté qu'à un seul enterrement. Et ce n'était pas celui d'une grand-mère ou d'une arrière-grand-tante octogénaire. Non, j'avais assisté à la mise en terre d'un adolescent de seize ans qui s'appelait Jérôme. À cet âge, mourir est toujours une anomalie, quelle que soit la cause de la mort. Jérôme, lui, s'était fait écraser par un train sans qu'on ait jamais su ce qui s'était vraiment passé. Était-ce un jeu qui avait mal tourné ? s'était-il suicidé ? l'avait-on poussé ? Toutes les hypothèses avaient eu leur heure de gloire au lycée. Les rumeurs les plus folles avaient couru sur les circonstances de sa mort et chacun prétendait détenir *la* vérité. En réalité, la seule chose que nous savions avec certitude, c'est que son corps avait été retrouvé sur une ligne ferroviaire longeant un terrain vague.

Mon père m'avait interdit d'assister à l'enterrement de Jérôme. Il trouvait toute cette histoire malsaine. Comme si la mort d'un garçon qui avait le même âge que son fils pouvait avoir quoi que ce soit de honteux. J'avais naturellement enfreint son interdiction. Il se préoccupait de toute manière si peu de mon frère et de moi, qu'il n'avait même pas remarqué notre absence cet après-midi-là.

Raphaël aussi était mort d'une façon peu commune. C'était le seul point commun que je pouvais trouver entre ces deux enterrements.

J'eus du mal à trouver dans ma penderie une tenue appropriée pour les funérailles. Camille finit par mettre la main sur un pantalon sombre qui pourrait faire l'affaire, puis elle dégota une veste et une cravate dans l'armoire de Raphaël. Ainsi, c'est dans les habits de mon frère que j'assistai à son enterrement.

La bénédiction me glissa dessus sans m'atteindre. J'avais toujours eu cette étrange impression que dans toutes les cérémonies – mariage, enterrement, baptême –, le prêtre sortait les mêmes banalités et lisait les mêmes textes bibliques tant de fois rebattus.

Le corps fut transporté dans un de ces affreux véhicules endeuillés, un break noir aux vitres fumées. Toute l'assistance suivit à pied puisqu'on pouvait rejoindre le cimetière en moins de cinq minutes. Bien sûr, je connaissais la plupart des gens présents. Seuls un ou deux visages m'étaient inconnus, notamment celui d'une jeune femme à la peau hâlée et à la chevelure sombre qui resta en retrait, comme si elle n'avait pas vraiment été conviée à la cérémonie.

Tandis qu'on descendait le cercueil, l'assistance autour de moi devint floue et je crus un instant me sentir mal. Je ne distinguais plus que les montagnes au loin et le ciel redevenu clair. Mon regard se perdit sur les arbres sombres et suivit le flanc de la colline qui descendait jusqu'à la partie supérieure du cimetière. C'est à ce moment que je le vis.

Il devait être là depuis un moment déjà, même si je ne l'avais pas remarqué. Il était en partie dissimulé derrière un des murets qui séparaient les différentes terrasses du cimetière et semblait observer la scène avec intérêt.

L'adolescent, grand et de carrure assez large, devait avoir 17 ou 18 ans. Je crois que je compris qui il était à la seconde où mes yeux se posèrent sur lui. Tout concordait : son âge, sa présence au cimetière, sa peur de paraître en public. Si mon intuition était bonne, je ne devais laisser passer cette occasion sous aucun prétexte. Après tout, même s'il avait disparu durant plusieurs années, il pouvait sembler logique qu'Alexandre ait voulu assister à l'enterrement de son père. Comment il avait su pour sa mort, cela je l'ignorais.

Je crois qu'au fond, au-delà de l'enquête et de la mort de Raphaël, j'avais une envie folle de connaître mon neveu… lui parler, rattraper les années qui nous avaient séparés. Je secouai l'avant-bras de Camille qui se tenait juste à côté de moi. Elle avait la même expression que le jour où elle avait franchi la porte du magasin pour m'annoncer qu'on venait de retrouver Raphaël. Elle se tourna vers moi en affichant un regard interrogateur.

— Ne t'inquiète pas, murmurai-je en me penchant vers elle, je m'absente un moment, j'ai quelque chose de très important à faire.

Elle dut à peine comprendre le sens de mes paroles. Je m'éclipsai avec le maximum de discrétion, sortis par le petit portail de fer et longeai le mur extérieur du cimetière en suivant le chemin qu'avait emprunté le véhicule des pompes funèbres. Ainsi, je demeurerais invisible le plus longtemps possible et pourrais prendre le garçon à revers. Je fis le tour et arrivai sur la partie la plus élevée du cimetière. De là, je pouvais facilement analyser la situation. L'adolescent n'avait pas bougé d'un iota depuis tout à l'heure. Il était caché derrière un monument funéraire gris et prétentieux. En prenant le petit escalier de pierres sur ma gauche, je pourrais lui barrer la route s'il avait dans l'idée de s'enfuir. Je descendis lentement. Le garçon n'avait toujours pas remarqué ma présence. Pourtant, lorsque j'atteignis le gravier, mes pas crissèrent et il se retourna d'un geste brusque, comme un animal débusqué.

Aussitôt qu'il me vit, il démarra en trombe.

— Merde.

Il courut comme un dératé vers le mur d'enceinte et je crus une seconde qu'il était piégé. Mais il prit son élan et, avec une agilité surprenante, réussit de justesse à prendre appui sur le rebord du mur pourtant relativement élevé. Il se hissa sans effort et passa de l'autre côté. Je lâchai un cri de rage.

Je pris à mon tour un maximum d'élan et parvins à atteindre l'extrémité du mur, non sans m'écorcher douloureusement les mains au passage. Me hisser fut moins difficile que je ne l'avais craint, si bien que je pris peu de retard sur Alexandre. Je le vis en contrebas, parmi les herbes, descendre le champ en friche qui jouxtait le cimetière. Sans perdre un instant, je m'élançai à sa poursuite. Vu l'allure à laquelle il courait, je risquais de le perdre très rapidement.

C'est alors que le sort joua en ma faveur. Le terrain qu'il arpentait à toute vitesse était très pentu mais encombré de broussailles qui gênaient sa progression. Alors qu'il était presque arrivé en bas de la pente, le garçon fut déséquilibré et s'écrasa lourdement sur le sol. C'était ma dernière chance. J'accélérai mon allure en essayant de faire abstraction de mes chaussures qui me meurtrissaient les pieds et de ma douleur au genou qui venait de se réveiller. Plus que quelques secondes et je l'aurai rejoint. Malheureusement, Alexandre venait de se relever et semblait déjà prêt à repartir.

Dans un ultime effort, je me jetai sur lui pour le plaquer à terre. J'aurais naturellement préféré une méthode moins expéditive, mais je n'avais pas le choix. Nous nous écrasâmes sur un sol rugueux et la chute dut être aussi déplaisante pour lui que pour moi. Mais il ne semblait pas décidé à se laisser faire et il commença à se débattre énergiquement avec les jambes et les poings. Je tentai de l'immobiliser.

— Calme-toi, bon sang, je vais te lâcher.

Il lutta encore quelques secondes pour la forme, puis s'arrêta. Je relâchai légèrement la pression tout en gardant le contrôle sur lui au cas où il aurait décidé de repartir.

— Désolé, lui dis-je, mais je n'avais pas le choix. Tu sais que tu me fais faire des trucs qui ne sont plus de mon âge ?

L'adolescent me regarda de son regard d'extraterrestre. Ce n'est que lorsque je pus le fixer dans les yeux que je sus avec certitude qu'il s'agissait bien d'Alexandre. C'étaient exactement les mêmes que ceux de Raphaël et cette ressemblance parfaite créa un certain trouble en moi.

— Tu sais qui je suis, n'est-ce pas ?

À nouveau, il garda le silence mais acquiesça de la tête.

— Bon, à partir de maintenant, tu ne vas plus me quitter d'une semelle, compris ?

11.

Debout au fond de l'église, vaguement dissimulée derrière un pilier du narthex, Justine observait l'assistance. Il y avait foule, sans doute plus qu'elle ne l'aurait imaginé, même si elle s'était bien doutée que, dans un village comme Cauterets, tout le monde devait se connaître.

Elle n'avait pas d'autre choix que de rester très discrète, car si Stéphane repérait sa présence, elle risquait de ne jamais lui remettre la main dessus. Le prêtre s'attarda longuement sur les circonstances affreuses de la mort de Raphaël Nimier avant d'attaquer son sermon. Il y avait peu de chance que le gamin se montre dans cette marée humaine. Justine avait un sens de l'observation plutôt développé et, malgré le monde, elle l'aurait déjà repéré. Peut-être était-il resté à l'extérieur, peut-être avait-il décidé au dernier moment de ne pas venir. Si le garçon avait eu sa mère au téléphone, celle-ci l'avait sans doute prévenu que le lieutenant connaissait tout de leurs secrets.

L'office fut un peu trop long et Justine décida de sortir sur le parvis pour y jeter un œil. Malheureusement, elle ne vit pas de trace de l'adolescent.

Stéphane ne se pointa pas davantage au cimetière.

Aux premières loges, Justine remarqua un homme au costume noir trop grand pour lui, que le prêtre avait désigné comme étant le frère de Raphaël Nimier. Leurs regards se croisèrent pendant quelques secondes et elle eut l'impression qu'il savait qui elle était et pourquoi elle était là. Le lieutenant détourna les yeux et tenta de chasser cette idée absurde de son esprit.

Vers la fin de la cérémonie, Nimier quitta l'assemblée. Ce comportement étrange intrigua immédiatement Justine. Aussi subrepticement que possible, elle quitta le cimetière à son tour et le suivit.

Quelle mouche l'a piqué ?

Nimier semblait avoir en tête une idée précise : crapahuter en catimini alors qu'on mettait son frère en terre. Étonnant. Justine le perdit quelques secondes de vue puis, arrivée devant un petit portail vert-de-gris, elle assista à un spectacle incroyable.

Stéphane Laurens était là, près d'une affreuse tombe de marbre gris. Puis tout s'accéléra : le jeune homme s'enfuit à toutes jambes et franchit avec une adresse stupéfiante le mur d'enceinte. Son poursuivant parvint à l'imiter, mais avec moins de souplesse.

C'est pas vrai, ils vont me semer, pesta Justine in petto.

Plutôt que de perdre du temps à franchir le mur, la jeune femme décida de faire le tour du cimetière pour couper leur trajet de l'autre côté. Elle piqua un sprint et, excellente coureuse, mit moins d'une minute pour contourner l'enceinte de vieilles pierres moussues.

Dissimulée derrière un pan de mur, Justine assista à la courte bagarre qui mettait fin à la poursuite. Stéphane était à terre et Nimier tentait de l'immobiliser. De son côté, elle ne savait pas si elle devait intervenir ou pas.

— Calme-toi, bon sang, je vais te lâcher.

Justine était certaine qu'une intervention de sa part ne

ferait que compliquer une affaire déjà bien embrouillée. Elle devait temporiser et essayer de comprendre ce qui se passait devant ses yeux. Visiblement, Stéphane avait voulu rester totalement incognito à l'enterrement mais l'homme, très observateur – plus qu'elle-même en tout cas –, avait remarqué sa présence. Pour quelle raison le garçon, s'il était bien son neveu, aurait-il voulu lui échapper ?

— Où vous m'emmenez, putain ? demanda Stéphane.

— Dans un endroit où tu seras à l'abri et où on pourra discuter tranquillement. Tu sais, je suis au courant de plus de choses que tu ne crois.

Justine se rencogna derrière son muret, bien décidée à apprendre ce que Nimier savait.

***

Nice.

Assis à son bureau, Marc Monteiro lisait un article scientifique sur l'*odorologie*. Après les empreintes digitales et l'ADN, la police recueillait à présent sur les scènes de crime, à l'aide de bandelettes de tissu spécial, les signatures olfactives laissées par les criminels. D'ordinaire, ce genre d'articles sur les progrès de la police scientifique passionnait Marc, mais aujourd'hui, il était incapable de se concentrer.

Il ne faisait que penser à Justine, à leur soirée de l'avant-veille, à leur nuit passée ensemble. Pourtant, sa rêverie était ternie par un regret qui ne cessait de le tenailler : celui de l'avoir laissée partir. Monteiro savait qu'elle risquait de foutre sa carrière en l'air à vouloir mener son enquête en solo, loin de ses bases. Il n'était guère rassuré non plus sur son propre sort, car il était au courant des intentions de sa coéquipière et n'avait rien dit à personne.

Elle lui avait fait promettre de garder le silence et il voulait tenir parole, coûte que coûte. Mais Marc était aussi inquiet pour la sécurité de Justine. Après tout, elle ne lui avait livré qu'une infime partie de ce qu'elle savait et cette enquête prenait un tour qui ne lui plaisait pas du tout. Si c'était bien Stéphane Laurens qu'on avait voulu tuer ce soir-là et s'il se cachait, alors elle était en danger à ses côtés.

— Pauvre con, comment tu as pu la laisser partir après ce qui s'est passé ? se reprocha-t-il.

Et de colère, il brisa le crayon qu'il tenait entre les doigts.

***

La nuit tombait peu à peu sur Cauterets. Un ciel pur baignait les crêtes bleutées des montagnes. La journée avait été fructueuse pour Justine. Comme elle l'avait espéré, elle avait bien retrouvé la trace de Stéphane Laurens. En fait, sans l'intervention du frère de Raphaël Nimier, elle serait probablement rentrée bredouille. Après avoir surpris l'altercation entre l'homme et l'adolescent, elle les avait suivis dans le village en gardant bien ses distances, car elle avait pu se rendre compte que l'oncle de Stéphane avait des yeux de lynx. Il avait conduit le garçon jusqu'à un charmant chalet bleu, non loin du centre-ville. Ils y étaient entrés, puis l'homme était ressorti seul une dizaine de minutes plus tard. Le lieutenant n'avait pas la moindre idée de ce qu'ils s'étaient raconté, mais Nimier avait dû ordonner au garçon de ne pas bouger durant son absence, le temps qu'il retourne à l'enterrement et tente de faire bonne figure.

Justine, elle, n'avait pas l'intention d'accorder la moindre confiance à Stéphane. Elle le savait manipulateur

– elle avait eu l'occasion de s'en rendre compte durant leur entretien –, et elle ne voulait pas qu'il lui échappe une nouvelle fois. Elle conclut que le mieux à faire était de surveiller le chalet et de guetter toutes leurs entrées et sorties. Elle s'installa donc dans un petit jardin public, à une centaine de mètres, d'où elle avait une vue parfaite sur la maison. À côté d'elle, quelques enfants tournoyaient sur les équidés blancs d'un manège tout droit sorti d'un conte de fées.

La sonnerie de son portable retentit. Le nom de Marc s'afficha sur l'écran. La jeune femme avait à la fois espéré et redouté un coup de fil de son coéquipier. Elle ne savait pas du tout où la conduirait sa récente relation – pouvait-on d'ailleurs parler de « relation » après une seule nuit passée ensemble ? – et elle était d'un naturel trop réservé pour aborder un tel sujet au téléphone, en planque...

— Salut, je ne te dérange pas ?

Marc ne savait visiblement pas par où commencer.

— Pas du tout, je suis heureuse que tu m'appelles.

Ne te montre pas trop enthousiaste, Justine, il va te prendre pour une sentimentale.

— J'avais envie d'entendre ta voix.

Elle l'entendit toussoter à l'autre bout du fil, puis il reprit aussitôt pour cacher son embarras :

— Alors, Sherlock, tu en es où de tes investigations ?

— J'ai eu une chance inespérée : j'ai réussi à retrouver Stéphane Laurens.

— Content de l'apprendre, mais j'ignorais qu'il avait disparu.

Merde ! Elle venait de se trahir. Lors de leur soirée dans le vieux Nice, elle n'avait pas dit clairement à Marc que l'adolescent se cachait.

— Eh bien, euh... Je sais que je ne t'ai pas tout dit à propos de cette affaire, mais maintenant que j'ai mis la main sur Stéphane, tout va s'éclaircir. Tu ne m'en veux pas ?

— Comment en vouloir à la plus incroyable tête de mule que je connaisse ?

— Tout va bien au bureau, sinon ?

— Si on veut, excepté que Carella est dans un beau merdier et que ce serait bien que tu puisses le disculper, s'il n'a rien à voir avec ce meurtre.

— Je suis sûre qu'il n'y est pour rien, mais il faut que tu me fasses confiance et que tu patientes encore un jour ou deux.

— J'ai appris à être patient avec toi : il en faut pour te supporter.

— Espèce de salaud !

— Arrête les compliments.

— J'ignorais que le mot « salaud » avait changé de sens dans le dictionnaire ces dernières vingt-quatre heures.

— Justine…

— Oui Marc ?

— Fais attention à toi. Promis ?

— Promis. Je t'appellerai un peu plus tard pour te tenir au courant.

— J'espère bien.

Deux heures s'étaient écoulées depuis que Stéphane avait été conduit au chalet. Le frère de Raphaël Nimier avait fini par revenir, seul. Visiblement, il habitait à l'étage, car seules les lumières du haut avaient été allumées. Justine avait décidé d'attendre qu'il fasse complètement nuit pour agir. À vrai dire, en fait d'action, elle n'avait que peu d'idées. Quelle légitimité avait-elle pour s'immiscer dans la vie de ces gens qui semblait déjà assez complexe sans qu'elle vienne y mettre son grain de sel ?

Elle fit le tour du chalet par le petit jardin en pente de la propriété. Elle n'avait eu aucun mal à enjamber une grille de fer forgé qui ne présentait aucun danger. En gravissant le tertre à l'arrière de l'habitation, elle n'aurait sans doute aucun mal à se hisser jusqu'au petit balcon et à espionner ce qui se passait à l'intérieur.

Justine escalada la rambarde piquée de rouille, puis essuya ses mains irritées sur son pantalon. Elle s'avança un peu et se dissimula derrière un volet de bois blanc décati. Chacun de ses pas la rapprochait de la faute professionnelle grave.

De là, elle pouvait parfaitement observer le salon de l'appartement, puissamment éclairé par deux lampes halogènes. Autour d'une table basse sur laquelle reposaient deux tasses, Stéphane et son oncle, l'un assis sur le canapé, l'autre sur un vieux fauteuil de cuir, étaient plongés dans une conversation animée.

À travers l'épaisseur de la vitre, seuls quelques mots parvenaient aux oreilles de Justine. Elle aurait donné cher pour devenir invisible et assister à leur échange. Elle s'approcha le plus près possible de la fenêtre à meneaux, prenant le risque de se mettre à découvert et de se faire repérer. Mais il n'y avait pas moyen de capter autre chose que des bribes : *trois ans à Nice... lycée... réussi à oublier.*

Soudain, Nimier se leva en prenant au passage les tasses vides sur la table basse et quitta la pièce. Stéphane resta seul dans le salon et poussa un profond soupir en s'avachissant sur le canapé. Il prit un briquet qui traînait sur la table et commença à jouer avec, en frottant machinalement la pierre.

— Ne faites pas le moindre geste, ordonna une voix derrière Justine.

La jeune femme ne put s'empêcher de sursauter et son cœur s'emballa. La sensation d'être prise au dépourvu lui rappela l'agression dont elle avait été victime deux ans plus tôt à Nice.

— Je suis armé, alors levez les mains derrière la tête et tenez-vous tranquille.

— Qui que vous soyez, répliqua-t-elle avec une assurance feinte, je vous conseille de baisser votre arme immédiatement.

— Donnez-moi une bonne raison de le faire, reprit la voix menaçante.

— Je suis de la police, lieutenant Néraudeau de la judiciaire.

— Ça tombe bien, moi aussi.

— Quoi ? s'exclama Justine, incapable de cacher son étonnement.

Elle ne croyait pas que l'homme fût armé si bien qu'elle osa se retourner, mais lentement et sans baisser les mains.

Celui qui la menaçait possédait pourtant bien une arme, un Beretta à ce qu'elle put en juger malgré l'obscurité. C'était le frère de Raphaël Nimier.

Elle tourna la tête vers l'intérieur de l'appartement : Stéphane était toujours assis sur le sofa et n'avait rien remarqué de la scène qui se déroulait sur le balcon. Elle s'était fait avoir comme une débutante. Nimier avait dû remarquer sa présence et quitter la pièce pour la prendre à revers. Comment ce type faisait-il ? Elle avait pourtant essayé de rester discrète. C'était son boulot, après tout !

— Montrez-moi votre carte.

— Je peux ? demanda-t-elle en faisant signe qu'elle allait baisser les mains pour fouiller dans sa veste.

— Allez-y. Une seule main, aucun geste brusque.

Justine ne supportait pas qu'on pointe une arme sur elle. Depuis son altercation dans les quartiers nord de Nice, elle s'était jurée de ne plus jamais se sentir victime.

Aussi, sans presque réfléchir, dans une fulgurance, elle lui décocha un chassé frontal qu'elle avait un jour appris dans une initiation à la boxe française. Nimier ne put réprimer un cri de douleur et lâcha instantanément son Beretta. Justine en profita pour se jeter sur lui et le frapper à l'abdomen, de toutes ses forces. Mais le lieutenant n'était pas de taille, car l'oncle de Stéphane para son attaque d'un geste maîtrisé et, saisissant le bras gauche de la jeune femme, la projeta à terre.

Justine eut l'impression que tous ses membres venaient de craquer en même temps. Elle laissa échapper un gémissement tandis que l'homme, toujours debout, se penchait sur elle pour fouiller sa veste. Il en sortit son portefeuille.

— Lieutenant Justine Néraudeau, qu'est-ce qui nous vaut l'honneur de votre visite ?

12.

— J'ai horreur du cognac, fit le lieutenant Néraudeau en repoussant le verre que je lui tendais.

— Buvez, ça va vous remonter. Je suis vraiment désolé pour tout à l'heure, mais vous ne m'avez pas vraiment laissé le choix. Qu'est-ce qui vous a pris de vous jeter sur moi comme ça ?

— Vous plaisantez ? Vous me menacez sans raison avec votre flingue et c'est moi qui devrais me justifier.

Assise sur le canapé du salon, la jeune flic ne semblait pas disposée à me pardonner. C'est vrai que j'y étais allé un peu fort, mais j'avais des circonstances atténuantes. Je n'avais vraiment été rassuré sur ses intentions que lorsque Alexandre l'avait reconnue, incapable de se tenir en la voyant :

— Justine ?

— Vous vous connaissez tous les deux ?

— On s'est rencontré une fois, avait répondu la jeune femme.

— Et il vous appelle par votre prénom ?

Sans répondre à ma question, elle s'était tournée vers l'adolescent :

— J'ai eu un mal de chien à te retrouver, tu sais ?

Le garçon avait hoché la tête.

— C'est ma mère, n'est-ce pas ?

— Oui. Nous avons parlé toutes les deux.

— Si vous m'expliquiez un peu ce qui se passe ici ? demandai-je, interloqué par leur manège.

Le lieutenant Néraudeau me résuma alors rapidement la situation : le meurtre de cet étudiant dans le lycée niçois, son enquête, sa rencontre avec Stéphane qui s'était révélé s'appeler Alexandre, son voyage jusqu'à Cauterets pour le retrouver…

Alexandre/Stéphane voulut reprendre notre conversation – qui avait jusque-là surtout porté sur mes rapports avec son père et ma propre enquête – et, voyant le regard que je coulais vers le lieutenant, il me rassura :

— On peut tout dire devant elle. Si elle est là, c'est aussi pour me protéger. Elle est bien loin de sa juridiction. N'est-ce pas, Justine ?

Elle acquiesça avec la moue de celui qui a été percé à jour.

Depuis ma rencontre avec Alexandre, la plupart des pièces du puzzle avaient retrouvé leur place. Comme je l'avais espéré, il s'était confié à mon retour du cimetière, et avec tout ce que j'avais glané par ailleurs, j'avais pu reconstituer leur histoire.

Mon frère avait 23 ans lorsqu'il rencontra Julia, de deux ans plus jeune que lui. À cette époque, il était déjà installé à Cauterets où il avait rejoint deux de ses amis qui connaissaient la station depuis leur enfance et y avaient trouvé du travail. Julia, elle, passait à l'époque le concours de professeur des écoles. Elle était originaire de la région et était tombée immédiatement sous le charme de Raphaël. Moins d'un an après leur rencontre, Alexandre était né. Ils s'étaient tous trois installés dans un village de la vallée où Julia enseignait à des classes de cours moyen. Ils y avaient vécu quelques années, plutôt heureux, même s'il y avait eu des hauts et des bas. Les bouts de film que j'avais reçus dataient de cette époque. Leur relation avait duré ce qu'elle avait duré. Comme me l'avait confié mon père, « tout était allé trop vite entre eux ». Raphaël ne voulait pas vraiment de cet enfant et il s'était senti pris au piège. Même s'il s'était beaucoup calmé depuis son adolescence, il n'était pas encore prêt à renoncer aux sorties entre copains, aux week-ends improvisés, bref à sa liberté de célibataire. Ils avaient fini par se séparer trois ans après la naissance d'Alexandre. Mon frère était alors revenu vivre à Cauterets et c'est vers cette époque qu'il avait commencé à travailler à temps plein dans le magasin de sport. Julia et son fils menaient tous deux une vie tranquille, partagée entre l'école et les balades sur la côte atlantique pendant les vacances. L'enfant avait aimé ces années d'insouciance qui demeuraient en lui comme les plus belles et les plus accomplies de son existence.

Alexandre n'était en rien un enfant comme les autres. Il avait toujours été perçu comme un original qui ne partageait pas les distractions et les préoccupations des gamins de son âge. À l'école, il avait été incroyablement précoce, sachant lire et quasiment écrire avant d'entrer au CP, sans que sa mère ne lui eût rien appris de son côté.

Julia était tout à fait consciente des capacités de son fils : à l'époque déjà, on parlait pas mal des enfants précoces, notamment dans le milieu enseignant. Mais, contrairement à la majorité des parents qui se trouvaient dans la même situation, elle s'était ingéniée à le traiter normalement, sans jamais lui faire ressentir sa différence. À la longue pourtant, le système scolaire traditionnel s'était révélé complètement inadapté.

À la fin de l'école primaire, il avait obtenu une bourse qui lui avait permis d'intégrer le prestigieux Institut

Carlier. Classes à effectifs réduits, méthodes pédagogiques diversifiées, locaux modernes et luxueux, tout était réuni pour lui offrir une scolarité enrichissante et pour persuader surtout Julia qu'elle avait fait le bon choix. Pourtant, la jeune femme n'avait jamais eu l'esprit tranquille en sachant son enfant dans cette école.

Ce n'est qu'un an et demi après son arrivée à l'Institut que Julia avait commencé à découvrir l'étendue des pouvoirs de son fils. Alexandre lui avait parlé des tests qu'on lui faisait passer et lui avait révélé sa capacité à prédire des catastrophes imminentes.

— Et ta mère a immédiatement cru en tes pouvoirs ?

— Oui. En fait, depuis ma petite enfance, elle avait remarqué des choses étranges dans mon comportement qu'elle avait mises sur le compte de ma précocité.

— Mais pourquoi avoir disparu brutalement ? Est-ce que vous avez subi des pressions de la part de l'Institut ?

— Des pressions, non... Mais lorsqu'ils ont compris de quoi j'étais capable, ils m'ont peu à peu isolé des autres élèves. C'est alors qu'on a prévenu ma mère de ce qui risquait d'arriver.

— Qui ça *on* ?

— Jacques Tessier, l'homme qui t'a contacté. C'est lui qui nous a persuadés de partir loin de l'Institut.

— Tu plaisantes ?

— Pas du tout. À l'époque, il avait été mis sur la touche et je n'avais presque plus de contacts avec lui, mais il continuait à veiller sur moi. Et puis, sa femme était tombée gravement malade. Il ne voulait plus cautionner les pratiques de l'école. Comme il avait eu l'occasion de voir l'ampleur de mes capacités, il savait qu'on ne me lâcherait sous aucun prétexte. Il a expliqué à ma mère comment on tenterait de m'utiliser, soi-disant pour le bien du pays.

Les révélations d'Alexandre confirmaient ce que m'avait

déjà dit Tessier. Il avait seulement omis de préciser qu'il était à l'origine du départ d'Alexandre.

— Après ça, nous nous sommes volatilisés, purement et simplement. Ma mère voulait à tout prix me protéger, c'est pour mon bien qu'elle a agi ainsi. Elle a pensé un moment quitter la France et puis, cette solution lui a semblé trop hasardeuse. Nous nous sommes installés sur la Côte d'Azur.

— Et votre disparition n'a suscité aucune recherche ?

— Ma mère n'avait quasiment plus de famille. Elle a commencé par démissionner de l'Éducation nationale. Nous avons changé de nom. Je ne sais pas exactement comment elle a réussi à se procurer de faux papiers et à trouver une nouvelle identité, mais je crois que mon père l'a aidée sur ce coup, bien qu'elle soit restée très vague à ce sujet. Ma mère a des ressources incroyables quand il s'agit de veiller sur moi. Elle a trouvé des petits boulots qui nous ont permis de vivre, elle avait aussi de l'argent de côté, héritage de mes grands-parents.

— Et Raphaël ? Enfin… ton père ?

— Nous avons toujours gardé le contact, à Noël, aux anniversaires, mais on ne se voyait quasiment plus, même lorsque nous n'habitions qu'à quelques dizaines de kilomètres dans les Pyrénées. Je sais bien qu'il n'avait pas souhaité ma naissance, qu'il n'a jamais été à l'aise avec moi, mais ça n'était pas un problème. J'ai accepté son choix et son mode de vie. Ma mère a eu l'intelligence de ne jamais me dire du mal de lui lorsque j'étais petit et pourtant, elle aurait eu des raisons de lui en vouloir.

Les paroles de mon père sonnaient encore à mes oreilles : *Il ne tenait pas tant que ça à cet enfant. Raphaël ne voulait plus parler d'eux, c'était un sujet qu'il ne fallait plus aborder avec lui.*

— Mais il savait où vous étiez partis ?

— Oui, mais je n'ai jamais su ce que ma mère lui a vraiment raconté. D'une certaine manière, elle était bien contente que Raphaël ne se montre pas plus curieux et ne s'intéresse pas trop à nous.

Justine Néraudeau, qui n'avait pas perdu une miette de toute notre conversation, se décida à intervenir :

— Mais comment ont-*ils* pu vous retrouver ?

— Je ne le sais pas précisément, mais c'est évidemment lié au meurtre de mon père.

Je me hérissai immédiatement :

— Raphaël était trop têtu pour livrer quoi que ce soit à ses tortionnaires.

Un silence s'installa dans la pièce.

Il est vrai que, s'il y avait une évidence que je ne pouvais accepter, c'est que mon frère ait trahi son propre fils et qu'il ait pu révéler l'endroit où Julia et Alexandre se cachaient. Pourtant, les faits étaient là : Raphaël avait été torturé à mort et quelques jours plus tard seulement, on avait tenté d'éliminer son fils. Le lieutenant tenta de dissiper la gêne qui s'était installée :

— Il y a une chose que je n'arrive pas à comprendre : comment votre frère a-t-il pu vous faire parvenir ce film d'outre-tombe ?

Ce point m'avait aussi posé problème dès le début et je n'avais aucune certitude absolue à ce sujet.

— En fait, si je suis sûr à présent que Raphaël est à l'origine de cet envoi, je pense que la personne qui a posté le paquet n'était qu'un intermédiaire qui ne savait rien de cette affaire.

— Comment ça ?

— Raphaël se savait menacé depuis des années, depuis que Julia et Alexandre avaient disparu, même s'il n'imaginait évidemment pas jusqu'où iraient ces hommes pour les retrouver. Ce film était une sorte d'assurance-vie dont ils étaient les bénéficiaires. Il a dû charger un ami, ou plus vraisemblablement une agence privée, de m'envoyer le colis au cas où il lui arriverait quelque chose. Ainsi, il n'avait pas besoin de mettre quiconque dans la confidence, ce qui réduisait les risques qu'on vous retrouve, ta mère et toi.

— Mais pourquoi est-il resté aussi vague dans son message ? Il aurait pu vous éviter de perdre du temps en vous donnant des indices plus clairs pour les retrouver.

— Là encore, il voulait prendre ses précautions. Ce film aurait pu tomber entre de mauvaises mains et être visionné par quelqu'un d'autre que moi. N'importe qui aurait pu avoir accès à ce courrier.

— Un autre aspect de l'affaire reste obscur, reprit Justine en se tournant vers Alexandre. Pourquoi aurait-on voulu te tuer ? Les hommes qui te recherchaient voulaient t'utiliser. Une fois mort, tu ne servais plus à rien. Et puis, il y a un fossé entre mettre la main sur un adolescent qu'on veut exploiter et le faire exécuter !

— Je n'en sais rien, peut-être avaient-ils peur de ce que nous savions et de ce que nous pouvions révéler au grand jour.

— Je ne crois pas à cette hypothèse, répondis-je à mon neveu. Vous aviez disparu et vous n'aviez rien dit pendant plusieurs années. Pourquoi se seraient-ils soudain imaginé que vous représentiez une menace pour eux ?

Beaucoup de questions demeuraient encore sur les raisons pour lesquelles on avait voulu éliminer Alexandre.

— Tu es conscient que tu as mis Carella dans de beaux draps alors que tu savais pertinemment qu'il n'avait rien à voir avec le meurtre ? remarqua Justine.

— Je n'ai rien fait d'autre que vous dire la vérité, je n'avais pas de mauvaises intentions.

— C'est ça, oui… Et tu voudrais me le faire croire ?

Nous continuâmes à partager tout ce que nous savions. Justine nous fit part de sa situation délicate, puisque, comme l'avait aisément deviné Alexandre, elle était ici à titre personnel et n'avait pas révélé ses découvertes à ses supérieurs.

Laissant le garçon au salon, nous nous retrouvâmes, elle et moi, dans la cuisine où elle me regarda préparer du café. Elle m'avait demandé l'autorisation d'allumer une cigarette et je lui en avais piqué une. Des volutes blanches s'élevèrent jusqu'au plafond.

— Pourquoi m'avoir dit que vous étiez flic tout à l'heure ? demanda-t-elle après avoir expiré la fumée de sa clope.

— Parce que c'est vrai.

— Vous plaisantez, n'est-ce pas ?

— Pas du tout, j'ai été dans la police pendant une quinzaine d'années avant de comprendre que ce boulot n'était pas fait pour moi. Je suis ensuite devenu l'ermite dans la montagne que vous avez devant vous.

La jeune femme sourit.

— Pourquoi avez-vous arrêté ?

Je n'avais pas envie d'entrer dans les détails, d'évoquer l'affaire qui avait mal tourné et le départ de ma femme.

— Vous n'avez jamais été tentée de tout laisser tomber, vous ?

— Si.

Un ange passa.

— Qui était la jeune femme à côté de vous à l'enterrement ?

— C'était Camille, la compagne de mon frère. Elle m'a aidé jusqu'à présent dans l'enquête, mais comme l'enterrement l'a beaucoup éprouvée, je l'ai raccompagnée chez elle sans lui dire que j'avais retrouvé mon neveu. Je ne voulais pas la perturber davantage. À propos d'Alexandre, que comptez-vous faire maintenant que vous l'avez sous la pogne ?

— J'ai du mal à me faire à ce prénom, pour moi, c'est toujours Stéphane.

— Je trouve qu'Alexandre lui va mieux. Et c'est son véritable prénom.

— J'aimerais qu'il revienne avec moi à Nice, qu'il retrouve sa mère.

— Et pour votre enquête, qu'allez-vous faire ? Vous comptez révéler ce que vous savez ?

— Je n'ai encore rien décidé, mais je dois à tout prix disculper Carella. Au moins pour le meurtre de Sébastien Cordero, car pour l'histoire de viol, il devra répondre de ses actes.

— Et dans l'immédiat ? Vous êtes descendue quelque part ?

— Au César.

— Ce n'est pas un peu tristounet comme hôtel ?

— Non, je trouve qu'il a un charme tout désuet.

Commençant à comprendre son fonctionnement, je compris que c'était ironique.

— Je vais peut-être vous paraître audacieux, mais je serais plus tranquille si vous restiez au chalet cette nuit, avec Alexandre.

— Dites-moi, monsieur Nimier, est-ce que vous proposez à toutes les femmes que vous rencontrez de passer la nuit chez vous ?

— Non, seulement à celles qui m'espionnent et veulent pénétrer chez moi par effraction.

À ironique, ironique et demi. Elle ne put réprimer un sourire.

— Je me suis déjà installée à l'hôtel. Ce serait bizarre que je ne rentre pas de la nuit.

— J'appelle l'hôtel si vous voulez.

— Je ne sais pas…

Je voyais dans son regard que l'idée de rester avec nous ne lui déplaisait pas.

— Je préférerais que l'on ne se quitte pas trop pour le moment. J'ai appris à me méfier de pas mal de choses ces derniers temps.

— Acceptez, s'il vous plaît.

Justine et moi tournâmes nos regards vers l'entrée de la cuisine. Alexandre se tenait dans l'encadrement de la porte et il avait certainement entendu une bonne partie de notre conversation.

— Acceptez, répéta-t-il.

— Deux contre un… Soit, je capitule, mais je n'ai même pas de brosse à dents, je vous préviens.

— On va se débrouiller, dis-je pour clore le chapitre.

Alexandre s'était installé dans mon antre – une pièce remplie de livres et de cartons recelant des milliers de photos –, tandis que Justine avait pris la chambre bleue dans laquelle Camille avait dormi les nuits précédentes. Quant à moi, je projetais de passer la nuit sur le canapé du salon qui était loin d'être inconfortable. M'étant retrouvé seul dans la pièce principale de l'appartement, j'allumai une cigarette et mon portable.

— J'espère que tu ne dormais pas.

— Non, non, j'étais en train de me préparer une tisane, répondit la voix fatiguée de Camille à l'autre bout du fil.

— Tu tiens le coup ?

— À peu près. Qu'as-tu pensé de la cérémonie ?

— C'était bien, je crois, enfin je n'y connais pas grand-chose.

Camille n'ajouta rien. Je sentais dans sa voix de l'épuisement et surtout, de la tristesse que l'enterrement avait dû raviver.

— Tu veux que je passe ? demandai-je.

— Non, ne te dérange pas. Ça va aller, tu sais. Tu ne m'as pas dit ce qui s'était passé cet après-midi quand tu as quitté le cimetière. Qu'est-ce que tu me caches ?

Depuis la mort de Raphaël, je n'avais rien dissimulé à la jeune femme. Nous avions tout partagé dans nos recherches, mais à cet instant précis, je décidai de lui mentir, du moins par omission. Je ne me sentais pas de lui raconter dans le détail tout ce que j'avais appris ce soir. Nous aurions le temps d'en discuter à tête reposée le lendemain.

— Il ne s'est rien passé d'important. Je perds un peu les pédales ces derniers temps.

Étonnamment, Camille accepta ma réponse. Sans doute était-elle trop exténuée pour chercher à en savoir davantage.

— Merci d'avoir appelé, fit-elle comme pour mettre fin à la conversation.

— N'hésite pas non plus à le faire si tu veux discuter.

— Pas de problème.

Je m'endormis assez vite ce soir-là, sans même avoir eu la force de me déshabiller. J'avais passé trop de nuits blanches et j'avais besoin de récupérer. Mon esprit se déconnecta en quelques minutes et je sombrai dans les limbes qui me firent échapper à l'étrange vie qui était devenue la mienne depuis la mort de mon frère.

***

Je n'ai aucune idée de l'heure où *ça* se produisit.

Je me souviens seulement de m'être réveillé brutalement, d'avoir vu une ombre se pencher sur moi et m'immobiliser totalement avant de m'injecter dans le cou un produit qui me replongea dans les ténèbres.

TROISIÈME PARTIE :

Le Léviathan.

Ce qui fait défaut, ce n'est jamais que ceci : la solitude, la grande solitude intérieure.

Rainer Maria Rilke, *Lettres à un jeune poète.*

1.

Haute de près de quinze mètres, d'un acier noir luisant, la gigantesque enceinte métallique étanche se dressait comme la cheminée d'un ancien paquebot de croisière. C'était la cuve du réacteur, le cœur de la centrale auquel nul n'avait accès. À l'intérieur, l'isotope 235, le précieux uranium conditionné sous forme de pastilles empilées dans des gaines métalliques, portait l'eau à plus de 300 degrés.

Le réacteur nucléaire se terrait là, à une trentaine de mètres de la piscine de désactivation qui accueillait les combustibles usés, au bout d'un sas hermétique que l'on devinait à travers le hublot d'une porte cylindrique monumentale. La cuve ressemblait au corps d'un terrifiant robot sorti du laboratoire d'un savant fou.

À l'abri de la bête, mais pas si loin que ça, les enfants pénétrèrent dans la salle des machines, un vaste hall de plus de cent mètres de long et de cinquante de hauteur, où le groupe turbo-alternateur mis en mouvement par la pression de la vapeur produisait le courant électrique. Dans cet environnement titanesque, les élèves paraissaient des lutins égarés dans un film d'anticipation.

L'un d'eux se tourna vers un camarade :

— T'as vu comme elles sont grosses, les turbines ?

— C'est pour ça qu'elles produisent autant d'électricité, répliqua l'autre dans une explication savante.

L'animatrice termina son aparté avec les deux professeurs accompagnateurs puis s'adressa à la classe :

— Comme vous l'avez vu tout à l'heure dans la présentation vidéo, c'est ici que l'électricité est produite. Pour que vous compreniez bien, je vais vous résumer les étapes de sa fabrication. D'abord, l'uranium crée de la chaleur dans une grande cuve qu'on ne peut ni voir ni approcher, parce que ça pourrait être trop dangereux. Avec cette chaleur, on fait chauffer de l'eau et on obtient de la vapeur. La pression de la vapeur fait tourner les turbines que vous avez devant vous et qui produisent l'électricité.

Les enfants opinèrent de la tête, plus impressionnés par le décor de science-fiction dans lequel ils étaient plongés que par les explications de la jeune femme.

— Je vais vous laisser un moment observer la salle des machines, ensuite nous nous rendrons au restaurant de la centrale. Après avoir déjeuné, nous retournerons dans la salle de conférence où je répondrai à vos questions. D'accord, les enfants ?

— D'accord, répondirent-ils en chœur.

Depuis plusieurs années déjà, l'Éducation nationale incitait les projets pédagogiques *Classes Énergie* en encourageant EDF à intervenir dans les écoles. Les visites scolaires dans les centrales nucléaires s'étaient, elles aussi, multipliées.

Naturellement, ces initiatives étaient fort critiquées par les associations anti-nucléaires qui parlaient de propagande et dénonçaient un embrigadement des élèves. Selon elles, on ne donnait qu'une vision idyllique du nucléaire sans jamais en mentionner les dangers, ni accepter de débat contradictoire.

La classe de CM1 avait été accueillie par *la mission communication* de la centrale nucléaire de Golfech. Réunis dans un auditorium flambant neuf, les enfants avaient assisté, en ce début d'après-midi, à un récapitulatif de leur journée et avaient posé des questions préparées à l'avance avec leur professeur.

— Pourquoi est-ce qu'une fumée blanche sort des tours des centrales nucléaires ? demanda une petite fille blonde à lunettes, caricature de la première de la classe.

C'était sans doute la question qui revenait le plus lors des visites scolaires.

— Ces tours font partie du circuit de refroidissement. Vous vous souvenez qu'on produit l'électricité grâce à la vapeur. Une petite partie de cette vapeur s'évapore dans l'atmosphère et provoque les traînées blanches en haut des cheminées des centrales. Cette vapeur ne peut en aucun cas être contaminée. L'existence de la fumée démontre simplement que la centrale est en fonctionnement.

La petite fille aux nattes sembla très satisfaite de la réponse. Une des deux institutrices se tourna vers l'assistance et demanda à la cantonade :

— Tout le monde a compris ?

— Oui, lâchèrent quelques gamins.

— Est-ce qu'il y a d'autres questions ?

Un des enfants, qui était resté silencieux jusqu'à présent, leva le doigt. Son ton n'avait rien de puéril lorsqu'on lui donna la parole :

— Que se passerait-il s'il y avait une explosion dans la centrale et que le réacteur nucléaire était touché ?

Une expression de gêne gagna le visage de la guide. De fait, durant la visite des centrales, on essayait toujours de passer sous silence les questions embarrassantes. La semaine précédente, un parent d'élève qui accompagnait une classe l'avait interrogée sur les déchets nucléaires. Elle avait sorti une phrase toute faite qui ne répondait pas à la question. Certains enseignants s'étaient ouvertement étonnés de cette désinformation. Elle avait eu l'honnêteté de leur répondre discrètement, à la fin de la visite, qu'il y avait des sujets tabous qu'elle n'avait pas le droit d'aborder.

Cette fois-ci, la jeune femme essaya de ne pas se laisser impressionner par la question.

— Une telle chose ne pourrait pas se produire, répondit-elle, pleine d'assurance.

— Pourquoi dites-vous ça ? reprit l'enfant en la fixant d'un regard insistant et en haussant la voix. En 1986, à Tchernobyl, un réacteur nucléaire a explosé et a craché pendant dix jours un nuage radioactif.

La guide fut un instant déstabilisée. Qu'est-ce que c'était que ce gosse arrogant qui singeait les adultes ? Et ce regard inquiétant et sombre !

— Tcherno… Tchernobyl, ça n'a rien à voir, tenta-t-elle de se reprendre. Ici, il y a des barrières de confinement qui isolent le circuit primaire du reste de la centrale. Bon, passons à une autre question.

— Je n'aime pas que l'on mente, cria le gamin en se levant de sa chaise. Bien sûr qu'un accident est possible. À Tchernobyl, les radiations radioactives ont été deux cents fois supérieures aux bombes d'Hiroshima.

La jeune femme resta bouche bée. L'institutrice saisit l'enfant par le bras pour le faire taire :

— Allons, ça suffit maintenant. Tu dépasses les bornes !

Puis se tournant vers la guide :

— Je suis désolée, je ne sais pas ce qui lui prend. Nous allons sortir un moment.

Elle entraîna l'enfant vers la porte, mais celui-ci ne

semblait pas décidé à capituler. Le regard à présent chargé de haine, il hurla de toutes ses forces à l'adresse de l'employée de la centrale :

— Menteuse, je n'aime pas que l'on mente. Le réacteur pourrait exploser et dans ce cas, il y aurait des milliers de morts dans le pays, et des millions de blessés.

Même les gamins les plus prompts d'habitude à profiter du moindre incident pour s'agiter restèrent figés sur leur chaise.

— Menteuse, menteuse ! Il y aurait des milliers et des milliers de morts, et vous seriez la première à mourir.

La jeune femme sentit un frisson lui parcourir l'échine. Elle détourna les yeux, incapable de supporter plus longtemps le regard inquisiteur du garçon.

2.

Je m'éveillai en éprouvant une terrible impression de *déjà-vu*.

J'avais la gorge pâteuse, les membres engourdis et mes yeux n'étaient capables de me donner qu'une vision déformée de l'endroit où j'étais. Une lumière blanche et diffuse, traversée par le spectre d'un arc-en-ciel, m'aveugla un instant, avant que le monde autour de moi ne prenne forme.

Je me trouvais dans une chambre et je crus immédiatement revivre mon réveil après mon accident de voiture. La pièce ressemblait un peu à une chambre d'hôpital – aseptisée, blanche et impersonnelle –, même si l'odeur caractéristique et désagréable des milieux cliniques ne flottait pas dans l'air. Le lit sur lequel j'étais couché était simple, quasi spartiate. Je remarquai un petit chevet métallique, lui aussi très standardisé. Les murs gris blanc étaient totalement vierges. Bref, le lieu n'avait rien de chaleureux. Ce n'est qu'au bout d'un bon moment que je réalisai que la pièce ne possédait aucune fenêtre ni ouverture vers l'extérieur.

Mon esprit n'arrivait pas totalement à se libérer de la brume opaque dans laquelle il venait d'être plongé, si bien que je ne ressentais pas encore de panique malgré la singularité de la situation. Où étais-je ? Combien de temps s'était-il écoulé depuis ma perte de conscience ? Je n'en avais pas la moindre idée. Je me rappelais confusément mes derniers instants dans le salon du chalet, à Cauterets. Je portai la main à mon cou et cherchai une trace de l'aiguille que je trouvai aussitôt. Je n'avais pas rêvé : tout cela avait bel et bien eu lieu !

Ce qui m'inquiétait le plus était l'ignorance totale dans laquelle j'étais du sort d'Alexandre et de Justine. Si je savais que mon neveu était menacé, j'avais mis la lieutenant en danger de manière stupide, en l'invitant à passer la nuit chez moi. Se trouvaient-ils près d'ici à se poser les mêmes questions que moi ? Mon seul soulagement venait du fait d'avoir laissé Camille à l'écart de tout ça.

Je me dirigeai vers la porte et remarquai au passage un plateau-repas sous cellophane posé sur la table. Sans me faire d'illusions, je secouai énergiquement la poignée métallique, qui résista… J'étais complètement déshydraté et j'engloutis d'un trait la bouteille d'eau minérale placée près du plateau.

Prisonnier dans ce qui s'apparentait plus à une cellule qu'à une chambre, je commençais à prendre conscience de la gravité de la situation. J'eus en tout cas le loisir d'échafauder mille scénarios possibles. Au bout d'un temps qui me parut infini – mais le temps n'était plus pour moi qu'une chose très relative, puisque je ne portais pas de montre et qu'on m'avait naturellement pris mon portable –, le verrou de la porte cliqueta enfin. Son ouverture semblait être activée par un système électronique.

L'homme qui apparut devant moi était en civil, ce qui ne me rassura guère car j'aurais préféré savoir d'emblée à qui j'avais à faire. Je ne lui posai aucune question quand il me fit signe de le suivre. Il n'était certainement qu'un exécutant et je me doutais bien que je n'obtiendrais rien de lui. Nous arpentâmes un long couloir aussi carcéral que la chambre, puis nous montâmes des escaliers tout aussi impersonnels.

La pièce dans laquelle on me fit entrer ressemblait à une salle d'interrogatoire de police : deux chaises placées de part et d'autre d'une table, un grand miroir que j'imaginais sans tain sur tout un pan de mur. Dans un coin avait été installé un écran plat de grande taille. Malgré les apparences, j'étais presque certain que les hommes qui me retenaient n'appartenaient pas à la police. Je pensai *Services secrets, Armée, Défense nationale*, bref des organisations qui auraient sans doute moins de comptes à rendre sur leurs méthodes. À nouveau, je dus patienter un long moment, seul. J'étais persuadé que l'on m'observait à travers la glace et, défi puéril, je ne leur fis même pas le plaisir de jeter un coup d'œil de ce côté.

La porte s'ouvrit enfin, avec le même bruit d'électronique que tout à l'heure. J'identifiai immédiatement celui qui venait d'entrer comme le fameux Polyphème, dont Tessier m'avait parlé lors de notre entrevue au pont d'Espagne. On avait beaucoup de mal à lui donner un âge : il aurait pu aussi bien être un homme de quarante ans usé prématurément qu'un de soixante particulièrement bien conservé. Il ressemblait assez au portrait qu'en avait fait Tessier : cheveux blond cendré, œil gauche fixe qui donnait à son regard une expression inquiétante, bouche trop fine figée en une sorte de sourire forcé, ou de rictus qui mettait aussitôt mal à l'aise. Je décidai de jouer les abrutis :

— Putain, mais qui êtes-vous ?

Polyphème esquissa quelques pas dans la pièce.

— Allons, monsieur Nimier, j'espérais que notre entretien pourrait prendre un tour un peu plus courtois.

Sa voix était en harmonie avec son physique, distinguée mais angoissante.

— Vous donner mon nom ne servirait à rien, reprit-il.

— Donnez-moi votre fonction alors, et expliquez-moi pourquoi je suis retenu ici contre mon gré.

Son rictus naturel sembla s'accentuer, mais il ne daigna pas répondre à ma question.

— Si vous êtes flic, j'aimerais pouvoir appeler un avocat.

— Vous savez pertinemment que je ne suis pas *flic*. Je vous crois assez perspicace pour reconnaître un de vos anciens collègues lorsque vous en croisez un.

Sa remarque m'indiquait clairement qu'il était très bien renseigné et connaissait cette partie au moins de mon passé. Il savoura l'effet que provoquèrent ses paroles. Il devait faire partie de ceux qui aiment jouer avec les autres et avoir un ascendant sur eux.

— En définitive, Nimier, je crois que sous vos airs d'homme tranquille, retiré du monde, se cache un autre type complètement inconscient et buté qui, lorsqu'il a une idée en tête, ne lâche jamais prise.

Je ne voyais pas trop où il voulait en venir, mais je préférai le laisser poursuivre sa brillante analyse psychologique.

— En fait, nous nous ressemblons un peu tous les deux : moi non plus je ne laisse jamais tomber lorsque j'ai quelque chose en tête.

L'envie me démangeait de l'envoyer se faire foutre, mais je n'étais guère en position de le voir se mettre en rogne. Polyphème tira la chaise restée libre puis s'installa face à moi, après avoir posé un dossier sur la table.

— Avez-vous lu Saint Thomas d'Aquin ?

— À quoi jouez-vous ?

Pour toute réponse, il sortit un étui en argent qu'il

ouvrit d'un geste sec et précis, du bout des doigts. Il y prit une cigarette, puis me le tendit pour m'en proposer une. Je refusai froidement, peu désireux d'entrer dans la complicité qu'il essayait d'instaurer entre nous.

— Lorsque Saint Thomas d'Aquin étudiait à Cologne, il était si taciturne que ses camarades l'avaient surnommé « le grand bœuf muet de Sicile ». Un jour, lors d'une argumentation publique, il se montra si brillant que son maître, Albert le Grand, se tourna tout ému vers ses élèves et leur prédit que « les mugissements de ce bœuf retentiraient dans tout l'univers ».

Polyphème semblait se délecter de son anecdote. Comme j'affichais un visage inexpressif, il poursuivit :

— Saint Thomas avait développé une vision très pertinente de la politique. Pour lui, la communauté humaine correspondait à une globalité, et il remarquait que, de toutes les organisations humaines, celle qui englobe les autres, c'est la Cité. Elle poursuit un but essentiel : le bien commun, plus important que le bien de chacun.

— Pourquoi me racontez-vous tout ça ?

— Pour vous dire, monsieur Nimier, que l'homme est un animal citoyen et que la société doit toujours l'emporter sur l'individu.

— En clair ?

— Pour préserver le bien commun, il faut parfois *sacrifier* des individus qui pourraient le mettre en péril.

— Nous y voilà ! Vous dites ça à mon intention ? Vous avez dans l'idée de m'éliminer et vous avez recours à je ne sais pas quel philosophe dont je n'ai jamais lu une ligne pour justifier vos actes et vous coucher la conscience tranquille.

Polyphème cracha la fumée de sa cigarette en une puissante volute et je crus voir son œil mort s'animer l'espace d'une seconde.

— Il y a des vérités que la masse doit ignorer le plus longtemps possible. Mon rôle est de régler des problèmes qui, s'ils étaient mis à jour, créeraient une panique ingérable et détruiraient la cohésion nationale. Il faut parfois faire le bonheur des gens contre leur gré.

Je trouvai que cette phrase allait bien avec le personnage : à l'évidence, il se croyait au-dessus de la « masse », il appartenait à l'élite qui devait gouverner dans l'ombre. Je repensai à ce qu'avait dit Alexandre lorsque nous nous étions retrouvés au chalet. *Tessier a expliqué à ma mère comment je servirais de cobaye, tout ça bien sûr pour le bien du pays.* Oui, le bien du pays, le bien commun, c'est ce dont Polyphème se gargarisait depuis quelques minutes.

Je lui jetai un regard dégoûté, mais il enchaîna, la morgue aux lèvres :

— Bien sûr, vous devez penser que je suis un être sans conscience, prêt à tout pour accomplir mon devoir : la fin justifie les moyens, etc. Vous croyez être du bon côté, persuadé que votre quête est légitime. Je suis désolé de venir ébranler votre petit univers manichéen, mais il n'y a pas les gentils d'un côté de la barrière et les méchants de l'autre.

Polyphème se leva et se mit à nouveau à parcourir la pièce.

— Je sais que vous avez appris beaucoup de choses ces derniers jours et, d'une certaine manière, j'admire votre acharnement et votre soif de vérité, jusqu'à l'ivresse visiblement.

Il semblait en savoir beaucoup, autant lui donner le change :

— J'en sais plus encore que vous ne le pensez.

— Cela, j'en doute, me répondit-il aussitôt. Vous avez découvert une vérité qui vous arrangeait, celle qui ne faisait que confirmer votre vision dualiste du monde.

J'étais sûr que Tessier finirait un jour par parler, mais cela n'a aucune importance.

Ce qui m'étonnait le plus n'était pas qu'il sache que j'avais obtenu des informations de la part du scientifique, mais de voir qu'il en faisait si peu de cas.

— Vous avez appris des choses, j'en conviens... Des choses qui ont dû vous surprendre, mais j'ai moi aussi ma part de vérité à vous livrer. Je vais faire preuve de franchise envers vous, Nimier, et vous offrir des informations qui devraient rester secrètes. J'attendrai en retour que vous soyez loyal avec moi et que vous m'aidiez à retrouver Alexandre.

Ils n'avaient donc pas récupéré Alexandre. Je me demandais depuis un moment pourquoi il n'abordait pas la question cruciale de mon neveu. Je comprenais que tous ces beaux discours sur le bien commun, la vérité, n'avaient eu pour but que de me mettre en confiance. Comment cela était-il possible alors qu'Alexandre dormait dans l'une des chambres du chalet ? Et Justine Néraudeau ? Avait-elle pu elle aussi passer à travers leurs griffes ? Étaient-ils ensemble ? Polyphème m'observait et devait lire en moi à livre ouvert :

— Eh oui, le gamin nous a échappé ! Je crois que ce petit ne cessera jamais de m'étonner. Il est vraiment incroyable.

— Vous savez pertinemment que je ne vous aiderai pas à lui remettre la main dessus, quel que soit le marché que vous me proposez.

— Vous dites cela, Nimier, car vous ne voyez toujours que la même face de l'astre. Mais attendez qu'il tourne sur lui-même et vous verrez sa face cachée, celle qu'on ne fait qu'imaginer, celle que vous aurez du mal à supporter.

Cet homme m'agaçait avec ses métaphores, mais je savais qu'il avait des réponses à beaucoup de questions que nous nous posions.

— Vous changerez sans doute bientôt d'avis, mais je ne veux pas forcer votre jugement, juste vous apporter des éléments instructifs.

— Je vous écoute.

Polyphème ouvrit la chemise qui n'avait cessé de m'intriguer depuis le début de notre entretien. Je m'étais imaginé au début qu'il s'agissait d'un dossier recélant toutes les informations qu'il avait pu réunir sur mon compte. Il en sortit une série de photos que je n'arrivais pas encore à distinguer clairement.

Il me tendit le premier des clichés et je compris par la suite qu'ils étaient rangés dans l'ordre chronologique.

— Mai 1999, commença-t-il. Le train grande ligne n°12964 reliant Paris à Marseille déraille aux alentours de 15 h 30, peu avant Valence. Bilan : 35 morts et près d'une centaine de blessés. C'est à ce jour l'accident ferroviaire ayant fait le plus de victimes en France.

Au premier plan sur la photo, on voyait une équipe de secouristes en train de donner les premiers soins aux blessés : c'était un défilé de civières, une foule de visages atterrés, une cohue dans un paysage d'apocalypse. À l'arrière-plan, on distinguait assez clairement des wagons sortis de leurs rails et complètement disloqués.

— Les causes de ce déraillement sont restées mystérieuses au début, puis on a découvert que l'accident était dû à une rupture de rail, ce qui relève d'une malchance terrible, presque unique, car le réseau national français est l'un des plus sûrs au monde. Vu la conception du système de surveillance et la maintenance appliquée aux infrastructures ferroviaires, un tel accident avait peut-être une chance sur dix millions de se produire.

Polyphème ne me laissa pas le temps de réagir et exhiba un nouveau cliché.

— Avril 2001 : nouveau déraillement. Mais cette fois, ce sont six wagons d'un train de marchandises transportant des produits toxiques qui sont sortis des rails à l'approche d'une gare. Un wagon contenant du cyanure, un autre du butadiène ont dus être arrosés en permanence en raison de la chaleur. Les pompiers spécialisés dans les produits chimiques et la protection civile ont été appelés en urgence, mais leur intervention a duré plusieurs jours.

La deuxième photo n'avait rien à envier à la première. Des wagons-citernes jonchaient les voies de la ligne de chemin de fer ainsi que les quais eux-mêmes, ce qui donnait une idée de la violence du choc. Couchées sur le flanc, les unes contre les autres, ces citernes grises ressemblaient à un amas de vieilles carcasses qu'un ferrailleur aurait oubliées. Une véritable armée de petits bonshommes colorés s'affairait sur le site.

— Les pompiers en scaphandre que vous voyez sur la photo portent des tenues intégrales qui protègent des émanations toxiques. Par chance, il n'y a eu *que* trois morts, l'un des conducteurs du train et deux adolescents malchanceux qui se trouvaient en bordure des rails. Mais le bilan aurait pu faire des dizaines de morts. Le butadiène est très sensible et hautement explosif : la moindre variation du vent ou du taux d'humidité de l'air aurait pu le faire exploser. Les causes de l'accident ont été difficilement identifiables et l'on a finalement conclu à un problème de freinage.

J'aurais pu interrompre la petite démonstration de Polyphème et lui demander où il voulait en venir, d'autant plus que je me doutais déjà que ces tragédies avaient probablement été prédites par Alexandre. Le troisième cas qu'il exposa ne m'était pas étranger.

— Février 2003 : en pleine nuit, un incendie se déclare au deuxième étage d'un hôtel marseillais. Un couple paniqué se jette par la fenêtre du cinquième étage : la femme de 22 ans est morte, l'homme est handicapé à vie. Trois personnes sont écrasées sous le toit qui s'effondre. La plupart des victimes meurent brûlées, d'autres asphyxiées. Bilan de l'incendie : vingt morts et une dizaine de blessés.

Je reconnaissais évidemment le drame relaté dans l'article de journal que m'avait communiqué Tessier. La photo qu'il me passa me rendit plus concrète une catastrophe que je n'avais pu, jusque-là, qu'imaginer. Le cliché était pris en contre-plongée. Au premier plan, trois marins pompiers, de dos, portant casque rouge et combinaison bleue striée de blanc. Derrière, les restes de l'hôtel se découpant sur un ciel bleu. Une immense échelle de pompier se dressait vers les derniers étages totalement carbonisés, aux fenêtres béantes comme les orbites noires d'un crâne. La photo avait été à l'évidence prise le lendemain du drame.

— Tessier vous a parlé de certains de ces évènements, reprit-il d'un ton moins solennel.

— Oui.

Il était inutile de lui cacher la vérité, puisqu'il savait que nous nous étions rencontrés.

— Je pourrais encore évoquer d'autres cas, mais je craindrais de finir par vous ennuyer.

Il jeta avec indifférence le reste des photos sur la table.

— Pourquoi me raconter tout cela puisque vous savez que Tessier m'en a déjà parlé ?

— Je voulais que vous ayez tous ces morts bien en tête, que vous pensiez à la souffrance des victimes et à celle de leurs familles. Et je voudrais à présent que vous réfléchissiez à nouveau à ce que disait Saint Thomas : la société doit toujours l'emporter sur l'individu. Aussi ne faut-il pas hésiter à sacrifier un petit nombre pour le bien général.

— Quel rapport avec les pouvoirs de précognition d'Alexandre ? Vous pensez que vous auriez pu éviter toutes ces catastrophes parce que mon neveu les avait prédites ? Je ne crois pas une seconde à votre humanisme de pacotille et à vos sentiments altruistes. Vous désirez mettre la main sur ce garçon pour en faire un cobaye et l'utiliser, comme les Américains l'ont fait pendant des décennies, pour des objectifs purement militaires.

Polyphème ne put s'empêcher de lâcher un rire désabusé.

— Nimier, vous n'avez donc toujours rien compris ?

Il s'arrêta deux secondes puis m'asséna avec un brin de colère :

— Alexandre ne possède aucun pouvoir de précognition. Ces drames, il ne les a pas prédits, il les a provoqués.

3.

— Vous imaginez que je vais croire ça ?

— Je sais combien la vérité peut parfois être dure à accepter, mais nous avons déjà perdu trop de temps. *Dire la vérité est utile à celui à qui on la dit, mais désavantageux à ceux qui la disent car ils se font haïr.* C'est Pascal qui a écrit cette phrase terriblement juste…

— Arrêtez avec vos citations à la con !

— Pensez ce que vous voulez de moi, Nimier, mais vous serez bien obligé d'accepter l'évidence. Votre neveu n'a jamais prédit aucun événement, mais ses pouvoirs sont bien plus extraordinaires et plus terribles. Il a été capable de provoquer à distance des catastrophes qui ont déjà fait des morts, beaucoup de morts.

Polyphème quitta sa chaise et se dirigea vers l'écran géant. Il s'empara de la télécommande et se tourna de nouveau vers moi :

— Plutôt que de vous convaincre par les mots, je vais vous montrer des extraits d'un petit film fort édifiant. Vous ne pourrez plus dire que j'essaie de vous manipuler avec des paroles spécieuses.

Les premières images défilèrent. La scène semblait se dérouler dans une sorte de laboratoire. À l'écran pourtant, on ne voyait qu'une table, équipée d'un matériel que je distinguais mal, devant laquelle était installé un garçon d'une douzaine d'années en qui je reconnus immédiatement Alexandre. Ces images avaient sans nul doute été filmées à l'époque où mon neveu fréquentait l'Institut. Sur la table, on apercevait maintenant une étrange boîte hermétique transparente qui contenait un cylindre de bois. En *off*, on entendit soudain une voix neutre et inconnue énoncer :

— Expérience PK n°7, deuxième essai.

Sans aucune influence extérieure, le petit cylindre de bois se mit à bouger dans la boîte translucide, d'abord doucement comme si on avait délicatement soufflé dessus, puis en tournant très rapidement comme une hélice. Je supposai qu'Alexandre était à l'origine de ce phénomène, même si l'expression de son visage n'avait pas changé et s'il ne semblait pas dans un état de concentration particulier. Au bout d'une dizaine de secondes, le cylindre ralentit son étrange rotation puis s'immobilisa totalement. À ce moment-là, Alexandre se tourna vers la caméra et je constatai combien il ressemblait à Raphaël. J'eus l'impression d'être transporté trente ans en arrière et de retrouver intact le visage adolescent de mon frère, dur, insoumis et parfois insensible. J'éprouvai aussi de la compassion pour ce jeune adolescent soumis à des manipulations qui le dépassaient complètement.

L'écran devint noir. Polyphème annonça d'un ton péremptoire :

— Psychokinèse. L'influence de l'esprit sur la matière.

Mes yeux se détachèrent de l'écran immobile pour scruter le visage sournois de mon interlocuteur.

— ...symbolisée par le sigle PK que vous avez entendu dans le film et qu'on appelait autrefois télékinésie.

Je ne pus m'empêcher de lâcher dans un murmure :

— Incroyable !

— Tout, dans les lois modernes de la physique, interdit l'existence de ces phénomènes, mais visiblement cela ne les empêche pas d'exister. Voilà dans quoi excellait Alexandre : le *psi projectif*. Et non la précognition.

J'étais encore sous le choc des images et Polyphème dut prendre mon mutisme pour de l'incrédulité.

— L'expérience que vous venez de voir a naturellement été réalisée sans aucun trucage. La boîte hermétique est généralement utilisée pour exclure toute possibilité de triche avec des fils ou des aimants, mais dans le cas d'Alexandre il s'agissait surtout de rendre l'expérience plus probante en isolant l'objet du sujet. Ce genre d'expérience a été renouvelé bien des fois, même si les recherches entreprises sur Alexandre ont brutalement pris fin pour les raisons que vous connaissez.

Je commençais à me demander pourquoi Tessier n'avait jamais évoqué ces expériences de psychokinèse en laboratoire. Se pouvait-il qu'il n'ait pas été au courant des pouvoirs psychiques de mon neveu sur la matière ? Peut-être n'était-il plus à l'Institut Carlier au moment des tests.

— Je vais vous faire un aveu, Nimier : j'ai toujours été incroyablement sceptique vis-à-vis des phénomènes de psychokinèse. Je me souviens encore des tours de bonimenteur d'Uri Geller qui tordait des cuillères à la télé et réparait des montres à distance. Quantité de magiciens, ou de bons bluffeurs, reproduiront à l'envi ce genre de tours. J'ai lu beaucoup de rapports sur les expériences de télékinésie menées en laboratoire : des êtres capables de tordre des barres de fer ou de modifier la structure moléculaire d'un alliage métallique, seulement en le touchant. Et pourtant, rien ne m'a jamais convaincu parce que ces expériences n'étaient pas réalisées avec assez de rigueur. Les cas de psychokinèse véritable sont rares, mais

Alexandre… Alexandre c'était autre chose, un exemple unique, incroyable. Vous voyez, un enfant de cet âge ne peut pas être soupçonné de tricher. De toute manière, il n'en avait pas la possibilité…

— Comment a-t-il pu réaliser ça ?

— Si nous le savions ! Durant des décennies, les Soviétiques et les Américains ont tenté de percer les mystères de la PK. Ils ont tout mesuré : le rythme cardiaque des sujets, les variations physiologiques, l'altération des champs magnétiques et électrostatiques… Ils n'ont jamais rien trouvé de convaincant, en partie parce qu'ils manquaient de sujets capables de produire des phénomènes irréfutables. Il y a eu pourtant, dans le passé, des cas tout à fait troublants. Nina Kulagina, par exemple, une Russe tout ce qu'il y a de plus ordinaire qui faisait bouger des objets à volonté. Elle a participé à des centaines d'expériences sans jamais rechercher aucun profit. Les scientifiques ont tout essayé pour la piéger mais ce n'était pas une fraudeuse : elle faisait partie de ces rares êtres d'exception capables de déjouer les lois de la physique.

Je demeurai interloqué par les révélations de Polyphème, incapable de savoir s'il était, ou pas, en train de me manipuler.

— Je pourrais vous montrer d'autres tests semblables. Alexandre arrivait aussi à faire tomber des dés sur une face déterminée, par le seul pouvoir de sa volonté. C'était incroyable, il aurait fait fortune à Las Vegas ! Vous savez, même Descartes, tout rationaliste qu'il fût, pensait que son humeur du jour influait sur les jeux de hasard qu'il pratiquait. Si Descartes arrivait à influencer les dés, imaginez le potentiel qu'avait votre neveu.

— Il y a quand même une différence entre faire bouger des dés en laboratoire et provoquer les accidents démentiels dont vous m'avez parlé !

Le rictus de Polyphème s'accentua jusqu'à le défigurer, sans que j'arrive à distinguer si c'était un signe d'amusement ou de colère.

— Ces tests en laboratoire font partie de ce qu'on appelle la micro-PK. Les « accidents » qu'a provoqués Alexandre appartiennent à la macro-PK : en l'occurrence, des phénomènes de grande ampleur, directement observables. La seule particularité, c'est qu'il ne s'agit pas de tordre des cuillères ou de dérégler des boussoles. Il s'agit de déraillements de trains, d'accidents d'hélicoptères, d'incendies qui ont fait des dizaines de victimes. Je sais ce que vous avez pensé, et ce que vous pensez peut-être encore : nous voulons manipuler Alexandre, nous servir de lui, l'utiliser à des fins militaires. Ne vous laissez pas obnubiler par ces vieilles théories du complot. Nous ne sommes pas dans un épisode d'une série américaine d'anticipation. Alexandre représente un danger pour la sécurité du pays. Nous ne savons pas comment il provoque ces catastrophes, ni pourquoi il le fait. Ce que nous savons, c'est que ce gamin est à l'origine, à lui seul, de centaines de morts.

Je n'arrivais pas à croire qu'un garçon d'une dizaine d'années puisse être la cause d'accidents qui pouvaient tout aussi bien relever du pur hasard ou de la malchance.

— De tout temps, des gens comme moi ont travaillé dans l'ombre pour assurer la survie de la Cité. Nous sommes parfois amenés à faire des choses qui nous paraissent désagréables, sales, iniques voire inhumaines, mais nous le faisons toujours pour éviter que l'anarchie ne gagne nos sociétés. Vous-même, lorsque vous étiez dans la police, auriez-vous aimé que, sous prétexte de transparence, l'on mette à jour vos enquêtes ou que l'on découvre vos planques ? Ce que vous faisiez, c'était pour la sécurité des gens, non ?

— Ça n'a rien à voir.

— Croyez-vous ? Lorsque les flics donnent de la cocaïne à un informateur en échange de tuyaux, ça n'a rien à voir ? Vous l'avez fait vous aussi. On peut parfois commettre un acte en apparence immoral, mais dans un but qui, lui, est juste et bon. Qu'importe de fournir de la drogue à un individu si c'est pour démanteler un réseau de dealers qui tuent chaque jour nos enfants.

Je trouvais ses effets de pathos un peu grossiers et cette manière de me culpabiliser peu loyale. J'insistai :

— Il y a une chose que j'ai du mal à comprendre. Si ce que vous dites est vrai, comment avez-vous découvert qu'Alexandre était à la source de ces catastrophes ? Rien ne vous permettait de faire le lien entre lui et ces accidents. Les dessins du garçon relevaient plus, à l'évidence, de la précognition que de la psychokinèse.

— Votre objection est très sensée. Au début, nous avons cru, nous aussi, qu'Alexandre était capable de prédire des événements. Dans les années soixante, un physicien allemand a mis au point un générateur numérique aléatoire. Il s'agissait d'une machine qui allumait toute une série d'ampoules de manière totalement indéterminée. Les sujets psi devaient deviner lesquelles s'allumeraient. Mais le scientifique allemand s'est vite demandé si les sujets, plutôt que de prévoir l'allumage des lampes, ne l'influençaient pas. Dans un cas, nous sommes confrontés à de la précognition immédiate, dans l'autre à de la psychokinèse, si bien que les deux domaines ne sont pas aussi distincts que l'on croit.

— Il y a donc bien un doute dans le cas d'Alexandre !

— Pas le moindre, malheureusement. Lorsque Alexandre était à l'Institut Carlier, nous avons réussi à mettre la main sur un carnet… une sorte de journal de bord.

— Son journal intime ?

— Si l'on veut. J'ai toujours éprouvé de la difficulté à qualifier ce document.

De sa pochette, l'homme sortit un cahier d'écolier assez épais, tout à fait ordinaire.

— Ce… carnet, donc, est extrêmement déroutant, il ne correspond à rien de ce qu'on pourrait attendre du journal d'un gamin d'une douzaine d'années. C'est une vraie curiosité.

Il me tendit le cahier dont la couverture, protégée par un plastique visiblement postérieur à son utilisation, était tachée et usée par des manipulations fréquentes. Dès que je l'ouvris, je fus surpris par l'écriture hachée, maladroite et parfois illisible qui s'offrait à mes yeux. Le garçon n'avait semble-t-il tenu aucun compte des lignes pré-imprimées et avait noirci les pages sans laisser le moindre espace vierge. Je le feuilletai rapidement et constatai qu'il était plein aux trois quarts, ce qui correspondait à peu près à deux cents pages.

— Nous pensons qu'il a dû tenir bien d'autres carnets de ce genre. Jetez-y un œil !

Me sentant perdu dans cette jungle de caractères, je repris le cahier au début.

Je commence aujourd'hui un nouveau cahier bien que je n'aie pas terminé le précédent. Il émettait des ondes trop négatives. Ses pages semblaient suer l'hostilité, comme si le papier refusait de boire l'encre que je lui offrais. Il me prend souvent l'envie de jeter ce ramassis de feuilles qui me renvoient inexorablement à moi-même. Je voudrais réduire en bouillie ces hideux feuillets de mon carnet de damné *et détruire les* ********* *(illisible) de cette étrange destinée.*

Je crois que plus le temps passe, moins je suis à l'aise dans cette école. Cette concentration de surdoués me fait penser à un asile de fous. Il doit exister un seuil à partir duquel l'intel-

ligence se rapproche dangereusement de la débilité, dans une espèce de réunion des extrêmes. J'étais encore mieux parmi les autres, les vrais débiles, dans leurs classes pourries où l'on n'apprenait rien mais où on me foutait la paix. J'aimerais bien que l'on m'oublie parfois. J'aimerais bien me fondre dans le mur de cette chambre, me mêler à la matière, comme le chat dans Alice au pays des merveilles *qui arrive à prendre l'apparence de son environnement. Mais non, ce n'est pas ce que je veux dire. Ça n'a même rien à voir. Moi, je parle de me fondre, pas de me déguiser, je parle de disparaître.*

Mais il faut que je dise un mot de ma grande découverte. Tout à l'heure, à la bibliothèque, comme je m'ennuyais, j'ai cherché un livre pour passer le temps. Et je suis tombé sur un trésor. Je me demande même ce que ce livre faisait là, car il ne s'adressait pas à des « gens de notre âge ». Je pense que personne n'en a jamais examiné le contenu. Dire que j'aurais pu passer à côté de cette merveille ! Le début à lui seul était une vraie jouissance : « Lecteur, c'est peut-être la haine que tu veux que j'invoque dans le commencement de cet ouvrage ! » *La suite était un peu longue et répétitive, mais plus loin, on découvre le héros en train de goûter le sang et les larmes d'un enfant pour finalement le tuer. Il faut, dit-il, se laisser pousser les ongles pendant quinze jours puis les enfoncer dans sa poitrine molle, mais sans l'assassiner, pour pouvoir profiter de* « l'aspect de ses misères ». *Je n'ai malheureusement pas pu emprunter le livre, on me l'aurait interdit. Voici cependant quelques passages que j'ai appris par cœur dans la salle de lecture.*

Suivaient plusieurs pages d'extraits du livre en question, recopiées de façon encore plus gauche et illisible que le reste. Je dois dire que l'on avait du mal à croire qu'il ait pu retenir de si longs passages en une lecture. Il m'aurait sans doute fallu des mois pour arriver au même résultat.

Je sautai plusieurs feuilles en m'arrêtant de temps à autre sur des passages, un peu au hasard.

Je n'aime pas la prof d'Anglais. Cette Mrs Evans a un accent de merde. Avec le nom qu'elle a, pourtant ! Les profs de l'institut sont soi-disant l'élite du pays !

Je fis l'économie de l'interminable description de la madame Evans en question, pour arriver à un passage plus intéressant.

La bouffe à la cantine aujourd'hui était dégueulasse. J'aurais voulu prendre la nourriture à pleines mains et l'enfoncer dans la bouche du cuisinier pour qu'il goûte un peu ce qu'il ose nous servir. Ça ne lui a pas suffi d'avoir failli cramer l'année dernière. Pendant des mois, il a porté un bandage ridicule. On aurait dit l'homme invisible !

Je me souvins immédiatement de l'incendie qui avait eu lieu dans les cuisines et qui avait été le point de départ de tout le reste.

— Style étrange, n'est-ce pas ? Déroutant pour un enfant de son âge. Vous avez noté les allusions à Lautréamont, et à Rimbaud : « les hideux feuillets du carnet de damné » ?

Je ne répondis pas.

— Vous devriez aller plus loin, reprit-il. Au passage indiqué par le marque-page.

*Voilà deux jours qu'il est revenu. Léviathan est de retour, comme l'ignoble sangsue de Maldoror. Je ne le contrôle plus, comment le pourrais-je d'ailleurs ? Il est resté caché dans ses profondeurs à grossir et à grandir, se terrant pour mieux décupler ses forces de dragon. Je l'ai senti ramper vers la surface, comme ********* (illisible). Je me suis remis à mes dessins.*

J'ai d'abord dessiné Léviathan, sur de grandes feuilles de papier blanc, je voulais en avoir une image nette devant les yeux, sans être obligé de le convoquer dans mon esprit. Si seulement je pouvais intégrer ces dessins au journal, cela le rendrait plus complet et intéressant. Voici en attendant un schéma grossier qui le représente.

[Suivait un dessin réalisé au crayon à papier, une sorte de dragon très réaliste, au long corps écailleux et à la gueule en flamme.]

Ensuite, j'ai dessiné cet hôtel du quartier de la Plaine dans lequel nous sommes allés maman et moi il y a deux ans. Mais il faut d'abord que je raconte cet épisode, sinon il n'y aura plus aucune logique dans ce journal et cela ne servira à rien que je continue à le tenir. La logique, c'est vraiment ce qui me manque et il en faut parfois pour que les choses coulent d'elles-mêmes. Nous étions allés rendre visite à Claire, une amie de maman qui habite à Marseille. Je ne sais plus pourquoi nous n'avons pas pu dormir chez elle. L'hôtel était assez miteux et je me souviens qu'il y avait des immigrés qui vivaient dans les chambres tout en haut. Nous, nous étions au premier étage et la chambre ne payait pas de mine, même si c'était l'une des plus « luxueuses ». J'ai détesté le gérant de l'hôtel dès que je l'ai vu. Il était à l'accueil. Il a fait une remarque sexiste à maman, c'était très déplaisant. Un homme ne doit pas se permettre ce genre de comportement envers une femme. Il y avait quelque chose d'obscène dans la manière qu'il avait de regarder maman. Je trouvais ce type dégoûtant… Il dégoulinait dans sa chemise trempée de sueur, c'était en été, il faisait une chaleur terrible, peut-être la plus insupportable que j'aie jamais connue. Un après-midi, je suis rentré à l'hôtel et je suis passé naturellement devant le comptoir. Je lui ai jeté un coup d'œil, mais j'ai dû le regarder quelques secondes de trop à son goût. Ma mère m'avait dit un jour qu'il fallait que j'évite de fixer les gens de mon regard noir. Ce connard a relevé la tête et il m'a dit : « Tu veux ma photo, morveux ? »

J'avais complètement oublié cette histoire jusqu'au retour du Léviathan, il y a deux jours, jusqu'au moment où j'ai dû me remettre à dessiner. L'idée de l'hôtel est venue d'elle-même, le crayon s'est déplacé sous mes doigts sans que mon cerveau ne me donne aucun ordre. J'ai revu dans mon esprit la face de rat de ce type. Dès la première minute, j'ai souhaité qu'il meure, lentement. Le premier dessin n'était pas très réussi. La perspective n'allait pas, je crois. Le second était bien plus satisfaisant, j'en étais assez fier. Et puis hier soir, tard dans la nuit, j'ai dû passer à l'acte. Le monstre avait besoin de sortir. J'ai essayé de dialoguer avec lui, mais il n'a rien voulu entendre. Il refuse de m'obéir. Je me suis finalement fait une raison en pensant à la tête de rat.

La lecture de ce journal me remplit d'effroi et me plongea en même temps dans une tristesse profonde, parce que je ne pouvais plus nier la réalité. Alexandre était responsable de la mort de ces gens, même si aucun de ces « meurtres » ne pourrait jamais lui être imputé, ni même être prouvé. Quel genre d'enfant avait-il été ? Pouvait-on imaginer un être plus tourmenté que celui qui apparaissait dans ces quelques pages ? Polyphème dut voir mon désarroi et rompit le silence :

— Alexandre est visiblement habité par une force intérieure qu'il nomme de manière assez emphatique « Léviathan ». Le choix de ce nom n'est évidemment pas anodin. Dans la Bible, le Léviathan est le monstre des mers qui représente nos péchés et le mal qui habite chacun d'entre nous. Il y a d'ailleurs, dans ce cahier, d'assez nombreuses références bibliques, mais Alexandre s'en moque presque systématiquement, lorsqu'il ne se livre pas franchement à des propos orduriers envers la religion. Je ne crois pas qu'il ait jamais cru en Dieu. Cette référence au Léviathan est plus une manière de traduire le malaise qu'il éprouve devant ses pouvoirs dérangeants.

— On a l'impression qu'il subit son pouvoir sans en être à l'origine.

— Hum... Ce qui est évident, c'est qu'il a conscience de commettre le mal, la symbolique du Léviathan est claire. Mais d'un autre côté, il ne peut pas s'empêcher de le faire. Les drames qu'il a provoqués ne relevaient pas du hasard. Il choisit des cibles précises, même si ses choix sont peu rationnels. Chacun de ses actes semble motivé par la vengeance. Cet homme dans l'hôtel à Marseille avait manqué de respect à sa mère : il a tourné sa colère contre lui en déclenchant l'incendie.

— C'est un peu maigre comme raison...

— Cela n'a aucune importance. Alexandre a besoin d'exprimer ses frustrations en déclenchant son courroux *contre* le monde. Il est débordé par ses facultés exceptionnelles et demeure incapable de maîtriser ses pouvoirs. Je crois qu'il a toujours souffert d'une forme de schizophrénie.

— Un dédoublement de personnalité ?

— La schizophrénie n'a rien à voir avec le dédoublement de personnalité. Cette maladie provoque un isolement progressif de l'individu, une inaptitude à dialoguer avec les autres. La schizophrénie débute le plus souvent à l'adolescence, mais il arrive, comme ça a sans doute été le cas avec Alexandre, qu'elle se manifeste avant.

— Alexandre est donc lui aussi une victime.

— On peut présenter les choses ainsi. Sa violence a en tout cas constitué pour lui une forme de communication, la seule dont il soit vraiment capable.

Je gardai le silence pour tenter de faire le point sur ce que je venais d'apprendre. Polyphème avait l'art de retourner la situation, mais les pouvoirs d'Alexandre ne devaient pas occulter l'horreur du crime qu'eux-mêmes avaient commis, le meurtre de mon frère.

— Vous avez parlé de vision manichéenne du monde, mais vous oubliez un peu vite ce que vous avez fait subir à mon frère. Je présume qu'il n'était qu'un pion qu'il fallait à tout prix sacrifier pour l'intérêt général ?

— Vous n'allez sans doute pas me croire, mais la mort de votre frère a été un terrible accident que personne ne voulait.

— Un *accident*, vous vous foutez de moi ?

— Pas du tout. Pendant longtemps, nous avons ignoré l'existence de votre frère. Il n'avait pas reconnu son fils à la naissance et rien ne nous permettait de remonter jusqu'à lui.

— Jusqu'au jour où vous l'avez retrouvé et où vous avez voulu le faire parler.

— L'homme que nous avions engagé pour retrouver votre frère et tenter d'en savoir plus sur ce qu'était devenu Alexandre a, disons… échappé à notre contrôle.

— Comment ça ?

— Il était réputé pour son efficacité dans les missions de terrain et de renseignement. C'était un soldat en qui nous avions toute confiance. C'est là que nous avons commis une énorme erreur.

— Pourquoi dites-vous « c'était » un soldat.

— Si cela peut vous rassurer et apaiser votre peine, sachez que cet homme d'élite est mort. À l'heure qu'il est, il a été puni pour ce qu'il a fait.

— Vous bluffez !

— Non, c'est la stricte vérité. Il a enfreint les règles et s'est affranchi de la mission qui lui avait été confiée. Il a tué votre frère après lui avoir soutiré des informations concernant Alexandre. Et il a aussi tenté d'éliminer votre neveu, mais heureusement sans succès.

— Comment avez-vous appris l'existence de Raphaël ?

— Un peu par hasard. Le petit malfrat qui avait procuré

les faux papiers à Julia Valet a été arrêté. Heureusement pour nous, il conservait beaucoup de documents compromettants. C'est par lui que nous avons pu remonter jusqu'à votre frère. Mais il n'a pas été capable de nous donner la nouvelle identité de votre neveu.

— C'est alors que vous avez fait appel à votre… « liquidateur » ?

— Ce n'était pas un « liquidateur » et nous ignorions qu'il allait torturer votre frère.

J'essayai, sans grande conviction, de défendre la mémoire de Raphaël :

— Mon frère n'aurait jamais parlé.

— Il ignorait probablement le sort qui serait réservé à son fils. S'il a parlé, c'est qu'il n'avait jamais imaginé qu'on pourrait vouloir attenter à sa vie.

— Et vous n'avez rien fait pour empêcher tout ça ?

— Que pouvions-nous faire ? La mission de notre agent était de nous ramener Alexandre, en aucun cas de l'éliminer. Mais la situation nous a totalement échappé.

— Pourquoi cet homme aurait-il agi de façon aussi stupide ? Quel intérêt avait-il à désobéir aux ordres ?

Polyphème hésita un moment, puis finit par se décider.

— Avez-vous entendu parler du syndrome des Balkans ?

— Ça a un lien avec la guerre en Bosnie ?

— C'est exact, avec la guerre en Bosnie en 1995, et au Kosovo en 1999. Depuis la guerre du Golfe, les Américains ont l'habitude d'employer des munitions renforcées à l'uranium appauvri. Des milliers de soldats américains sont morts de leucémies et de cancers, probablement à cause de ces armes. Le même phénomène s'est produit, de façon moindre, lors de la guerre des Balkans. Des soldats européens, cette fois, ont été touchés par les effets de l'uranium. La France et ses alliés étaient parfaitement au courant de l'emploi de l'uranium par les Américains. Et pourtant, nous avons laissé faire...

— Quel rapport avec notre histoire ?

— L'homme qui a assassiné votre frère avait servi au Kosovo en 1999. Il a perdu un de ses camarades l'an dernier, mort d'une leucémie comme tant d'autres. Lui-même était sans doute atteint d'un mal comparable. Nous pensons qu'il avait développé ces derniers temps une forme de paranoïa aiguë et qu'il n'avait plus qu'une idée en tête : se venger de ce que l'armée avait fait subir à ses amis et à lui-même.

— Pourquoi alors voulait-il s'en prendre à mon frère et mon neveu ?

— La vengeance est parfois aveugle. Il savait à quel point nous voulions remettre la main sur Alexandre. Il a voulu détruire ce que nous convoitions, nous punir par un moyen ou par un autre.

Je demeurai sans voix, tant j'avais du mal à relier entre eux ces événements. Tout semblait si absurde. Et pourtant, dans le récit inouï que m'avait fait Polyphème, il y avait de la place pour la vérité... Ils n'avaient peut-être pas voulu éliminer mon frère, ni Alexandre. Quel intérêt auraient-ils eu à supprimer ce qu'ils avaient recherché avec tant de persévérance ?

Alors que je songeais aux derniers points obscurs sur lesquels mon interlocuteur aurait pu m'éclairer, la porte s'ouvrit brutalement sur l'homme qui m'avait accompagné jusqu'ici. Il n'eut même pas un regard pour moi et déclara d'une voix un peu inquiète :

— Monsieur, je crois que vous devriez venir, il y a du nouveau.

4.

Alexandre ressentait en lui un état d'urgence, d'une manière presque fiévreuse. L'angoisse qui n'avait fait que grandir en lui, depuis que le passé avait resurgi, atteignait à présent son paroxysme. Il avait l'impression que sa vie tout entière n'avait jamais tendu que vers cette issue inexorable : la confrontation avec ceux qui l'avaient recherché d'arrache-pied depuis trois ans. Il leur avait échappé encore une fois, il leur avait échappé et pourtant…

Cette dernière nuit dans le chalet, il n'avait pas réussi à trouver le sommeil. Il avait l'habitude des insomnies, mais il savait que cette nuit ne serait pas comme les autres. La *chose* en lui s'était à nouveau réveillée : elle ne se terrait plus, comme avant, dans les profondeurs abyssales. Elle dormait tout près de la surface, prête à surgir dès qu'il le faudrait. C'est elle qui lui avait ordonné de se lever et de ne pas demeurer une seconde de plus dans cette maison. Il s'était rapidement habillé, sans même prendre la peine d'allumer la lumière, trouvant ses gestes avec une acuité surprenante. La porte lui semblant trop risquée, il avait enjambé la fenêtre.

L'air était frais et pur au-dehors. La salubrité de l'atmosphère, comparée à celle de Nice, le surprit et il livra quelques secondes ses narines à la légèreté de la brise. Puis il se tapit dans l'ombre et attendit.

Dès qu'il fut certain qu'ils avaient tous quitté le chalet, il ressentit une détresse profonde. Le fait d'avoir pu leur échapper encore une fois aurait dû le soulager, mais ce fut tout le contraire. Il se sentait trop las pour continuer à fuir et aurait voulu que cette histoire prît fin d'une manière ou d'une autre. Dans le froid piquant de cette nuit de mars, lui revint en mémoire un conte qu'il avait lu et relu des centaines de fois étant enfant, celui d'un renard au cou duquel un braconnier avait attaché un grelot de chien de chasse. Plus le pauvre animal fuyait, plus le grelot retentissait et lui faisait croire qu'il était poursuivi. La bête courait à travers bois sans pouvoir trouver le moindre repos et finissait par mourir d'épuisement. Voilà ce qu'il était : un animal tremblant au moindre bruit de clochette.

Tout se mêlait en lui comme dans un jeu de miroirs. Dix-sept ans à peine et il avait connu tant de choses. Les éléments de sa pauvre vie, insaisissables et inquiétants, se succédaient sans logique apparente, comme les décors des trains fantômes qui se dérobent pour laisser la place à d'autres tableaux encore plus effrayants. Parmi ces images de peur émergeaient çà et là des souvenirs heureux, dérisoires esquifs auxquels il pouvait se raccrocher. C'est ainsi qu'il se rappelait avec émotion l'immense plage de Biarritz où il allait enfant.

Il revoit parfaitement l'étendue sableuse en croissant de lune, le ciel immense au-dessus de lui, si lumineux qu'on ne peut pas le fixer raisonnablement plus de quelques secondes, et la mer, succession de strates déclinant ses tonalités de bleu et de vert. Ne va pas dans l'eau, la mer est trop agitée. De toute façon, elle l'est toujours trop au goût de sa mère. Julia a fait pour le mieux, elle a voulu protéger son enfant unique. Et ironie du sort, c'est elle qui l'a précipité dans la gueule de l'Institut. Il sait pertinemment qu'elle ne se l'est pas pardonné. Il se voit courir sur la plage, il n'imagine pas combien sa vie sera différente de celle des autres gamins qui s'amusent sur ce même sable. À cette époque, il est encore *innocent*, innocent des crimes qui viendront plus tard.

À présent, il en est conscient : *il* est le monstre. Il les a tués tous ces gens, il allait presque penser ces « pauvres » gens. Mais non, pas pauvres, car s'il est un monstre, il est un monstre hors du commun, un maître des illusions, un magicien capable de soumettre l'univers entier à sa seule volonté, là où les autres ne sont que des êtres impuissants perdus dans une masse aveugle. Mais la médiocrité de ses victimes n'enlève rien à l'horreur de ses actes. Il ne peut plus aujourd'hui rejeter sa faute sur le Léviathan – *Dieu tout puissant, j'avais juré de ne plus jamais prononcer son nom* –, car il ne fait plus qu'un avec lui.

Il est le Léviathan.

Lorsqu'il se demande qui il est vraiment, sa double identité obscurcit son esprit : Alexandre ou Stéphane ? Aucun des deux noms ne peut refléter ce qu'il est, car chacun est lui-même à double face, marqué d'une irréductible dichotomie : l'enfant innocent et l'enfant monstre, la bête curieuse, l'être capable de remettre en question des siècles de science et de cartésianisme.

L'an passé, il avait pris une décision importante, susceptible de bouleverser sa vie et de le sortir irrévocablement de l'anonymat. Tout avait commencé par un cours sur le rationalisme dispensé par Frulani, son prof de philo, un homme qui aimait par-dessus tout détruire les idées reçues et aller à l'encontre de la *doxa*. Son propos portait sur l'étendue du champ d'étude de la science.

— Quelle que soit la manière que nous ayons d'aborder le concept scientifique nommé *matière*, ce qui entre dans le champ de la science appartient au monde matériel et peut être étudié. Le surnaturel est à ce titre une absurdité. Soit les phénomènes existent et peuvent être observés et étudiés par les scientifiques, soit ils n'existent pas et ne sont que contes d'enfant qui ne méritent pas une seconde d'attention. La vérité est toujours concrète.

Il était rare qu'Alexandre intervienne durant les cours et fasse valoir son avis, mais il ne supportait pas d'entendre Frulani, un homme qu'il admirait par ailleurs, parler de choses qu'il ne connaissait pas. Alors cette fois, il rétorqua :

— Vous avez une confiance absolue en la science, vous savez pourtant qu'elle s'est fourvoyée à de nombreuses reprises et que des vérités autrefois établies et acceptées par tous ont été par la suite réfutées.

Le regard de Frulani s'était animé. Il était ravi qu'un de ses élèves ose enfin le contredire et ne se contente pas de boire ses paroles.

— Je ne crois pas avoir une « confiance absolue en la science », comme vous dites, mais je suis d'accord avec vous sur un point : la science est loin d'être l'outil parfait de la connaissance… elle est simplement, comme le disait le sceptique Carl Sagan, « le meilleur que nous ayons ». Le recours à la science s'impose parce que seule l'application d'une méthode rationnelle permet de tendre vers l'objectivité.

— Vous disiez vous-même tout à l'heure que la science ne pouvait prendre comme objet d'étude que la matière. Comment ferait-elle donc pour démontrer la non-existence de faits qu'elle se dit incapable d'étudier ?

— Allons, Laurens, vous n'allez pas me dire que vous aussi vous croyez aux ectoplasmes, aux fantômes et aux miracles de Lourdes !

— Je ne vous parle pas de fantômes. À l'aube de l'humanité, les éclipses de soleil pouvaient apparaître comme des manifestations effrayantes ; autrefois, les gens prenaient les feux follets pour des phénomènes surnaturels, jusqu'à ce que la science en donne une explication rationnelle.

— Vous abondez dans mon sens…

— Pas tout à fait. Peut-être qu'un jour le pouvoir de l'esprit sur la matière, par exemple, pourra être expliqué lui aussi par la science, et tout le monde le trouvera alors naturel, voire banal.

— Vous croyez vraiment à toutes ces choses !

— Non, mais je dis simplement qu'il n'y a pas de preuve qu'elles n'existent pas.

— Votre argument est sophistique. La science ne peut pas prouver que ces phénomènes n'existent pas dans l'absolu ; ce qu'elle attend, c'est une preuve de leur existence. Or, au bout de décennies de recherches, elle n'en a pas trouvé une seule.

Leur débat s'était poursuivi au milieu d'une classe somnolente qui ne songeait qu'au déjeuner. Le dernier argument de Frulani était simple : ceux qui se disent investis de pouvoirs paranormaux n'avaient qu'à le prouver. Il avait alors évoqué l'initiative originale d'un professeur de physique de l'université de Nice et d'un docteur de l'université de Paris qui avaient créé, voici quelques années, un « Cercle de zététique », référence à l'école de Pyrrhon et des sceptiques grecs.

Le défi était simple : l'association offrait deux cents mille euros à quiconque pourrait prouver ses pouvoirs paranormaux. Les conditions requises étaient nombreuses et assez strictes pour éviter toute réclamation fantaisiste. L'une d'entre elles stipulait que les tests se dérouleraient à la Faculté des Sciences de l'Université de Nice-Sophia Antipolis, dans leur tout nouveau laboratoire de zététique.

Ce laboratoire était la seule structure universitaire en France où les phénomènes paranormaux étaient testés scientifiquement : des protocoles rigoureux permettaient d'éviter de tomber dans les pièges habituels tendus par les tordeurs de cuillers et guérisseurs en tout genre.

Frulani connaissait personnellement les professeurs à l'origine de ce projet et il avait confié qu'en plusieurs années d'existence, ce défi n'avait attiré que des arnaqueurs professionnels, de doux dingues ou des plaisantins qui avaient du temps à perdre. À la fin du cours, Alexandre s'était rendu à la bibliothèque et avait cherché le site Internet de l'association. Il avait pu lire plus en détail le compte rendu des expériences menées au laboratoire de l'université de Nice ainsi que les conditions requises pour ces expériences. Il se souvenait encore par cœur de la dernière clause :

Au cas où le prétendant réussit sa démonstration dans les termes et conditions convenus, la totalité de la somme de 200 000 € sera payée immédiatement par chèque, en règlement intégral.

200 000 euros, immédiatement ! C'était l'occasion pour lui et sa mère de sortir de toutes ces années de galère. L'argent dont Julia avait hérité leur avait permis de joindre les deux bouts, mais ils n'avaient jamais roulé sur l'or. S'offrait enfin, au bout de ses doigts, l'occasion de vivre à l'abri du besoin.

Mais surtout, s'il acceptait ce défi, il pourrait enfin se faire connaître et échapper ainsi à ceux qui le recherchaient. Une fois le secret dévoilé, on ne pourrait plus rien contre lui. Oui, mais il y avait sa mère qui avait tout sacrifié pour le protéger : son travail, ses amis, son ancienne vie… Et il allait tout remettre en question, il allait détruire ce qu'elle avait mis tant d'années à construire.

Ce dilemme l'obséda des nuits entières. Un matin, il décida malgré tout de franchir le pas et prit rendez-vous avec les organisateurs du projet. Il avait espéré que les choses iraient vite et qu'il n'aurait pas le temps de regretter sa décision. Malheureusement, les tests n'avaient lieu qu'au mois de mai, ce qui permettait aux scientifiques de les organiser pour plusieurs candidats sur une seule et même période. Son rendez-vous fut fixé deux mois plus tard. Il reçut une convocation qui demeura quelque temps dissimulée dans un tiroir de son bureau pour que sa mère ne risque pas de tomber dessus. Une semaine avant le rendez-vous, il se débarrassa de la lettre. Le jour venu, il ne se leva pas, prétexta une affreuse migraine et resta dans son lit où il ne fit que dormir pour oublier ce à quoi il venait de renoncer.

Alexandre ne pouvait pas non plus oublier le soir où on avait voulu l'éliminer et où ce pauvre Cordero avait trinqué à sa place. Sa seule consolation, c'est qu'il avait pu se débarrasser du tueur. Et cette victime-là, personne ne la regretterait.

Il voyait encore l'inconnu disparaître dans la nuit et se diriger vers la coursive nord. Bien évidemment, il n'avait pas l'intention de sortir du lycée par l'entrée principale, il voulait utiliser le portail de la rue Désiré Niel, si facile à franchir.

Le garçon avait accéléré le pas. Il ne voulait pas le perdre. De proie, il allait devenir traqueur, car il sentait la colère gronder en lui. La *chose* était de retour. Elle remontait à la surface avec sa gueule hideuse, sa peau écailleuse et saumâtre. Et il ne pouvait rien contre elle.

Lorsqu'il arriva au bout de la galerie, derrière le bâtiment principal, il aperçut l'ombre descendre de la grille du côté rue. Malgré sa carrure, l'homme était d'une agilité étonnante. Qui était-il ? Qui l'avait envoyé ? Pour quelle raison avait-on voulu l'éliminer plutôt que de le « récupérer » ? Alexandre patienta quelques secondes, puis escalada à son tour le portail. L'inconnu était déjà à une centaine de mètres devant lui, mais il savait qu'il ne le perdrait pas. Il pouvait même rester en retrait, cela n'avait pas la moindre importance. La *chose* en lui se faisait de plus en plus pressante.

L'homme déboucha sur l'avenue Félix Faure. Il devait être près de 19 h 20 et à cette heure, en plein cœur de Nice, la circulation était assez dense. L'ombre remonta la rue, suivie de l'adolescent. Les devantures des magasins se succédaient : une librairie de livres anciens, un bar-tabac, une pharmacie... Mais déjà, Alexandre ne voyait plus rien du monde qui l'entourait et qui semblait se distordre en des formes géantes, comme dans un tableau ou un film expressionnistes. Il était tout entier tourné vers celui qui avait voulu le tuer. L'homme arriva bientôt au bout de l'avenue Félix Faure. À cet endroit où les voitures avaient l'habitude d'accélérer, une rampe d'accès marquait le début de la voie rapide. Malgré la présence de passages protégés, l'extrémité de l'avenue était dangereuse pour les piétons. L'homme profita d'un instant où le flot de véhicules faiblissait pour traverser la rue. Arrivaient vers lui trois voitures qui ralentirent à son approche.

Alexandre observait la scène à quelques dizaines de mètres de là. Il se concentra sur l'inconnu : il ne devait pas le laisser s'en sortir, c'était pour lui une question de survie. La colère qui l'avait envahi allait *crescendo*, comme une vague augmentant l'amplitude de ses lames. La *chose* allait bientôt émerger de son vieil océan aux vagues de fiel.

L'adolescent vit la BMW bleue arriver un peu plus rapidement que les autres véhicules. Pourtant, la berline allemande réduisait déjà son régime à l'approche des passages pour piétons. Et il ne l'accepta pas. Il fit abstraction de tout ce qui l'entourait, le monde autour de lui n'était plus qu'un décor brumeux. Il se focalisa sur la forme et la couleur de la voiture, et essaya de ne plus faire qu'un avec elle. Il sentait qu'il avait prise sur elle, comme s'il avait été aux commandes.

Il voulait que la voiture accélère. Lorsque le magma affleurait à la surface, il se sentait capable de réduire le monde à sa seule volonté. Le conducteur de la puissante cylindrée eut beau appuyer avec plus d'énergie sur la pédale des freins, la voiture refusa d'obéir. Bien au contraire, elle fonça en rugissant. Elle semblait une balle lancée d'un fusil invisible, et c'était l'inconnu qui était au terme de sa trajectoire.

Rien ne pouvait plus stopper la BMW. L'homme n'eut même pas le temps de réaliser ce qui lui arrivait, encore moins d'éviter la course folle du bolide.

Le choc produisit un bruit horrible. Le corps fut violemment projeté en l'air, comme un vulgaire pantin de paille, et s'écrasa plusieurs mètres plus loin. Il y eut des cris d'horreur, des hurlements d'effroi. Certains passants, incrédules, restaient pétrifiés. D'autres accoururent vers la victime et formèrent un attroupement.

Alexandre sentit une sueur froide lui couler dans le dos. La pression venait de brutalement retomber en lui. Il avait froid, il sentait la *chose* se tapir à nouveau en lui dans des cavités profondes. Il se sentait vidé, sans rien à quoi il pût se raccrocher.

Il avait alors tourné les talons et quitté les lieux, sans même un regard pour l'essaim d'hommes et de femmes qui se formait au milieu de l'avenue.

***

Alexandre sortit de sa rêverie éveillée. Il fit un effort démesuré pour revenir au monde réel et se persuader qu'il lui fallait agir.

Le premier réflexe de l'adolescent fut de retourner au chalet, plus précisément dans la chambre du lieutenant Néraudeau. Il savait que les hommes étaient partis depuis longtemps : ils n'imagineraient sans doute pas qu'il prendrait le risque de revenir aussi vite. Rien dans la chambre impeccablement rangée ne laissait soupçonner ce qui avait pu se passer quelques heures auparavant. Il devinait sans peine que, vu son caractère et sa détermination, Justine avait dû se débattre jusqu'au bout. Chose étonnante, lui qui était si distant avec les autres ressentait une connivence inattendue avec la jeune femme. Pour la première fois, il lui semblait que quelqu'un était capable de le comprendre. Elle avait vu juste en lui dès leur première rencontre. Et elle s'était mise dans ce pétrin par sa faute. Il lui en était reconnaissant et devait tout tenter pour la sauver.

Il jeta un œil à la table de nuit, ouvrit le tiroir mais n'y trouva rien. Le bureau qui trônait à côté de la porte d'entrée était jonché de papiers et de livres. Il aperçut, au milieu de fournitures de bureau, un trousseau de clés parmi lesquelles celle d'un véhicule. Alexandre ne put réprimer un sourire. Le 4x4 de son oncle était hors service depuis son accident, or il avait besoin d'une voiture à tout prix. Il empocha le trousseau et sortit du chalet.

Il ne devait plus jamais y remettre les pieds.

***

Il n'y avait pas âme qui vive sur le parking de la patinoire. Sur sa droite se dressait la haute façade de l'hôtel où Néraudeau avait sa chambre. Alexandre passa entre les rangées de véhicules et appuya frénétiquement sur la clé qu'il avait récupérée. Presque aussitôt, les phares d'une *Scénic* clignotèrent et la voiture émit un couinement strident. Le garçon s'installa au volant. Il n'avait pas son permis de conduire, mais il avait pris, l'année passée, des cours de conduite accompagnée qui seraient largement suffisants pour ce qu'il avait à faire.

Alexandre fouilla la poche de sa veste en jean et en sortit un Beretta 92, chargé.

La veille au soir, comme il ne trouvait pas le sommeil dans la chambre de Vincent, il s'était mis à fouiller dans les affaires de son oncle. Dans l'armoire, sous les habits, il avait trouvé plusieurs boîtes en carton. La plupart étaient remplies d'anciennes photos. Un cliché en particulier avait retenu son attention : Raphaël, âgé de dix-sept ou dix-huit ans – l'âge qu'il avait lui-même aujourd'hui –, chevauchait une puissante moto. Il y avait dans sa pose quelque chose de ridicule et de dérisoire : on aurait dit Marlon Brando dans *La Horde sauvage*. L'attitude était crâneuse et Alexandre lut dans son regard mystérieux toute la fausse assurance qui le caractérisait lui-même.

Dans un autre carton, il était tombé sur le Beretta, enveloppé dans une pochette plastique transparente. Alexandre n'avait jamais touché d'arme de sa vie. Il la fit jouer un instant entre ses doigts et elle lui sembla étonnamment lourde. Il ne fut guère étonné de voir un flingue caché dans la chambre de son oncle. Quelques heures auparavant en effet, il avait surpris la conversation que ce dernier avait eue avec Justine Néraudeau, au moment où ils s'étaient éclipsés pour préparer le café. *J'ai été dans la police pendant une quinzaine d'années avant de comprendre que ce boulot n'était pas fait pour moi.* À cet instant précis, Alexandre n'aurait pas imaginé qu'il emporterait l'arme avec lui. C'est pourtant la dernière chose qu'il avait faite avant de s'échapper par la fenêtre, lorsqu'il avait senti la présence imminente des hommes.

***

Et le voilà, tenant à la main, sans le savoir, la propre arme de son père. Malgré l'urgence de la situation, le garçon a calmé ses inquiétudes et ressent même une certaine sérénité. Dans quelques heures seulement, il l'espère, son histoire connaîtra son épilogue.

Alexandre sort du véhicule et se dirige vers la cabine téléphonique du parking. Par prudence, il est venu à Cauterets sans portable. Un des panneaux de plexiglas est manquant et le jeune homme n'est pas à l'abri du froid extérieur qui se fait de plus en plus pressant. Il a la chance d'avoir sur lui le numéro de portable de Justine et celui de Vincent : le lieutenant lui a donné sa carte lors de leur première rencontre au lycée Masséna, son oncle lui a confié le sien après l'enterrement. Il se doute que les ravisseurs ont embarqué avec eux les portables de leurs victimes.

Ces numéros représentent la seule possibilité qu'il a d'entrer en contact avec ceux qui le traquent depuis trois ans. Alexandre décroche le combiné, introduit sa carte bleue dans l'appareil et compose le premier numéro, bien décidé à fixer à présent ses propres règles du jeu.

5.

La tête enveloppée dans une cagoule opaque, Justine éprouvait de plus en plus de mal à respirer normalement et sentait la peur s'insinuer en elle. Ses pensées étaient désordonnées : elle n'arrivait pas à juger de façon posée ce qu'elle était en train de vivre. Elle avait appris, dans son métier, à conserver son calme dans les situations les plus périlleuses, mais celle-ci devenait trop complexe pour elle.

Son réveil dans cette chambre glacée et anonyme l'avait plongée dans une angoisse inhabituelle. Il lui avait fallu un long moment pour prendre conscience qu'elle était à la merci absolue de ceux qui l'avaient kidnappée.

Lorsqu'elle avait décidé de mener son enquête en solo, elle n'avait pas concrètement mesuré les risques qu'elle courait. Elle avait seulement éprouvé une soif d'émotions fortes, une envie presque puérile de partir à l'aventure.

Au terme de plusieurs heures d'attente, on était venu la chercher sans la moindre explication. On lui avait simplement demandé de se tenir tranquille si elle ne voulait pas qu'on emploie la force. Et, à la seconde même où on lui mit cette cagoule sur le visage, elle pensa à ces images d'otages qu'elle avait pu voir à la télé ou sur Internet :

avachis sur le sol, sans défense, les mains liées derrière le dos et s'attendant à être égorgés ou abattus d'une balle dans la tête.

Elle dut marcher plusieurs minutes, uniquement guidée par un bras qui lui indiquait de façon brutale le chemin à suivre. Elle craignait de tomber à chaque pas et entendait son souffle éraillé traverser péniblement le tissu de la cagoule. Elle aurait voulu s'enfuir, se débattre, refuser de se laisser avilir, mais elle savait que tout ce qu'elle tenterait serait voué à l'échec.

Au bout d'une interminable marche faite de descentes et de montées, elle comprit qu'elle débouchait dans un parking : la manière qu'avaient les sons de résonner, l'odeur tenace des voitures ne laissaient aucun doute sur ce point. Où se trouvait-elle exactement ? Qu'allait-on faire d'elle ?

S'ils avaient récupéré le gamin, elle ne donnait pas cher de sa peau. Ils avaient enfin ce qu'ils voulaient ; pourquoi iraient-ils s'encombrer de témoins gênants ? Personne n'était véritablement au courant de son initiative. Même Marc Monteiro n'en savait pas assez pour pouvoir intervenir de manière concrète.

On la fit monter dans un véhicule qui sentait le neuf. Il devait y avoir trois hommes : le chauffeur, l'inconnu qui l'avait guidée et un troisième personnage assis à la place du mort. Façon de parler, car pour le moment, c'était plutôt elle qui risquait d'avoir ce privilège. Il n'y eut pas de véritable conversation entre les trois individus, simplement quelques mots lancés par le conducteur :

— On y va, il faut être au point de rendez-vous dans vingt minutes.

Justine n'aurait pu dire si ces paroles devaient la rassurer ou l'inquiéter. Qui commandait ces types ? Elle savait que son enlèvement avait un rapport avec l'Institut, l'armée ou les services secrets. Ils n'allaient quand même pas se débarrasser d'elle en toute impunité ? *Ne panique pas, ma petite Justine. Ils essaient de te foutre la trouille de ta vie pour s'assurer que tu ne fouineras plus jamais dans leurs affaires. Ils t'intimident, rien de plus.*

Le véhicule sortit du parking et emprunta une rampe d'accès assez inclinée qui commençait à lui donner la nausée. Simple passagère, elle avait toujours éprouvé des hauts le cœur.

Ils étaient à présent sur une route. La voiture roulait à vive allure, c'est du moins ce qu'elle ressentait. Elle ignorait totalement s'il faisait jour ou nuit au-dehors. Il ne fallait pas qu'elle laisse la panique la tétaniser ; elle devait rester à l'affût, utiliser tous les sens qui lui restaient pour trouver un moyen d'échapper à ses ravisseurs.

Soudain, la voiture décéléra et se gara sur le bas-côté de la route dans un bruit de graviers. Pourtant, rien ne se passa. Elle n'avait pas vraiment l'impression d'avoir roulé pendant vingt minutes.

— Et maintenant ? fit une des voix.

— On attend. Ils ne devraient pas tarder à nous donner le signal.

— Tu as vérifié si tu étais bien branché ?

— Tu me prends pour qui ?

***

Justine ne pouvait imaginer la scène qui se déroulait à quelques centaines de mètres d'elle, sur un terrain qui le jour tenait lieu de parking improvisé, mais qui à cette heure était un vrai désert. Debout près d'une berline, Polyphème porta à ses lèvres une cigarette dont le bout incandescent brillait dans l'obscurité. Il inspira une profonde bouffée qu'il recracha dans l'air vif de la nuit.

— *Quousque tandem abutere patientia nostra ?*[1] murmura-t-il entre ses dents.

— Pardon, monsieur, vous m'avez parlé ? demanda son garde du corps.

— Ce n'est rien, répondit Polyphème.

Oui, Alexandre abusait de sa patience depuis trop longtemps maintenant. Pourtant, il éprouvait pour ce garçon une sorte de tendresse mêlée de respect. Il méprisait tant d'adultes faibles et inconstants, que l'intelligence et la force de cet enfant suscitaient son admiration et un brin de jalousie. Il ne l'avait jamais considéré comme un ennemi : il savait quelles grandes choses ils pourraient faire ensemble, s'il parvenait à le convaincre. Ils auraient, tous deux, un pouvoir presque sans limites.

La réaction d'Alexandre avait été prévisible. Il n'avait pas eu d'autre choix que de prendre contact avec eux, via le portable de Vincent Nimier. Polyphème savait bien qu'il n'appellerait personne, surtout pas la police. C'était lui le monstre, le mal incarné, et comme tous les monstres, il était seul. Avec une simplicité déconcertante, Alexandre avait proposé un échange : il serait majeur dans quelques mois et était prêt à se livrer et à subir toutes les expériences qu'il faudrait en contrepartie de la libération de Néraudeau et de son oncle. C'était la condition *sine qua non.*

Polyphème n'avait pu refuser, sa seule obsession étant de remettre la main sur le garçon. Il avait cependant choisi lui-même le lieu de rendez-vous pour garder l'avantage. Alexandre avait accepté sans réserve et Polyphème avait senti une certaine résignation dans sa voix, il le sentait à bout, prêt à être cueilli.

1 *Jusqu'à quand abuseras-tu de notre patience ?* : célèbre début des *Catilinaires* de Cicéron.

Un bruit de moteur ronfla à l'entrée du parking et des lumières de phares balayèrent l'opacité de la nuit.

— Que tout le monde se tienne prêt ! ordonna Polyphème à ses hommes.

Le véhicule, une *Scénic* grise, s'arrêta à une distance raisonnable. Pendant une minute, rien ne se passa, chacun semblait rester sur le qui-vive. La portière gauche finit par s'ouvrir lentement, laissant apparaître une silhouette.

— Petit salaud, marmonna Polyphème.

C'était bien Alexandre qui venait de sortir de la voiture, mais le garçon tenait, posée contre sa tempe, une arme qui n'avait rien d'un jouet. Polyphème comprit aussitôt la signification de ce geste. Il se livrait au chantage le plus intelligent qui fût : si l'on osait la moindre action avant que les deux otages n'aient été libérés, il menaçait d'attenter à sa propre vie. Le jeune homme cria à leur adresse :

— Croyez-moi, le Beretta que j'ai en main est chargé. Si jamais, pour une raison quelconque, vous ne respectez pas les termes de notre accord, je me verrai obligé d'appuyer sur la détente. Vous perdriez alors tout ce que vous avez recherché durant des années.

Alexandre sentit des gouttes de sueur perler à son front. Durant tout le trajet qui l'avait conduit de Cauterets au lieu de rendez-vous, la fièvre n'avait fait que monter en lui.

De son côté, Polyphème ne savait trop à quel saint se vouer. Il sentait le garçon résolu, mais cette mise en scène était peut-être destinée uniquement à l'impressionner.

— Ne fais pas l'imbécile. Personne n'a l'intention de revenir sur notre accord. Tu n'as pas fait tout ce chemin pour te mettre une balle dans la tête, tu n'es pas stupide à ce point.

Les yeux d'Alexandre brillèrent d'une colère prête à éclater, il n'avait plus la patience d'écouter leurs bobards.

Il leva brutalement le Beretta vers le ciel et pressa la détente. Une puissante détonation retentit dans la nuit et fit sursauter tous ceux qui étaient présents.

— Je ne plaisante plus, hurla Alexandre. Je vous conseille de ne pas me pousser à bout et de vous dépêcher de les libérer.

L'un des hommes de main se tourna vers Polyphème.

— Que faisons-nous, monsieur ? Doit-on abandonner ce qui était prévu ?

Le visage de Polyphème se crispa.

— Monsieur ? insista l'homme à ses côtés.

— Faites ce que dit le gamin, amenez-les et laissez-les partir.

— Très bien.

De plus en plus fiévreux, Alexandre tentait de rester à l'affût, mais sa vision se troublait : les arbres immenses et effrayants, les taches éparses d'obscurité dansaient autour de lui. Il essaya de se reprendre. *Ils n'ont pas intérêt à vouloir me baiser ! Ils pensent que je bluffe, que je n'appuierai pas sur cette détente. Mais je n'ai plus rien à perdre. Jamais ils n'auront accès à mon esprit. Jamais ils ne pourront me programmer comme une vulgaire machine.*

— Je vais me mettre à l'écart, annonça Alexandre, pour être sûr qu'ils ne me voient pas. Comme convenu, ne leur indiquez sous aucun prétexte ma présence ici. Vous les ferez monter à bord de la bagnole et vous les laisserez partir. Ensuite, nous attendrons un moment qu'ils aient le temps de prendre le large.

— Tu as ma parole que tout se déroulera comme prévu, répondit Polyphème d'une voix de stentor.

Le garçon recula, le canon de l'arme toujours pointé sur sa tempe. Il alla se dissimuler derrière l'un des platanes qui bordaient l'esplanade. Les phares des voitures à l'autre bout du parking formaient une guirlande éblouissante et presque irréelle.

L'adolescent tenta de ne pas sombrer dans la fièvre qui s'emparait de lui. Les tourments de son âme avaient gagné son corps et les symptômes physiques se faisaient de plus en plus patents. La *chose* voulait sortir et n'avait de cesse de l'épuiser pour amoindrir sa résistance.

Des silhouettes se détachèrent soudain sur le mur de lumière. Alexandre s'essuya le front et tenta de fixer la scène qui se déroulait au loin. Il vit Justine et Vincent, encadrés par deux hommes, avancer vers la *Scénic* dont la portière était restée grande ouverte. Il n'arrivait pas à voir clairement leurs visages ni s'ils avaient subi des violences depuis leur enlèvement. Ils pénétrèrent dans le véhicule. Un des hommes ferma la portière, puis s'éloigna en leur indiquant d'un geste de la main qu'ils pouvaient s'en aller. Que ressentaient-ils à ce moment précis ? Croyaient-ils vraiment qu'on les laissait partir ou s'imaginaient-ils qu'on leur tendait un piège ? En tout cas, le véhicule quitta presque aussitôt l'aire du rendez-vous.

Alexandre poussa un bref soupir de soulagement et la tension qui s'était accumulée au cours de cette nuit se relâcha presque entièrement. Il avait obtenu le plus important. Il devait être le seul à supporter les conséquences de sa monstruosité. Sa mère avait déjà trop payé pour lui. Il ne voulait pas non plus que Vincent ou Justine, qu'il connaissait à peine, mais en qui il avait toute confiance, mettent leur vie en danger pour lui. À présent, il ne restait plus qu'à attendre un peu pour être sûr qu'on ne pourrait pas les rattraper.

***

Vincent était au volant et fit démarrer le véhicule sur les chapeaux de roues. Il se tourna vers Justine, livide, et demanda :

— Ça va ?

— Je suis toujours en vie, c'est déjà pas mal ! Pourquoi nous ont-ils libérés à votre avis ?

— Aucune idée, mais je n'ai pas envie de traîner dans les parages.

Nimier s'engagea sur la route sans savoir où elle pouvait mener. Il jeta un coup d'œil appuyé au rétroviseur, ce qui n'échappa pas à la jeune femme.

— Vous pensez qu'ils vont nous suivre ?

— Je n'en vois pas bien l'intérêt, mais je préfère ne pas prendre de risque.

— Vous savez que nous sommes dans *ma* voiture ?

— Comment ça, votre voiture ? D'où est-ce qu'elle sort ?

— Je l'avais laissée sur le parking en face de mon hôtel. Vous ne croyez pas que vous conduisez un peu vite ?

Nimier avait effectivement tendance à appuyer sur l'accélérateur, alors que les virages étaient très dangereux. Soudain, le rétroviseur intérieur fut envahi par une lumière aveuglante : deux phares puissants venaient de surgir du néant.

— C'est pas croyable, les voilà, lâcha Vincent qui écrasa un peu plus la pédale.

— Mais qu'est-ce qu'ils veulent à la fin ? s'écria Justine que la panique était en train de regagner.

À peine eut-elle terminé sa question que le véhicule aux feux éblouissants heurta la *Scénic*. Justine et Vincent furent brutalement projetés en avant.

— Accrochez-vous ! Je ne crois pas qu'ils nous lâcheront si facilement.

En effet, quelques secondes plus tard, le mystérieux

véhicule emboutit une deuxième fois l'arrière de la Renault. La secousse fut plus brutale que la précédente et la voiture fit une franche embardée sur la droite avant de pouvoir se stabiliser à nouveau sur la route.

— Ils veulent nous envoyer dans le décor…

Vincent essaya de gagner encore un peu en vitesse, mais la route était particulièrement sinueuse et sa conduite devenait suicidaire. La voiture fantôme, elle, n'avait qu'à suivre la *Scénic* qui lui ouvrait une voie royale. Pendant un instant, elle sembla cependant perdre du terrain. Justine ne cessait de surveiller le rétroviseur passager :

— Je crois que vous êtes en train de les semer.

— Ne criez pas victoire trop vite. Si au moins il y avait un panneau sur cette putain de route, que l'on sache un peu où l'on est.

Leur répit ne fut que de courte durée, car le véhicule revint aussitôt en force jusqu'à ce que ses feux aveuglent complètement les vitres de la *Scénic*. Quelques secondes encore et, lancé comme un bolide, il heurta à nouveau sa cible. Les deux passagers furent malmenés comme ces mannequins que l'on envoie s'écraser contre un mur dans les crash-tests.

— Désolé de vous avoir entraînée dans toute cette histoire. En définitive, je crois que vous auriez passé une nuit plus tranquille dans votre hôtel…

Nimier essaya de garder son sang-froid, mais son regard se figea dans le rétroviseur. En voyant les deux cercles lumineux grandir et se rejoindre en une seule masse, il sut que leurs adversaires allaient leur donner le coup de grâce. Ils ne voulaient nullement les effrayer : ils voulaient les éliminer. Définitivement.

Cette fois-ci, Justine et Vincent ne purent encaisser le choc. La *Scénic* fut propulsée vers l'avant, et le pare-chocs fit exploser la rambarde de sécurité semi-rigide en bordure de la chaussée. Le véhicule plana un instant et heurta violemment le sol avant d'effectuer deux tonneaux sur le terrain en pente.

Plus haut, sur le bord de la route, deux hommes sortis du 4x4 fantôme contemplaient leur œuvre avec un sourire de satisfaction. L'un deux sortit une cigarette, l'alluma et expulsa sa première bouffée en lâchant :

— On va pas moisir ici. On a eu ce qu'on voulait.

6.

Lorsque, de façon presque insensible, l'ascenseur se mit en mouvement pour le conduire à l'étage des soins intensifs, Marc Monteiro appuya son front contre la vitre froide qui ornait la cabine. Elle lui renvoya une image de lui-même qu'il ne reconnut même pas. Son esprit était saturé : il avait ressassé trop de pensées noires durant l'interminable voyage qui l'avait conduit à près de mille kilomètres de chez lui. La porte de l'ascenseur s'ouvrit sur un long couloir par lequel il se sentit happé.

Le lieutenant Monteiro entendait encore résonner dans sa tête les mots terribles de son supérieur. Presque aussitôt après, le remords avait commencé à le ronger : il avait été assez stupide pour laisser partir loin de lui la seule femme qu'il eût jamais aimée. Une infirmière lui adressa un sourire compatissant, comme si elle avait lu en lui sa tristesse infinie. Peut-être ce sourire était-il un automatisme chez elle, habituée qu'elle était à croiser dans ce couloir des parents et des amis dans un état comparable au sien. Néanmoins, cela le réconforta.

Marc déboucha dans un hall où il aperçut, près d'une machine à café et assis sur une chaise métallique, l'homme qu'il devait rencontrer. Il n'aurait pas pu le manquer : le cou ceint d'une minerve, il portait un pyjama d'hôpital ; son visage était complètement tuméfié et son bras gauche immobilisé dans un plâtre.

***

— Vous êtes sûr que vous ne voulez rien ?

Marc fit un signe négatif de la tête.

— J'ai déjà bu trop de café sur la route.

Vincent Nimier acquiesça en rangeant les pièces dans son porte-monnaie qui l'encombrait visiblement.

— Est-ce qu'on vous a expliqué ce qui s'est passé ?

— Pas dans le détail. Je sais seulement que Justine est allongée sur ce foutu lit d'hôpital. Pour le reste, je comptais sur vous.

— Si vous saviez comme je suis désolé. Vous connaissiez bien le lieutenant Néraudeau ?

La colère se lut en un éclair dans les yeux de Marc :

— *Connaissiez* ? Pourquoi parlez-vous comme si elle était morte ?

— Excusez-moi. Je manque vraiment de tact… et de repos.

Vincent ne se sentait pas vraiment à l'aise, il aurait aimé trouver les bons mots dans ces moments difficiles.

— Non, ce n'est rien, c'est plutôt à moi de m'excuser, reconnut le lieutenant Monteiro, je deviens franchement imbuvable.

Vincent Nimier baissa les yeux, un peu gêné, avant de reprendre :

— On vous a parlé de son état, je présume ? Vous savez que Justine a subi un très grave traumatisme crânien et qu'elle est dans le coma.

— Je sais. On m'a dit qu'il se pouvait qu'elle ne se réveille plus jamais.

— Son état est grave mais pas désespéré. Pour le moment, elle n'a pas de réflexes et les médecins craignent surtout un encombrement pulmonaire. Cela dit, ils pensent vraiment qu'il y a de l'espoir. Elle peut très bien se réveiller dans les heures qui viennent sans garder de séquelles graves. Ce ne serait pas du tout un miracle pour la médecine.

Marc essaya de se raccrocher aux paroles d'espoir de cet inconnu. Non, Justine ne pouvait pas renoncer ainsi. Elle était si vivante et enjouée, elle savait si bien se battre face à l'adversité. La vie ne pouvait pas être injuste à ce point. Leur histoire commençait à peine et ils méritaient mieux que ça.

— Et vous, est-ce que vous connaissez bien Justine ? demanda Marc un peu soupçonneux et reprenant presque mot pour mot la question à laquelle il n'avait lui-même pas répondu.

— Non, je viens juste de la rencontrer, mais il me semble malgré tout que nous nous comprenions.

— Racontez-moi ce qui s'est passé, je veux tous les détails. Je veux savoir ce qu'elle faisait avec vous en pleine nuit sur une route de campagne. Je veux savoir aussi pourquoi vous êtes sous protection policière et ce qu'est devenu cet adolescent que tout le monde cherche.

Vincent Nimier s'assit sur sa chaise et d'un signe de la main en indiqua une à Marc.

— Vous devriez vous asseoir. L'histoire que j'ai à vous raconter risque d'être longue, mais je pense que nous devons en passer par là.

Marc Monteiro tira la chaise vers lui mais il resta un instant immobile.

— Vous savez, elle est la meilleure coéquipière que j'aie jamais eue.

Vincent comprit au ton de sa voix que les liens qui unissaient Justine et Monteiro devaient dépasser les simples relations professionnelles.

— J'imagine, il fallait un sacré cran pour partir seule comme elle l'a fait…

— La meilleure partenaire, murmura-t-il la voix chargée d'émotion.

7.

Étrurie, VIIe siècle avant J.C.

Allongé sur sa couche, les yeux perdus au plafond, le grand prêtre Partunu ne parvenait pas à trouver le sommeil. Demain aurait lieu la grande cérémonie annuelle de la Ronde des innocents durant laquelle douze enfants seraient choisis pour recevoir l'enseignement de la science religieuse étrusque. Le secret de l'art des haruspices, révélé autrefois à son peuple par Tagès, l'enfant à la science de vieillard, serait bientôt livré à douze élus. Douze, le nombre divin, celui des dieux siégeant dans les cieux, le nombre aussi des peuples d'Étrurie qui se rassemblaient chaque année dans le sanctuaire de Volsinies, près du lac de Bolsène.

Pourtant, ce n'était pas la cérémonie proprement dite qui le rendait anxieux : cela faisait bien des années qu'il présidait à cette solennité et qu'il choisissait les futurs prêtres avec l'aide du collège religieux de la cité. Non, c'étaient les signes récents dont il avait été le témoin, et l'interprète impuissant.

Une semaine auparavant, jour pour jour, un terrible orage avait éclaté sur toute la région et des trombes d'eau s'étaient abattues sur la terre, plongeant les habitants dans une crainte superstitieuse. Les champs se gorgèrent d'eau, le sol n'était plus qu'une coulée de boue turbide. Les prêtres étrusques étaient versés depuis des générations dans la doctrine de la foudre et ils avaient interprété ce feu du ciel comme un signe envoyé par Tinia, le dieu le plus puissant du panthéon. Pourquoi se manifestait-il d'une manière si ostentatoire et brutale ? Les dieux voulaient-ils punir les hommes de leur arrogance ?

La veille, lors d'une séance privée à laquelle seuls les grands prêtres avaient le droit d'assister, trois moutons avaient été sacrifiés pour s'attirer la bienveillance des dieux, en vue de la cérémonie de la Ronde des innocents. Une fois les animaux égorgés, les prêtres avaient examiné leurs entrailles et plus particulièrement le foie : l'art de l'haruspicine devait leur permettre de savoir si les dieux seraient cléments ou hostiles.

Le premier foie offrit un signe des plus favorables qui les rassura immédiatement. Il ne pouvait s'agir d'une simple coïncidence. Les dieux étrusques qui dirigeaient le cosmos et formaient la triade céleste se manifestaient aux hommes de façon bénéfique en cette veille de cérémonie religieuse. Ce présage rare annonçait l'arrivée d'un événement hors du commun.

En proie à l'agitation la plus totale, Partunu quitta sa couche et fit réveiller un esclave qui lui apporta une torche. Assis à sa table de travail, il déroula le précieux papyrus d'où les prêtres tiraient une grande partie de leur science : le livre sacré de la religion étrusque, qui contenait le récit des origines de son peuple ainsi que l'analyse des prodiges. Partunu relut en particulier un passage qui l'obsédait depuis la veille et qui le faisait se perdre en conjectures :

Comme Tagès en son temps sortit du sillon tracé par un laboureur de l'antique cité de Tarquinies, un enfant viendra pour enseigner de nouveaux préceptes et enrichir la science des hommes. Il aura lui aussi toute la sagesse d'un vieillard chenu et provoquera chez tous les mortels crainte et admiration par l'étendue de son savoir. Il ne sera pas seulement expert dans les méthodes de divination mais sera investi de pouvoirs quasi divins. Il aura la capacité de voir en l'avenir par la seule force de son âme. Des douze divinités célestes, l'enfant à l'œil de corbeau et aux lèvres sans parole prendra la place du Dieu Tonnant. Il guidera la Ronde des innocents vers un nouvel âge.

Se pouvait-il que la prédiction du livre sacré eût un rapport avec les signes étranges qui s'étaient succédé cette dernière semaine ? L'allusion au « Dieu Tonnant », Tinia, pouvait expliquer le tonnerre effrayant qui avait jeté les prêtres dans l'étonnement et le trouble. L'enfant qui ouvrirait un nouvel âge allait-il se faire connaître aux hommes ? Des points demeuraient néanmoins abscons : pourquoi l'enfant était-il « à l'œil de corbeau et aux lèvres sans parole » ? Pourquoi devait-il prendre la place de Tinia ? N'était-ce pas un sacrilège qu'un humain se substituât à un Dieu ? Sans doute y avait-il une autre explication.

Partunu fit éteindre la torche et congédia son esclave. Il s'allongea de tout son long sur la couche et ferma les yeux. Son esprit vagabonda un moment. Il vit les Lases, les démons féminins, se mouvoir autour de lui : les déesses annonciatrices de la destinée dansèrent devant ses yeux en l'honneur de Tinia.

***

Majestueux, le cortège composé de vierges vêtues de blanc et couronnées de guirlandes s'avança. Au cœur du sanctuaire, près de l'autel, se tenaient les prêtres qui veillaient au bon déroulement de la cérémonie.

Trois colonnes formées de l'élite de la jeunesse pénétrèrent dans l'enceinte au son de chants sacrés qui firent frémir l'assistance.

Le collège des prêtres allait devoir faire son choix en se fiant à son infinie sagesse. Suivant un protocole bien précis, la première rangée d'enfants s'approcha. Ils allaient devoir défiler un par un et se soumettre au jugement incontestable des prêtres. Vêtu de sa robe immaculée, le premier enfant s'avança. Aussitôt, Partunu fut tellement frappé par la noirceur de son regard qu'il eut presque du mal à le soutenir. Un frisson le parcourut. Pendant quelques secondes, ce fut comme si une force irrésistible envahissait toute sa pensée et lui ouvrait des territoires auxquels il n'avait jamais eu accès. Se pouvait-il que… ? Il plongea à nouveau son regard dans celui du garçon. L'enfant à l'œil de corbeau… La coïncidence était trop grande. Partunu tenta de reprendre le contrôle de lui-même. Il ne devait pas faillir dans sa mission. De sa voix claire, il demanda au jeune garçon :

— Quel est ton nom, mon fils ?

L'enfant écarquilla les yeux mais n'ouvrit pas la bouche. Il fit un signe de la tête qui trahissait un certain désarroi.

Un des néocores qui secondaient les prêtres s'approcha de Partunu et lui murmura :

— Il se nomme Arnth, grand prêtre.

— Pourquoi ne répond-il pas lui-même à ma question ? Aurait-il peur de moi ?

— Cet enfant est muet depuis sa naissance, grand prêtre.

Partunu sentit une lumière réconfortante pénétrer son être, une lumière qui annonçait le couronnement de toute son existence. La prévision du livre sacré s'accomplissait enfin. L'enfant envoyé par les dieux, « aux lèvres sans parole », protégé par Tinia…

L'assistant des prêtres demanda alors avec un brin d'inquiétude :

— Dois-je le faire renvoyer ?

— Surtout pas, répliqua Partunu qui se tourna à nouveau vers l'enfant.

Le grand prêtre vit alors dans l'œil de l'innocent la voûte céleste, le siège éternel des divinités du Panthéon. Ce n'était plus la pupille et l'iris qui luisaient de leur noirceur étrange, c'était l'orbe infini de l'univers. Dans le noir de son œil, réfléchis comme dans des miroirs polis, il vit les yeux noirs d'autres enfants uniques qui viendraient à sa suite et qui auraient accès à des territoires que l'esprit des humains ne pouvait pas appréhender. La Ronde des innocents perdurerait à travers les siècles et de cette ronde surgiraient des êtres exceptionnels qui effraieraient les hommes blottis dans leur ignorance et leurs préjugés.

Et, l'espace d'une seconde, debout au centre du sanctuaire où résonnaient les litanies sacrées, Partunu entr'aperçut dans la pupille d'Arnth le regard d'Alexandre.

ÉPILOGUE.

Il était seul à présent, le dernier de cette aventure.

Il savait pour Vincent et pour Justine. Il le sentait du moins... même eux n'avaient pu leur échapper. Ils les avaient piégés, lâchement.

Tant d'années et de vies avaient été gâchées. Sa mère surtout, c'est pour elle qu'il avait le plus de peine. Elle avait rêvé de grandes choses pour son fils, elle aurait voulu pour lui un destin exceptionnel. Son beau destin se terminait ici, dans cette chambre glaciale, tenu en cage comme un rongeur. Il n'attendrait pas qu'ils reviennent, il ne voulait plus voir leurs visages pleins de morgue. Ils croyaient avoir gagné, mais qu'obtiendraient-ils en somme puisqu'il allait leur échapper une fois encore, une dernière fois ?

Ses pensées vagabondèrent. Alexandre se déplaçait dans le temps comme sur une carte géographique : les jours, les semaines, les années étaient des routes qui offraient mille bifurcations possibles. C'était lui à différents âges de sa vie au bord de ces multiples chemins. Son visage pourtant demeurait le même, avec son œil d'ébène et ses cheveux sombres qui lui donnaient une apparence grave, presque solennelle.

Sans trop savoir pourquoi, il se revit sept ou huit ans plus tôt, par cette matinée de février où sa classe de CM1 était allée visiter la centrale nucléaire de Golfech. Il se souvenait dans les moindres détails de l'immense salle des turbines et des alternateurs. Il se rappelait aussi cette guide débile qui avait conduit la visite, son insupportable prosélytisme nucléaire, l'esclandre qu'il avait fait dans la salle de conférence. Il se souvenait de sa colère, de la haine qu'il avait éprouvée pour cette femme, pour ce lieu. Il l'avait même menacée… *Menteuse ! Il y aurait des milliers et des milliers de morts et vous seriez la première à mourir.* Elle n'avait pas pris son avertissement au sérieux, il le savait. Un gamin de neuf ans ! De quoi aurait-il bien été capable ?

Lors de la visite de la salle des machines, son esprit avait été obsédé par la cuve du réacteur qui se terrait à plusieurs dizaines de mètres de là. Il avait ressenti cette formidable énergie : les neutrons libérés par réaction de fission qui portait l'eau à plusieurs centaines de degrés. Il l'avait mise en garde : que se passerait-il si le réacteur explosait, s'il y avait une fuite ? Mais personne ne voulait jamais l'écouter.

Alexandre s'allongea. Il ferma les yeux, sa respiration était calme. Son corps était habité par une étonnante quiétude, celle qui précède les tempêtes. La séparation était toujours plus facile à atteindre lorsqu'il était totalement détendu, lorsqu'il commençait même à nager dans une douce rêverie éveillée. Dans cet état, aucun voyage ne pouvait lui résister. À nouveau, il fut aspiré tel un homme en train de se noyer, tiré violemment vers le fond. La séparation fut nette et brutale : il vit son corps étendu sur le lit comme s'il était devenu étranger à lui-même. Totalement coupé de son enveloppe physique à présent, il n'eut plus vraiment de prise sur son voyage. Ce n'était pas à proprement parler un voyage matériel : il était dans une autre dimension, où le temps et l'espace n'avaient plus de signification.

La salle des machines de la centrale était telle qu'il l'avait connue autrefois, un hall de plus de cent mètres de long. Il flottait littéralement au-dessus de la salle sans qu'il fût pour autant présent. Son esprit avait toujours besoin d'un lieu concret auquel s'arrimer, un espace qu'il avait connu, qu'il avait physiquement arpenté. À partir de ce point, il pouvait progresser comme il le souhaitait : plus aucune barrière ne pouvait alors le freiner. Il traversa la double enceinte de béton de cinquante mètres de diamètre qui abritait les principaux composants de la tranche.

Et soudain, comme par magie, elle fut là devant lui : la cuve en acier protégeant le cœur du réacteur contenant l'uranium. Il pénétra en elle. Son cœur – son cœur physique, celui de son corps qui était allongé à des kilomètres de la centrale – se mit à battre avec une inquiétante intensité, s'emballant comme un cheval fou. Il ressentait ce qu'il avait ressenti tant de fois lorsqu'il agissait à distance sur la matière. Un flot irréfrénable d'énergie, un tourbillon étourdissant qui lui faisait perdre tout contrôle.

La cuve était le point critique de la centrale, du point de vue de la sécurité. Elle devait être capable de supporter les impacts des neutrons produits lors de la fission de l'uranium. Aucun homme ne pouvait se frotter directement à cet environnement hautement radioactif. Seule une machine, la « MIS[2] », pouvait voyager au cœur de la centrale pour inspecter toute la structure de la cuve, et en particulier les soudures. Il était le premier humain à y avoir accès.

À ce moment précis, il prit conscience comme jamais

---

2 Machine d'inspection en service.

de l'étendue de ses pouvoirs. S'il l'avait voulu, par la simple volonté de son esprit, il aurait pu accélérer la vitesse de réaction de la cuve. Les barres de contrôle placées dans le cœur du réacteur, qui avaient pour fonction de ralentir la réaction, n'auraient plus alors été d'aucune utilité. Les barrières de confinement auraient cédé les unes après les autres jusqu'à la dernière, celle qui arrêtait les rayonnements alpha, bêta et gamma.

En seulement quelques secondes, Alexandre aurait été capable de provoquer un accident nucléaire majeur.

Puis il eut un instant de doute. Son esprit se troubla. Une terrible douleur irradia son crâne. Les images de la cuve se brouillèrent, elles ressemblaient soudain plus à un rêve qu'aux visions qu'il avait habituellement. Avait-il vraiment fait ce voyage ou était-il en train d'affabuler ? Ces images n'étaient-elles pas simplement des réminiscences de photos et de brochures qu'il avait vues enfant lors de la visite de la centrale ? Il n'arrivait plus à faire la distinction entre la réalité et le monde qu'il s'était créé. Les choses étaient allées en empirant ces derniers jours. Même ses pilules n'étaient plus aussi efficaces qu'avant. Il avait l'impression que tout s'obscurcissait en lui, que son cerveau se gangrenait peu à peu. Ce n'était d'ailleurs pas la première fois qu'il était victime d'hallucinations visuelles et auditives.

Peu importait ! Les autres catastrophes, c'était bien lui qui les avait provoquées. Personne n'en doutait plus aujourd'hui.

Il avait tué tant de gens ! Et il aurait pu en tuer tant d'autres, des centaines, des milliers peut-être. Rien de bon ne sortirait de lui, il ne serait jamais capable de réprimer ou de maîtriser la force destructrice qui l'habitait depuis toutes ces années.

Mais il s'était juré une chose : ceux qui l'avaient avidement recherché n'arriveraient pas à violer son esprit ni à le manipuler comme un rat de laboratoire. Il devait à tout prix leur échapper. Que feraient-ils de lui lorsqu'ils auraient appris à le soumettre et à le contrôler ? À quelles fins l'utiliserait-on ? Il imaginait déjà le programme : dérégler du matériel militaire, localiser les bases ennemies, éliminer de prétendues organisations terroristes et décimer des populations civiles qui trinqueraient dans la foulée…

Sa force lui échapperait pour être mise au service de gens qui ne valaient pas mieux que lui et qui, au nom de la raison d'État, accompliraient le mal de façon méthodique et en toute impunité.

Mais il ne les laisserait pas faire. Quelques minutes encore et tout serait fini. Bientôt, il serait libéré de ces années d'hypocrisie et de peur.

Les choses étaient redevenues claires en lui. Il allait réaliser la seule bonne action qu'il eût jamais accomplie sur cette terre. Oh, il n'avait pas l'intention de se racheter, il n'en était plus à ce genre de considérations morales… mais il devait empêcher quiconque, lui y compris, d'utiliser les pouvoirs de la *chose*. Ce pouvoir, il allait l'utiliser une dernière fois, contre lui-même. Le Léviathan serait à l'origine de sa propre destruction.

Tout s'enchaîna. Se concentrant une dernière fois, il dirigea sa force et sa colère contre son propre corps qui fut soudain pris de convulsions irrépressibles. L'accélération des impulsions électriques du nœud sinusal entraîna celle des contractions des cavités cardiaques. Le cœur pompa toujours plus de sang, empêchant le ventricule de se remplir normalement entre chaque contraction. Le cœur ne résista pas longtemps à cette arythmie infernale.

Son corps se contracta et fut agité d'un dernier soubresaut, une sueur glacée avait recouvert son visage, son teint était parfaitement livide, ses lèvres rentrées. Puis, son enveloppe charnelle s'affaissa avec lourdeur et il fut enfin libéré de ses tourments.

Une seconde avant que son cœur ne lâche, Alexandre sentit un vague regret s'insinuer en lui et il songea qu'en d'autres circonstances, le bonheur eût été possible pour lui.

Remerciements

À ma mère, pour ses conseils, sa patience et ses précieuses relectures.

À mon père et à mes frères.

Aux nombreux lecteurs et lectrices du comité citoyen qui ont, les premiers, découvert et aimé ce roman. Merci à vous, votre soutien m'a énormément touché.

Table des matières

Éditions Les Nouveaux Auteurs
www.lesnouveauxauteurs.com

Le silence des immortels

Jack Roubaud

Agent d'Interpol et spécialiste de la lutte anti-terroriste, José Sanchez vient aider Scotland Yard à gérer l'attentat qui vient de secouer Londres. Au même moment, un message au contenu ésotérique pirate les émissions de télévision du monde entier. Un compte à rebours.

Les attentats se multiplient sur toute la planète.

Aidé d'un agent spécial du FBI et d'une chercheuse en sciences sociales du CNRS, José se lance dans une traque où l'ennemi semble de pas avoir de visage, pas d'objectif.

Il a pourtant un nom, l'Ordre de Janus.

Il a aussi une mission, le salut de l'humanité.

Une lutte qui va mener José sur des terrains inconnus, tels que la génétique, la virologie, l'ésotérisme ou encore la sociologie.

Une lutte à haut risque.

Un thriller plébiscité par un comité de lecture grand public.

Le roi des crânes Laurent Guillaume

La suite de MAKO

Après vingt ans de Brigade anticriminalité, le major Makovski, dit « Mako », sent de plus en plus la crasse lancinante de la rue lui coller aux rêves. Il accepte donc une affectation aux Stups, abandonnant les rondes de nuit, ses collègues et l'adrénaline. Mais les Stups ne sont pas non plus une promenade de santé : la brigade a son compte de sordide. Mako, pourtant, parait s'assagir, allant même jusqu'à envisager de se reconstituer un semblant de vie…

Mais, lorsqu'une jeune juge est poignardée dans le parking même du Palais de justice, la machine s'emballe et les démons de ses vieilles colères refont surface. Il n'est bientôt plus question que de l'instinct du chasseur, de celui de la survie… Surtout quand la proie se révèle plus puissante que le prédateur, et que le « roi des crânes » nage dans les mêmes eaux que Mako…

Salué par les grands noms du genre

Olivier Marchal : *Guillaume nous touche par son écriture sans concession, ses personnages sont ambigus et attachants malgré leur violence et leurs défauts.*

Laurent Scalese : *Ici tout sonne juste. L'intrigue est soignée mais aussi, et surtout, l'aspect humain. Flics ou voyous, les personnages sont si vrais qu'on peut les toucher du bout des doigts.*

Franck Thilliez : *Avec Laurent Guillaume, c'est comme si les films de Marchal avaient été transformés en romans ! Écrit au scalpel.*

Photo couverture :
© ZIGY KALUZNY/ GETTY IMAGES

Ligne graphique : Chrystèle Ferté

Cet ouvrage a été mis en pages
par Studio Ben à Argenteuil
et composé en ITC Berkeley Old Style

Impression réalisée sur CAMERON par

CPi
BRODARD & TAUPIN

La Flèche

pour le compte des Éditions

Les Nouveaux Auteurs

Dépot légal : Avril 2010 – N° d'impression : 57741